回望历史全新解读
捕捉变幻中的风云

曹旭峰◎著

三国英雄赵子龙

 中国致公出版社

图书在版编目（CIP）数据

三国英雄赵子龙 / 曹旭峰著 . -- 北京：中国致公
出版社，2020（2021.4 重印）

ISBN 978-7-5145-1657-9

Ⅰ . ①三… Ⅱ . ①曹… Ⅲ . ①长篇小说—中国—当代

Ⅳ . ① I247.5

中国版本图书馆 CIP 数据核字 (2020) 第 077914 号

三国英雄赵子龙 / 曹旭峰　著

出 版	中国致公出版社	
	（北京市朝阳区八里庄西里 100 号住邦 2000 大厦 1 号楼西区 21 层）	
发 行	中国致公出版社 （010-66121708）	
责任编辑	方 莹　刘 羽	
装帧设计	陈景丽	
印 刷	涞水建良印刷有限公司	
版 次	2020 年 6 月第 1 版	
印 次	2021 年 4 月第 2 次印刷	
开 本	720mm × 1000mm　1/16	
印 张	14.75	
字 数	216 千字	
书 号	ISBN 978-7-5145-1657-9	
定 价	48.00 元	

推荐序：赵云是一个"美人"

在古代汉语中，"美人"这个词是没有性别的。所谓"美人"，说的不仅仅是容貌，更多的是品德。无论男人、女人，若是能够活得很美，那便是当仁不让的"美人"。从这个意义上讲，赵云毫无疑问就是一个"美人"。

赵云的美，首先在于他的"仁"。汉献帝初平二年（公元191年），赵云受冀州常山国［汉朝的封国，汉献帝建安十一年（公元206年）改为常山郡］百姓推举，率领一支义从（意思是"取义从军"，即自愿从军报效国家的民兵）投奔公孙瓒。公孙瓒对赵云说："听说冀州人都到袁绍那里去了，怎么唯独你能迷途知返呢？"你们看看公孙瓒的口气，俨然把他自己当作一代明主了。没想到赵云却不卑不亢地回答说："天下大乱，我们并不知道谁是明主。家国危难，我们要追随的是仁政，而不是在袁绍与你之间做选择题。"非常清楚地表明了他的志向。按照孔子的说法，凡是有志于仁的，就绝对不会干坏事。

刘备恰好也在公孙瓒麾下，与赵云一见如故。不久，公孙瓒与袁绍征战于山东，选拔刘备为别部司马。赵云奉命辅佐刘备，为刘备掌管骑兵。不久，赵云接到兄长去世的消息，便向公孙瓒请辞归乡。刘备知道赵云无意追随公孙瓒，猜测他再也不会回来，因此握着他的手不忍松开。赵云再次向刘备表白说："我这一辈子，绝不会做有违德操的事。"

七年以后，曹操东征徐州，虏获了刘备全家妻小和义弟关羽。刘备单人匹马走脱，投奔在袁绍麾下，朝不保夕。赵云及时赶到邺城与刘备相见，为刘备秘密招募了一支几百人的亲兵部队，使得刘备又有了东山再起的基础。以今天的眼光看，这是一件非常不可思议的事情：自己花钱成立一家几百人的公司，请一个穷光蛋来做老板！

赵云从此追随刘备近三十年。他的人生之美，又从"仁"转向了"义"和"勇"，先后经历过博望坡之战、长坂坡之战和江南平定战，并且独自指挥过入川之战、汉水之战和箕谷之战，被《三国演义》的作者罗贯中描写成了一个常胜将军。后主刘禅建兴七年（公元229年），赵云病逝。三十二年后，到了景耀四年（公元261年），又按照中国传统文化的谥法，以"柔贤慈惠曰顺，执事有班曰平，克定祸乱曰平"，追谥赵云为顺平侯。

在人类的战争史上，"克定祸乱"是武将们常见的功勋。但"柔贤慈惠"和"执事有班"，却几乎是赵云独有的美。这样的柔美，很少出现在男人的身上，以至于那么多男人会敬佩他、那么多女人会迷恋他。甚至连韩国的前总统朴槿惠，都要把他当作自己的梦中情人。

感谢旭峰兄创作的《三国英雄赵子龙》，让我再一次重温了赵云将军那种刚柔相济的美。我是一个不折不扣的"三国迷"，旭峰兄毫无疑问也是；不仅如此，我们的价值观也很相似。我们因此成为了"人以群分"的好友，时常有所唱和。在这部长篇历史小说里面，旭峰兄很好地表现了他的古典文学修养，包括章回体的文学结构和那种很古典的文风。他很善于查找史料，也很善于叙事，在娓娓动听的讲述中，让那段传说的历史变得很生活化。与此同时，他创作旧体诗的实力，也在这部小说中得到了很充分的展现。我很喜欢他的叙事风格和旧体诗。

按照中国传统文人的惯例，我也应该给旭峰兄答谢一首旧体诗。于是花了两天一夜的工夫，把这部小说比照着《三国志》看了数遍。接着，就在浮想联翩之中，吟诵出了一首七绝，题曰《读三国吟颂赵将军》：

将军年少出常山，百万军中匹马还。
虎胆天心飞锐气，虹光一带照人间。

是为序，愿与读者诸君共享！

成君忆，2019年10月28日于三国古战场赤壁

（成君忆，系中国管理文学的开创者、三国文化研究学者，代表作有《水煮三国》《烈火三国》《千里走三国》等。）

自 序

在中国历史上，三国无疑是一个独具魅力的时代。东汉末年豪族社会及尚未十分恶化的政治生态，给了当时道德操守难得的空间，使得这一乱世中，尚有些厚道之人，如刘备、曹操、诸葛亮、周瑜、关羽、赵云等人，他们秉持道德操守，为三国乱世增添了不少人情味，而赵云无疑是其中的主要代表人物之一。

赵云长坂坡一战成名，自此进入世人视线，人格魅力也开始在华夏大地上大放光彩。一千多年后的今天，赵云依然散发着强烈的人格魅力，相信这种魅力随着时间流逝，愈久弥新。然而，历史又总是那么扑朔迷离，云山雾罩，甚至雌雄莫辨。关于赵云的一生，更多的是笼罩着神秘的色彩，犹如云中之龙，神尾难测。有人穷尽一生探寻赵云，却少有所获，究其原因是只探其光环之处，却未知"寻常赵云"背后的凡人喜乐。

为成此书，作者沿着赵云足迹行走了古冀州、幽州、荆州、益州等地，去触摸远古的城墙，去感受硝烟中的悲戚与呐喊；又披阅瀚海文史数载，数易其稿，只为来一次时空穿越，去感受赵云的呼吸与心跳，痛苦与喜悦。全书采用章回体式小说写法，就是试图贴近时代语境，去捕捉变幻中的风云。

本书用五十个章回叙述了赵云从 18 岁投军至老年安然而逝的一生。赵云是一个英雄，但更是凡人，他也食人间烟火，一味拔高人物形象，对于探究赵云的人格魅力，并无益处。

本书第二十一章回中，上演了赵云乌林暗演捉放曹一幕，以报曹操长坂坡不准放箭射杀之恩，与背叛无关，却彰显了人性的忠厚；赵云与曹操大将张郃亦敌亦友，第四十七章回中，两人定军山布阵，皆无大动，惺惺相惜之情溢于言表；历史上，赵云有常胜将军之称，亦曾面临生死关头，第四十八章回中，赵云跌入陷阱九死之中，长叹"吾不服老，当死于此地矣"，可见老将军的悲苦心境；赵云有着强烈的悯民情怀，在第三十章回中，赵云枪挑街肆扰民友军，拒绝接受赏赐，堪称那个时代最显人性的闪光点。

中国历来讲善终，赵云无疑是有福之人。征战一生，毫发未损，安然而逝，无论敌友皆敬其人，人格魅力自此大放异彩。赵云一生反对征战，时势却将他逼成了战将。生逢乱世的悲苦，至亲遭受的杀戮，使他最终走上"以战息战"的征途。他热爱山河壮美，云海翻腾，定军山上豪言百年之后，于此歇憩，静养灵魂。

当然，历史从来是仁者见仁，智者见智的，但赵云的忠厚、善良、不畏强势及悯民情怀，却是世所公认的，继而成为中华民族共同的精神家园。历史的长河滚滚向前，赵云从平凡到不平凡的过程，是其最具魅力的地方，世人对赵云精神与文化的研究，也将永无止境！

曹旭峰

2019 年 10 月 25 日于武昌

目 录

第一章　少年杀胡展峥嵘　匡扶汉室寻奇书

天下大势，分久必合，合久必分。历史长河滚滚向前，淘尽天下英雄。话说东汉末年（184 年 -220 年）外戚专权，引发黄巾起义，乃至群雄竞相割据，天下狼烟频起。至东汉灵帝中平年间，汉室天下形成公孙瓒、袁绍和曹操据青州、冀州、幽州、并州、兖州、豫州和徐州等，刘表和刘璋则据荆州与益州。

北匈奴大单于呼厨泉频频入侵，暴虐中原，百姓颠沛流离，一片苦境。冀州常山郡澄底村，却是一块难得的净土。此时，澄底村少年赵云（字子龙），正立于村头槐树下，踮脚眺望。但见村郊旷野处，大片紫云团绕旭日翻滚，如天狗群奔突兀，片刻难宁。

"天狗逐日，天下恐有大变。"赵云回头，身边现一眉须皆白老叟，挂榆木老杖，喃喃自语道。赵云惊道："变好还是变坏？"老叟摇头道："天机，此乃天机也。"老叟言，距此百里有一白云仙洞，洞内遍布奇珍异果，有缘进洞者，便可获旷世兵书。赵云欢喜伸手欲拉老叟，老叟却忽然不见了踪影。

睁开眼，赵云方知做了个奇异梦，被子胡乱蹬了一地。窗外透进些许斑驳晨曦，斜斜落于墙上。赵云娘进屋来数落几句，赵云也不搭理，跳下床跑至村头槐树下。

旭日正欲破晓，染得碧云处晕红一片。"是天狗。"赵云欲上前看仔细，忽然传来急促马蹄声，数十骑白马官军瞬间至眼前，大呼道："各位百姓听好，距此五十里发现大批胡骑，公孙瓒将军请沿途百姓速速防范。"

"官军为何不驱走胡骑，任由百姓自保。"赵云上前拦住一白马官军道。白马官军勒住马头，大声嚷嚷道："各地犯境胡骑太多，难以防范，且官军尚需清剿黄巾叛军，百姓还是自保为好。"言罢，众官军即卷尘而去。

赵云气恼顿足，却又无奈。又见远处腾起浓浓尘雾，又闻喊杀声，知是胡骑杀来，于是急忙回屋中取了银头扎枪。师父童渊与师妹童三妹、师弟夏侯兰，各持兵器赶来，众村民牵牛赶羊惊慌而出。

赵云见状道："师父和师妹随村民往后山去躲避，吾与师弟前去挡一阵。"童渊点点头，又嘱赵云与夏侯兰不得已时，不可出来逞强。童渊领了众人往后山藏去，赵云与夏侯兰则藏于村前灌木丛间。

一会，就见有胡兵持了弯月冷刀冲入村中，追砍尚未逃出的村民，村中一片哀号声。赵云与夏侯兰持银枪冲入村内，胡兵见有人杀来，一时大惊，纷纷围了上来。只见赵云银枪一挑，一胡兵飞至几丈外，又有胡兵抡刀砍来，赵云银枪如火风轮般连环转，胡兵立时毙命一片，残肢断臂处处可见，胡兵无人再敢上前，于是将两人围在了核心。

一黑面独眼胡将驱马而来，一胡兵上前道："报呼厨泉大单于，此两小儿砍杀吾数人，难以杀之。"呼厨泉独眼上前打量赵云一番，阴冷道："何方小儿，竟然如此凶蛮，速速报了名来，以免去了阴府不知了名册。"

赵云持枪怒道："吾乃赵云，你们休伤了百姓，且速退出村去，吾单独与你理论。"呼厨泉忽然仰面狂笑一阵，举枪就刺，赵云也不避让，挺枪上前。两人直杀得滚尘飞扬，天地昏暗，斗至十余回合，赵云忽使了个虚招，迎头便刺，呼厨泉慌忙偏头躲开，枪头忽又一抖，直往呼厨泉下裆刺来，呼厨泉大叫一声跌落马下。

众胡兵见状拼命挡住赵云，呼厨泉换了匹马战，又高声令胡兵将赵云和夏侯兰围了。两人在胡兵群中一番冲杀，渐渐乏力，正此时，胡兵队形忽然大乱，只见童渊与童三妹提枪冲入阵中。

童渊银枪一扫，只见一道银光闪过，一圈胡兵哀叫着倒地，胡兵见状由三路围了过来，童渊也不理会，径直往一路杀去，待两路胡兵冲上前，童渊忽跃起数丈高至圈外，耍出一阵连环枪，胡兵霎时又倒了一片，一时间没有胡兵敢再上前。

呼厨泉气得哇哇大叫道："你这老儿又是何人，速速报上名来。"童渊道："吾乃冀州童渊是也。"呼厨泉大惊道："是冀州枪王童渊老英雄，我正要寻你。"

童渊闻言一惊，止住枪道："你乃劫掠匪寇，吾乃安民保村，寻吾能有何事。"呼厨泉拱手道："老英雄可知，当今天下大乱，各路英雄纷起，此正是建功立业之时，老英雄声名远震，可否助我夺取天下，共享荣华。"

童渊哈哈大笑道："你沾染百姓血债的荣华，我可不敢享受。"呼厨泉闻言脸生怒色，正欲言，胡兵阵中一阵骚动，只见村外远远杀来了两支人马，道两侧卷起漫天滚尘。

一胡兵大喊道："汉将袁绍与公孙瓒率众杀来。"呼厨泉闻言大惊，掉了马头边跑边道："童渊老儿改日再战，吾定会再来寻你。赵云小儿，今且不与你理论，留你首级几日，回头来取便是。"

夏侯兰与童三妹追上，砍翻几个胡兵，转眼间就见袁绍与公孙瓒率众飞奔而过，直追呼厨泉而去，沿路腿短胡兵，纷纷被官军取了性命。见众胡兵退去，村民陆续由山中回来，村内哀泣声一片，众多村舍已遭焚毁。赵云与夏侯兰急急赶往家中，见娘与夏侯兰爹爹等人尚好，心中稍安了一些。

话说在冀州地界，白云仙洞兵书传言流传百年。自从胡兵劫掠村庄之后，赵云去寻白云仙洞念头更甚，希冀挽汉室颓唐，救百姓于累卵。这日，赵云与夏侯兰在村中麦场练了一通拳脚后，夏侯兰自去一旁玩耍。

赵云一旁独坐，忽又忆起梦中老叟所言，顿觉心内一阵烦躁，于是起身操起银头扎枪，腾空跃至场中，转手一抖，扎枪立时宛如脱弦利箭，游龙附身，上下奔突，直搅得天昏地暗，飞沙走石。

夏侯兰一旁看呆，心中暗暗赞道："好一个百鸟朝凤枪。"这时，童渊与童三妹前来，赵云收枪上前施礼。众人坐于村头石墩上，童三妹替众人斟了些茶水，童渊抚着白须道："你们随吾已习武三年，百鸟朝凤、七突蛇盘、落马朝阳天下绝技，已尽数教与你们，今后有何打算。"

"汉室羸弱惹得天下大乱，又有北胡犯境，危如累卵。"赵云起身愤愤道："大丈夫以匡扶汉室，杀胡安民为重，吾意投军去。"童渊叹息道："确是如此，今有奸人董卓乱了朝纲，又有吕布小儿助纣为虐，汉室气数恐怕将尽，只可惜百姓将遭大劫。"

忽见村头麦场刮起一阵卷云风，将麦场败叶等物送入半空。夏侯兰呆看片刻，忽道："听闻胡人掠了不少百姓，大学士蔡邕之女蔡文姬，也被胡人掠了去。"

童渊闻言一惊，又顿足泣道："竟有此事。蔡文姬乃当今第一才女，竟为胡人掠了去，可见汉室之弱至此田地。"众人正伤心时，赵云又道："师父勿太忧虑，吾闻袁绍、公孙瓒与曹操将军，已挡北胡犯境之势，曹操欲以重金赎回蔡文姬。"

童渊起身持枪至麦场舞了一番，长叹道："吾已老矣，若是年轻数年，仍可跃马救回蔡文姬，一洗汉室之耻。"夏侯兰闻言嚷道："师父所言甚是，吾辈尚年轻，当投军救民才是，吾且去投了几位将军罢。"童渊点头喜道："投军救民甚好，你们又可曾听闻白云洞兵书之事？"

赵云闻之心中一喜，连连点头。童渊又道："传言呼厨泉也在寻此兵书，寻得者赏黄金千两。"赵云大惊道："兵书不可落贼人之手，否则天下危矣。"

童渊又行至一株柳树前，施掌劈断后道："白云洞与兵书传闻，且勿论其真假，皆须探个明白，万不可由呼厨泉诡计得逞。"赵云与夏侯兰请令愿往，童三妹闻言亦嚷着要同行。

赵云连连摇头道："师妹随行甚是不便，且如今世道皆乱，一路恐屡有险情。"童渊亦面带愠色道："如今胡患流匪横行，姑娘家如何出得门去。"

童三妹闻言，急白脸道："爹爹，女儿亦习武多年，亦图报效汉室救民，今凭爹爹所教功夫，岂在乎几个胡患与流匪。"

童渊思虑一番，对赵云叹道："罢了，都长大了，该去见世面了。子龙，吾只此一女，路上多些照应罢。"赵云拱手道："是，师父。"

这夜三更，赵云娘早早到灶房忙碌，蒸好的馍馍透出一阵香气。赵云娘将馍馍放入一粗布兜内。赵云悄悄进到灶房，见此情景暗中垂泪。赵云娘知赵云进来，一旁揩泪道："都走了罢，你兄长自投了袁绍，全无音信。你又离去，娘该如何活？"赵云闻言泣道："娘，子龙此番只为寻兵书，不久即可归来。"

话说东汉中平元年，汉灵帝令北胡镇黄巾军，不想引狼入室。胡兵一部趁势犯境河东，一路烧杀劫掠，又袭扰了澄底村，残杀无数村民。时袁绍率部经过，挥军驱走胡兵，全村方免遭灭顶之灾。赵云之父遭劫身亡，兄长赵震为报父仇投了袁绍，自此杳无音讯。

如今，赵云已忆不起兄长模样，后亦曾去投军，皆因担心娘而作罢。赵云之父原为村中猎户，为人仗义疏财，每次猎得之物总会匀些给村民，赵云随父亲学会了骑射搏杀。时冀州枪王童渊正为奸宦所害，父女二人流落至澄底村中，为赵云父所收留并结为兄弟。童渊将赵云视为己出，并授之毕生所学武艺。

此时，童渊领了童三妹与夏侯兰进到屋中，见此情景，明白了几分。童渊道：“子龙娘勿要多虑，孩子们去几日即可归来，且路上都有照应。”赵云娘听罢止住啜泣，又往布兜内装馍馍，童三妹与夏侯兰上前帮忙。

童渊将赵云唤至一旁嘱道：“这几日，冀州忽有众多流民涌来，恐胡兵距此不远，一路须小心谨慎才是。”赵云闻言心中一惊，暗道胡兵莫不也为兵书而来。童渊又将一锦囊递与赵云道：“此去一路凶险，不到险境之时，锦囊不可打开。”

众人就此泪别，童渊与赵云娘将三人送至村外。此时天色尚早，三人朝童渊与赵云娘磕了几个头，就踏入浓浓夜色中。三人行了十余里，忽见前方火光一片，又响起喊杀声与哭叫声，三人急忙往前方奔去。

这正是——

群雄割据乱汉室，胡骑暴虐雪上霜。
少年银枪怒惩恶，探书保民辞家乡。

第二章　十载被囚文姬泪　胞兄舍身寻孟德

蜿蜒残破先秦长城，掩没于蒿草之间。疾风正劲，残阳正斜。

大单于呼厨泉独坐长城残垣间，疾风凌乱长发，独眼中透出阴冷。此地昔日曾为汉家天下，呼厨泉先祖为汉将霍去病驱回千里老巢。然而江山代代坐，风水轮流转，如今又给呼厨泉重回的天机。

呼厨泉护兵远远眺望，不敢近前。军纪与残暴，令护兵不敢越雷池半步。十载间，呼厨泉南突北杀，饥肉饮血，占得汉室大片江山，野心亦在逐年膨胀。想到强大汉家即将踩于脚下，呼厨泉一时难捺兴奋，仰天大笑起来。

猛然间，云层高处忽冲出一只暗色苍鹰，贴着呼厨泉头皮掠过，吓得呼厨泉脸色煞白，跌坐于地。呼厨泉立时恼怒了，纵使面对千军万马，也未曾表现得如此惊慌。

呼厨泉跳上岩头，张弓搭箭射向苍鹰。瞬间，苍鹰凄厉地坠向远处，护兵策马奔去，呼厨泉转身往营地而去。营地设于避风的草甸子里，数百间青灰帐篷散落其间，浑浊河流绕行而去。临近傍晚，帐篷间升起缕缕炊烟，飘忽到半空中变幻莫测。

忽然，由帐篷间传出众女子哭骂声，又跑出十多个半裸女子，在草原上胡乱奔跑，一群胡兵紧追不舍。一会儿，多数女子被众胡兵拖入帐篷内，另一些女子则投入浑浊河水中，随着波涛起伏一阵，就不见了踪影。不远处，数百被掳汉民在胡兵呵斥下搬运粮草，似乎不曾感受到周遭发生的事。

多年征战，呼厨泉掠了众多汉室百姓，也掳了众多汉军。汉军中与呼厨泉对抗最烈的为公孙瓒，令呼厨泉丢了一只眼，还险被赶回大漠。为报此仇，呼厨泉屡屡侵入公孙瓒属地，烧杀劫掠。

呼厨泉尊崇暴力，在其眼中追鹰逐鹿之人，才可享受人生。唯如此，呼厨泉将蔡文姬掠入帐帷之中，视如珍玩。蔡文姬原为左贤王所获，呼厨泉惊其才华，于是夺入自己帐中，已历十载。

营内搬运粮草汉民中，忽冲出一中年男子，跃入河中救起一投河女子，几个胡兵见状，冲上前来持刀就砍，中年汉子一跃而起，踢翻数个胡兵，背起女子欲往营外冲去，一胡兵张弓搭箭，射中中年男子右腿，众胡兵一拥而上，将中年男子打翻在地。

呼厨泉见状恼怒上前，拔剑欲砍，汉人谋士许茂急上前拦住道："大单于，此人暂时不可杀。"许茂本为袁绍军中谋士，一场征战中为呼厨泉所掳。呼厨泉原本欲一杀了之，后见此人极有谋略，且甘愿臣服，不禁大喜过望而收帐下。

在许茂的建议下，呼厨泉与诸汉将玩起猫鼠之戏，攻击袁绍地界，则与公孙瓒和好。袭扰公孙瓒地界，又与袁绍暗中联系，此诡计令呼厨泉屡尝甜头。不久前，许茂又言白云洞兵书之事，称得此兵书者可夺汉家天下，呼厨泉野心疯长，欲招徕童渊等天下英雄，去夺了汉家天下。

见许茂前来阻拦，呼厨泉颇有不快道："军师，为何阻拦斩杀此人。"许茂笑道："大单于要杀此人如捻蝼蚁，然又万万不可杀，吾有大用处。"

许茂令人将中年男子带下，又道："大单于有所不知，此人为常山人氏赵震，原为袁绍属下，为吾掳来多年，此番寻兵书尚需此人带路。"

言罢，又与呼厨泉耳语几句，呼厨泉点头道："也罢，暂且留他性命，寻得兵书再杀不迟。"

话说赵云等人去寻仙洞兵书，出村十余里就听得喊杀声，知又是胡兵劫扰村民。几人商量一番，由赵云先进村将胡兵引出，夏侯兰与童三妹则伏于村后袭击。

赵云持了银枪冲入村中，见百余胡兵正抢了粮食与十余女子，驮于马上欲离去。众胡兵忽见赵云一人杀来，哈哈大笑围了上去，一阵乱砍，赵云挡了一阵后，佯装不敌，拖了枪就往村外跑，胡兵一路紧追。出了村口，夏侯兰与童三妹忽从胡兵背后杀出，胡兵猝不及防，一下被杀了十余人，其他胡兵大为恼怒，掉头围了夏侯兰与童三妹。

赵云见状掉头杀入胡兵阵中，胡兵见三人身手不凡，不敢再大意，一些人围住三人，又令人请援军前来。赵云一连挑落数个胡兵，胡兵又围了赵云，夏侯兰与童三妹趁势救下一些被掳女子，向村中后山跑去。

一会儿，由邻近处又涌来数百胡兵，将赵云牢牢围住。正危急之时，忽又见一队人马由村外杀来，赵云细看大喜，这队人马打着曹字大旗，知是汉军赶到。为首者为红脸军将，一路大呼道："胡儿休要猖狂，曹军大将张郃来也。"

胡兵见汉军赶到，纷纷掉头往村外逃去，有些胡兵将所驮女子扔掉，有的干脆一刀取了性命。赵云见状大怒，寻了匹马紧追不舍，张郃也率部紧追不舍。众人直追到胡兵营寨，方止住脚。

且说呼厨泉正在营中，忽听营外传来一阵喊杀声，又见一队胡兵急急逃回营内，后面汉军紧追不舍。呼厨泉大惊，急令关闭了营门，又一阵乱箭将汉军阻于营寨前。

呼厨泉见营前叫阵汉军中，为首者竟是百姓装束之人，再细看竟是赵云，更是吃惊，领军冲出营门道："赵云小儿，上次未取你首级，今又引来汉军，岂可再饶。"赵云见是呼厨泉前来，先是一惊，后又怒道："你这贼人竟藏身于此，速速放了被掳百姓，不然取了你的性命。"

呼厨泉仰天大笑一阵，驱马杀来。赵云冷笑一声，径直迎了上去。两人斗至十多回合，呼厨泉已渐感不支，正欲退去，忽见赵云掉头就走，呼厨泉大喜，紧紧追来，众胡兵紧紧跟来。

待呼厨泉追近，赵云忽放缓马步，接着回手银枪一抖，就见银枪擦着呼厨泉耳旁掠过，呼厨泉吓得魂飞魄散，掉头就往营中跑，赵云上前正欲刺杀，众胡兵一拥而上，拼死阻拦。张郃一旁见状暗暗赞叹，接着也挥军冲过来，胡兵见状逃回营中去了。

话说赵震被呼厨泉囚于地牢内，抬头仅见小片天空。真是命运弄人，多年前赵震替父寻仇投了袁绍，未料竟沦为胡兵阶下囚。被掳多载，尚不知胞弟赵云与娘是否安好。思至此，赵震一时恼起，挥拳砸于土墙上，四周尘泥抖抖而下。

此时，赵震忽听地牢外一阵杂乱声，几胡兵在嚷嚷道："险些杀了大单于的小儿赵云，又领了汉军前来攻营。"赵震闻言大惊，不知道胡兵所说的赵云，是否为胞弟赵云。

过了一阵，又听有人大喊，赵云差点杀了呼厨泉，许莅则大喊关营门，放箭不让汉军前来。

且说张郃领了汉军几番攻营，皆被乱箭挡回，于是停了攻击。随后，赵云与张郃互相见过，又互道了姓名，方知两人皆是冀州常山郡人氏，更是欢喜了。张郃又道："吾此番受主公曹操之命，寻蔡文姬下落，不想遇了胡兵劫扰村民。"赵云闻言惊道："将军可寻得蔡文姬的去向。"张郃叹息摇头。

两人正言语间，一军士急急来报："又发现一处胡兵营地，探马报蔡文姬可能囚于此营，主公令速速前往营救。"张郃于是与赵云等人道别，急急率军而去。呼厨泉见汉军忽然撤去，担心其中有诈，令许莅派出探马查看，见汉军果真远去了，方才放下心来。

这时，一胡兵前来道："蔡文姬夫人又在大发脾气，请大单于速回去。"呼厨泉闻言怒道："刚赶走汉军，又被这不识礼数的贱人吵扰。吾一直尊崇其才艺，多年以礼相待，她却处处与吾为难。"

正言间，见许莅前来又喜道："军师，你亦曾为汉家子民，可随吾去规劝夫人一番。"

许莅问明缘由，连连推辞。蔡文姬视许莅如仇人，每次见之恨不能以剑斩之。许莅虽心中恼恨，尚不敢言行放肆。今见蔡文姬惹恼呼厨泉，心生一计道："听闻曹操欲千金赎回蔡文姬，大单于不如就此换了，免遭曹军步步相逼，还可去换些土地。"

呼厨泉闻言怒道："千金皆可抢得，蔡文姬却就此一个，曹操若要蔡文姬，放马来夺便是。"言罢，径直就往大单于营帐走去。

前尘如旧梦。汉室尚盛之时，蔡文姬即以音律名满京都，后嫁与河东卫仲道，孰料卫仲道早亡。东汉兴平二年（公元195年），董卓与吕布关中作乱，北匈奴左贤王借机劫掠，就此掳走蔡文姬，后又为呼厨泉所夺，已历十载且生两子。

呼厨泉进到营帐中，见帐内物什扔了满地，又见蔡文姬以刀铰衣物，急道："夫人又因何事而恼。"蔡文姬恨道："大单于曾告臣妾，不会在汉地劫掠与杀戮百姓，今又见众多女子被辱，望大单于查处违纪作乱军士。"

呼厨泉闻言暴怒道："抢夺财物及女子乃草原生存法则，不令勇士享受，又岂能号令众勇士夺得天下。"蔡文姬欲往营外走，又冷冷道："杀戮皆为禽兽之本，勇士则以驱恶扬善为本。逞恶断难长久，大单于可知，汉将军霍去病曾封狼居胥山之事。"

呼厨泉抽出利剑欲砍，举至半空又止住了，心中不禁暗叹道，昔日因念蔡邕为名节气重之士，蔡文姬为精通音律之奇才，才不曾为难蔡文姬，未料屡遭蔡文姬蔑视，实难忍受。

未料蔡文姬迎了剑而来，一脸惨笑道："大单于恩于文姬，文姬苟活十余载，今若要拿去了便是。"呼厨泉闻言连退数步，一时不知如何是好。这时，两个垂髫小儿进到帐内，一人抱了呼厨泉叫爹，一人抱了蔡文姬叫娘，众人哭作一团。

呼厨泉叹道："念及多年夫妻，此事就罢了。过几日，吾令军师与汉奴赵震寻兵书，若得此书，大汉江山何愁不得，夫人再回故乡，岂不乐哉。"言罢，又传令各军今后不许羞辱所虏百姓，女子送往洗衣房，男子则送去运粮草，又令将赵震所救的女子，送与蔡文姬做婢女使。

呼厨泉离开，蔡文姬与两小儿亲热一番。这时，几个胡兵将一年轻女子送入帐内，女子伏地而泣，战栗不止。蔡文姬上前扶道："姑娘勿要惊慌，吾也本为汉室子民，被迫嫁于呼厨泉，不会加害于你。"

一番叙诉方知，该女子姓张名兰，与蔡文姬同为陈留郡圉县人氏，逃难时被胡兵所掳。今日险些为胡兵所害，幸为一名为赵震的义士相救。

言罢，张兰方知眼前之人为蔡文姬，大惊道："民间皆传言，蔡文姬为胡兵掳去，不料竟在此相见。"

蔡文姬泣道："文姬去国离家，在此苟且偷生罢，叹就叹生于乱世，人且不如狗，只能随波逐流罢了。"

　　张兰又道："吾被掳前听传闻，曹操欲重金赎回夫人，尚可回故乡。"蔡文姬听罢，喜极而泣道："如果有此事，文姬此生尚有望归家乡去，死亦无憾了。"

　　泣罢，蔡文姬忆起一事道："赵震关押何处。"张兰泣道："听传关押地牢中，大单于要取他性命。"蔡文姬摇头道："过些时日，大单于尚要赵震带路寻白云洞兵书，暂不会要其命。"言罢，蔡文姬拉过张兰一阵耳语，张兰闻言暗吐舌头，又面露喜色。

　　这正是——

　　文姬囚胡历十载，两儿涕娘心欲碎。

　　忽闻曹操寻踪迹，暗使义士去传音。

第三章　银枪救下公孙瓒　沙场幸逢刘关张

话说赵云一行人辞别张郃后，又奔波月余，不觉走出百余里。沿途所见村落，皆断壁残垣，村内狼奔豕突，不见一丝人烟，些蒿草亦漫过屋脊。

童三妹见此景，心忧道："沿途村落恐已遭袭扰，这可如何是好。"赵云去村中查看一番，归来后感叹道："百姓遭胡兵所害如此惨烈，如何能生息。"几人又走了一程，只见前方远山郁郁翠翠，避开大道转入山丛，又行出数里，眼前山势徒然开阔。

只见此山中，一边是溪流潺潺，鸟鸣于涧，多间村舍隐若其间，周围花卉景致极为惹目，一派人间胜境。夏侯兰面露喜色道："此地景色极美，感觉白云洞就在附近了。"

几人沿着山间村道走，见有几处村舍，赵云喜道："此处定有人家，且在此安歇片刻，讨杯茶喝，再问白云洞去向罢。"几个走进村中，不禁倒吸冷气，只见村前道旁躺了十余村民，皆已被杀身亡，还有些村妇亦遭凌辱。正在此时，前方传来动静，接着从一座村舍中走出几个胡兵，身上所扛皆是抢夺物品。

几个胡兵见了赵云等人，忽地扔掉物品围上来，嬉笑不已。赵云等人也不多言，拎了兵器就打，不多时辰，几个胡兵就被砍翻在地。忽然，山间一队汉军驱马疾奔而来，口中大呼道："胡兵来了，沿途百姓速速躲避。"

赵云拦住汉军道："这位官军，周围有多少胡兵。"汉军勒住缰绳，高声叫道："此处周边皆有胡兵出没，人数不详，休要再往前行，各自速速返回罢。"言罢，众汉军又疾驰而去。童三妹一旁抹泪道："四处都有胡兵，不知爹爹和大娘可好。"夏侯兰也嚷嚷道："不如先回村去，日后再来寻兵书罢。"

"且慢，临别时师父授吾一锦囊，嘱关键时方能拆看。"赵云取出师父所授锦囊道。众人忙打开锦囊，只见锦囊书所言：拆见锦囊时村中恐已遭胡兵侵扰，切不可回村相救，寻兵书救民为重。看罢了锦囊，众人方明白师父苦心，遂齐齐朝家乡方向，跪地泣拜。

又一日，众人行至半道，忽闻震天喊杀声与哭喊声，接着，就见数十百姓与十余汉军浑身血迹，由山涧里跌跌跌撞撞跑出。随后，数百胡兵追击而至，砍翻一些百姓与汉军后，将一白铠甲将官及几个汉军围住，口中大喊道："休要放跑了公孙瓒。"

赵云闻言大吃一惊，未料此地遭遇公孙瓒。只见公孙瓒手持双头铁矛，于胡兵中一番突杀，在砍翻一些胡兵后，渐渐体力不支。赵云等人见状，挺枪上前挡住胡兵。一胡兵见状大叫道："哈哈，刚刚杀了一群，又送来几个，一并送他们上路罢。"

"胡儿休要猖狂，杀吾百姓毁吾河山，岂可轻饶了。"赵云大喝一声，枪挑上阵，立时就杀倒了一大片。正在此间，山涧里又涌来大批胡兵，喊杀着冲来。夏侯兰让赵云与童三妹保护公孙瓒，独自冲向胡兵。

只见赵云与童三妹径入胡兵群中，赵云犹如蛟龙入海，又如天雷逐日，只闻枪击冷淬声，竟不见持枪人，一会工夫，周围胡兵被挑杀得七零八落，瘫地大片，童三妹也一连砍翻了数人，胡兵见二人厉害，再不敢上前，只远远围着喊叫。

这时，胡兵群中走出一人，击掌大叫道："果然好枪法，果然是百鸟朝凤枪。这位小将，可否报上名来。"赵云细看，此人一身汉民装束，鹰目焦颜，言语阴沉，乃道："吾乃冀州常山赵云，你又是何人，如何知道百鸟朝凤枪，如何又混入胡兵群中。"

许菟阴笑道："吾本袁绍军中谋士许菟，今为呼厨泉大单于主谋。这位小将，百鸟朝凤枪法，可是出自于冀州枪王童渊。"赵云暗暗吃惊，此人怎知师父童渊。

赵云尚不知，他们出外寻白云洞与兵书时，呼厨泉与许菟率胡兵到了村中，欲逼童渊出山相助，遭到拒绝后射杀了童渊，又袭扰了全村。赵云正待细问时，公孙瓒却忽趁许菟不备，拿了剑就投去，许菟闪身躲开。

公孙瓒目眦尽裂道："贼人许菟，你身为汉士却投胡族，又在诸将间挑拨谗言，危及汉室天下，百姓苦不堪言，吾恨不得食尔肉，饮尔血，方解心头之恨。"

许菟也不恼，躲于一旁冷冷道："将军休要激动，现今汉室不仁，天下将倾，正为英雄建业之时。呼厨泉兵勇势盛，已据冀州与幽州一部，得天下不久矣，将军何不识了时务，就此投了呼厨泉，也好成就一番霸业。"

公孙瓒未多言，抓过旁边军士长剑就冲过来。许菟唤了一部胡兵缠住赵云，自己则率一部胡兵朝公孙瓒杀去，两人斗至十多回合，分不出胜负，许菟不禁怒道："速速乱箭射死这些贼人罢。"

赵云见状，驱马冲入胡兵弓箭手阵中，持枪横挑，弓箭手纷纷被掀翻在地，赵云又直直朝许菟冲去。就在此时，听得后山间呐喊声一片，接着一簇兵马冲了出来，身后腾起团团尘灰，为首着白铠甲者疾呼道："休伤了伯圭。"

公孙瓒闻言大喜道："玄德兄，快快来救吾。"只见这队人马中，三人轮番冲于阵前，白脸之人拿了双股剑，红脸之人抢了偃月刀，黑脸之人握了长蛇矛，一阵劈里啪啦兜头打来，胡兵阵脚大乱，不时有人被斩于马下。

许菟大怒，又急令胡兵放箭，就见乱箭如雨般泼向汉军，不断有汉军中箭坠马。白脸之人猝不及防坐骑中箭，被掀翻在地。许菟大喜，冲过来举剑便刺，赵云也飞奔而来，银枪挡开了许菟手中剑，接着枪头再往上一挑，就见许菟惨叫一声，半只耳朵不见了踪影。

许菟捂了头就跑，一胡将见状打了声呼哨，众胡兵也掉头就跑。赵云追上前道："贼人，吾师父童渊现在何处。"许菟边跑边嚎道："赵云小儿，迟早找你要了耳朵。你师父童渊不肯降呼厨泉，已送回老家了。"言罢，领了胡兵远远而逃。童三妹听闻，立时瘫软在地。

待胡兵散去，公孙瓒与众人相见。赵云与白脸之人相见，方知其为公孙瓒族亲刘备。刘备上前拱手道："英雄好生厉害，救了吾一命，如何回报才好。"刘备又细细观起赵云，只见此少年身高八尺，面若傅粉，目如朗星，手提丈八龙胆亮银枪，心中不禁暗暗称奇。

赵云拱手谦让了一番，刘备又朝身后喊道："二弟、三弟，前来见过这位英雄。"话音刚落，刘备身后闪出两员魁梧军将。只见红脸者身高九尺，卧蚕眉，面如重枣，提青龙偃月刀拱手道："吾乃河东解良人氏关云长，关羽是也。"又见黑脸者身高八尺、豹头环眼，拎丈八蛇矛，上前嗤鼻喝道："青头小儿，吾乃燕人张翼德是也。"赵云上前向两人拱手施礼。

众人正言间，被救百姓纷纷上前，跪谢公孙瓒等人。一老者哭诉村庄已毁，有家难归，望公孙瓒领了百姓一同归去，又有老妇哭诉，若再回到村中必死于胡人刀下，随即众百姓哭成一片。公孙瓒乃下令先带百姓回到营中去，日后再做打算。

此时，赵云寻不到夏侯兰，与童三妹四下寻找，终无所获。这时一老者来称，曾见一位义士抱了一胡兵，同坠山崖了。赵云听闻顿觉一阵心痛，童三妹则掩面而泣。

公孙瓒闻言，急令众人一起寻找夏侯兰，却终未见踪影。这时又有探马来报，山林周边又涌现众多胡兵，正欲再次来战。公孙瓒急令撤军，又与赵云道："今若非英雄相救，吾命恐休矣。现天下大乱，正为英雄建业之时，北胡尚不足为患，平定袁绍天下方才定，英雄可愿同往谋大业。"

赵云施礼道："师父遗愿尚未完成，容吾了断家事后，再投将军。"于是，众人清理了战场，就此话别。刘备上前不舍道："天下混乱，百姓流徙悲苦，望英雄兑现承诺，救民于水火。"赵云拱手道："定不负将军所望。"

待公孙瓒及百姓走后，赵云与童三妹聚土为堆，折枝为香，朝群山哭泣祭奠一番。随即两人正欲离去，忽闻山下传来断续呼救声，两人大惊循声找去，竟然在山坳里发现一满身血迹胡兵，手足皆断，四周未见夏侯兰踪影。

受伤胡兵见赵云与童三妹，惊恐欲叫，童三妹持刀欲砍，赵云上前拦住，又道："与你同坠崖之人，去了何处，说来饶你不死。"胡兵两手比画一阵，就眼白一翻，一命呜呼。赵云朝山上望去，只见半山腰间有一片松枝被折断。

赵云捡来些树枝掩了胡兵，就与童三妹沿着山势往上攀去。两人行至一处灌木丛中，忽见前方隐约有一人字山岩通道，窄处仅可过一人，通道尽头似有道白光闪出。

两人感到吃惊，于是持刀砍去一路荆棘，又经过岩石通道，行至百余米，来到了一处洞府之中，只见洞内高深阔大，有一处可透进阳光，映照灰白岩石间颇为耀眼。又见洞内悬有一处瀑布，十余丈高，四周散布了些各色花，异常鲜艳。

童三妹喜道："子龙哥，此定为白云仙洞。"赵云也大喜，两人在洞内寻找一番，又于瀑布后发现一洞室，内里别有一番天地，有奇石桌椅，有水榭回廊，却无兵书与兵器，两人又四周寻了半晌，仍毫无所获。

赵云心中暗道，难道此地非白云仙洞，童三妹也两手空空而出，一脸沮丧。赵云与童三妹洞内又待半晌，天色将晚只得离去。行前，两人又砍些灌木掩住通道。此时，莽莽群山如坠红彤彤夕照中，山林浸染，气象万千，其一侧又见众紫云团，群奔突兀，绕夕日翻滚。"天狗。"赵云大声叫道，一时泪流满襟。

这正是——

枪挑胡骑救公孙，沙场初识刘关张。

惺惺相惜盟誓约，再寻师弟却无踪。

第四章 仙洞奇书皆为梦 醒时方知世人心

苍穹悠悠，冷月孤悬。赵震仰望地牢外冷月，百感交集。叹昔日为父报仇投军抗胡，怎料沦为胡兵阶下囚。此前听见汉军攻营，赵震喜出望外，未料汉军又忽然撤了去，不知唱的是哪一出戏。

更令赵震吃惊的是，竟听到赵云的名字，离家时赵云尚幼，今已忆不清相貌。赵震正在乱思间，就见许蒐头绑扎带进到地牢，见了赵震冷冷道："赵震，住地牢里感觉如何。"

赵震未答，反问道："军师缘何相救。"许蒐仰观了冷月一番，又道："当初大家皆为大汉子民，袁绍将军的属下，可曾想过会于此地相见，此皆为命也。吾夜观了天象，汉室大厦将倾，各汉将割据亦已成颓势，呼厨泉单于则气势正盛，随了他必成大业。"

赵震转望冷月，又回头冷冷一笑道："引贼入室，涂炭同族，何颜敢称大业。"许蒐闻言恼怒异常，脸赤白一阵，拔出剑欲砍，又止住恨道："不妨告诉你，留你性命皆因有传言，冀州有白云洞及天下奇兵书，你为冀州人自然识路，过些日子带路去寻罢。"

言罢，许蒐转身欲离去，又止住道："你可知晓，有个冀州常山郡赵云。"赵震闻言大惊道："赵云是吾弟弟，尚为孩子，军师不可伤他性命。"许蒐冷冷一笑道："吾的命差点被他取了去。"

这时，几个胡兵带一女子来到地牢，许蒐一见暗自吃惊，此女子正是赵震所救之人。那女子见到许蒐，上前冷冷施礼道："小女为文姬夫人婢女张兰，现奉夫人之命，来探望地牢中人。"

许蒐心中生疑道："此人为袁绍的死士，文姬夫人为何探望他。"张兰摇头道："小女不知，只是为牢中之人送些食物，军师如有不信，可去问了文姬夫人。"许菀忙摆手，令张兰送完食物速速离去。

许菀走远，张兰又支开胡兵，朝着赵震纳头便拜，赵震大惊拦道："姑娘，这又是为何。"张兰啜泣道："这位义士，小女子姓张名兰，为胡兵掳来。幸得当日义士相救，小女子才免受遭羞辱。小女子与文姬夫人同乡，故被收为婢女。前番夫人听闻义士壮举，特令吾前来探望，送些食物。"

赵震闻言感叹无语，昔日为救张兰险丢了性命，今见张兰送来食物，直感叹命运的无常。张兰又道："呼厨泉将遣义士去寻仙洞，义士可半路趁便离去，寻得曹操将军，告之蔡文姬先生踪迹。"又将蔡文姬之事叙了一番，从贴身衣内取出碧色丝绢，只见绢上书有两个血色大字：归去。赵震见状大泣道："张兰姑娘转告文姬夫人，赵震定不负所望。"

且说张郃四处寻蔡文姬，终无所获，只得向曹操复命，曹操听罢叹息道："蔡文姬一日不回汉，吾一日不罢休，活要见其人，死要见其尸。"张郃不解道："被胡兵所掳女子何止万数，主公何以独独要寻蔡文姬。"曹操摇头长叹道："汉家文化非胡族能比，蔡文姬乃汉家文化大学士，为胡人所掳实乃汉家之耻。驱逐胡兵尚为小事，文化被掳方为害事。"

张郃闻言大悟，拱手领命道："末将定寻到蔡文姬。"随即，张郃又言及遇见赵云，并结伴攻打胡军之事，曹操闻之甚为惊异，嘱张郃日后再逢赵云，将其纳入军中。

话说这夜，呼厨泉辗转难眠，及至三更方迷糊入睡。正在此间，忽觉身体飘至一处仙雾洞府前，洞口为腰粗古藤所掩，洞内则伏有一十丈黑色大蟒，撩口吐信，人不能前往。

呼厨泉正无计可施，洞口现一白须老翁，朝黑色大蟒喝道："畜生，还不退了去。"黑蟒闻言掉头钻入丛林。呼厨泉大喜进到洞内，只见洞内有一乳石桌，桌上有奇珍异果，正中闪有一片金光的正是宝书。呼厨泉大喜过望，上前就欲抢夺，老翁忽然挥动仙杖，宝书立时消失。少顷，洞内又闪出一白铠甲少年，持枪当胸朝呼厨泉便刺，呼厨泉大叫一声翻落床下。环顾四周，方知为黄梁一梦，衣衫皆为冷汗所浸透。

呼厨泉素来信奉杀戮劫掠，汉地鬼狐仙家之类，向来嗤之以鼻。此前，许菟告知仙洞与兵书传言，又称得此兵书者得天下，燃起呼厨泉欲做天下霸主之念。呼厨泉数番遣许菟去寻兵书，却皆无所获。

这时许菟进到帐内，见呼厨泉脸色煞白，衣衫皆湿，不禁大惊，正欲唤了护兵，呼厨泉摆手止住，又讲诉一番梦境。许菟惊道："前番吾正欲擒了公孙瓒，忽杀出一白衣小将，勇猛异常，无人能挡，今已经探明，此人为赵震之弟赵云，难道梦中欲杀单于之人，亦是赵云。"呼厨泉大惊道："果然如此，吾此前险些被其所伤，梦中的白铠甲少年定为此人，不杀赵云吾寝食难安。"

许菟忽然哈哈大笑道："此乃喜兆，恭喜大单于，不久即可夺得兵书。"呼厨泉一头雾水道："何喜之有，又如何夺得兵书。"许菟道："大单于梦中所示，赵云定知仙洞及兵书去处。此番带了赵震寻仙洞去，正可诱使赵云前来，一网擒之，何愁兵书不得。"呼厨泉闻言哈哈大笑，连声称好，随即来到营外。

千余骑胡兵列于阵前，高头胡马啾啾不已，赵震被押于阵中。呼厨泉唤过许菟道："前番皆无所获，此次又须经袁绍及公孙瓒地界，军师如何应对。"许菟闻言一笑，令人取来冀州城池图，见其上绘有山川河流，村舍集镇密集，所述甚为详尽。

许菟指城池图中一小径道："大单于勿虑，已探明袁绍与公孙瓒间有一狭隘小道，可直达冀州与幽州之界。袁绍与公孙瓒素有攻击，断难合作，正可趁此直达冀州去。"

呼厨泉闻言赞叹点头，又指赵震道："军师所思甚细，寻到兵书速归。此人了解军情甚多，一路严加管束，万不可令其逃了。"许菟哈哈大笑道："此人如敢带错道路，或寻机逃跑，吾必将其斩于马下。"

再说赵云与童三妹用枝叶藏了洞口路径，又在周边寻找夏侯兰，却终不见踪影。这日，两人又在山崖峭壁间寻了一阵，仍无所获，于是坐于山岩之上。此处万峰耸立，苍翠绵绵，山腰间云海茫茫，风云变幻，犹如人间仙境。赵云站起身远眺望一阵，忽然仰天长笑起来，笑罢又是泪痕满面。童三妹大惊道："子龙哥，切不可过度伤心。"

赵云摇头长叹道："吾是笑世人太愚痴，仙洞与兵书皆为虚晃一梦，世人却当了真了。"童三妹不解道："此事流传有百年，岂会有假。"赵云起身拾起一石块，又远远抛向群山道："世上只有仙人传言，谁人又见过仙人。纵然世间有了仙人，现天下乱成一锅粥，百姓屡遭杀戮，何不见仙人救百姓于水火。今北胡又屡屡犯境，天下岌岌可危，又岂是一本兵书可救。"

童三妹似有所悟，沉思半晌叹道："子龙哥所言有理，世间何人见过仙鬼，只闻人间的虎狼恶。原来世间仙鬼虎狼，皆藏于世人心间，皆由人心所变罢了。"赵云点头赞叹。两人商量一番，不再寻仙洞与兵书，早早回村中去安置后事，日后再投公孙瓒与刘备。

这日，两人来到一处集市中，只见此处人来人往，甚为热闹，然周边村舍尚有火焚痕迹。集市中心正有些汉军官兵，举了曹字大旗。几个官兵在人群中贴着告示，有人大声念道："寻得蔡文姬线索者赏金百两，寻得蔡文姬本人者赏金千两。"周围百姓皆议论此事，接着不断有人去找官兵，报些寻到的线索。

赵云喜道："曹操将军寻蔡文姬，归汉有望了，师父亦可安心了。"赵云与童三妹又往集市中心去，集市虽有了些许活力，受胡兵损毁痕迹仍四处可见，许多屋舍被焚得仅剩一些残垣。

两人看了一阵就往集市外去，忽听得身后一阵急促马蹄声，接着有人大声急呼道："赵云休要走了。"赵云和童三妹一惊，转身去看时，见骑马来者正是曹操大将张郃。

众人相见甚是高兴，各叙一番经过。张郃请赵云投于曹军，赵云言明回村探娘之事，张郃闻之也不再勉强，送了赵云与童三妹些银两盘缠，众人就此告别。赵云与童三妹又急急往村中赶，为抄近路走进了人迹罕至的卧牛谷。

这正是——

欲图汉室窥奇书，呼厨梦逢蟒蛇堵。

奇书原是人心变，到头换得一场空。

第五章　兄弟相逢生死场　袁绍借刀欲杀人

　　且说许菟领众胡兵行出近百里，又暗中经过冀州与幽州小道，一路尚无事。这日，众胡兵在赵震引导下，来到了一处幽暗岩谷内。只见谷内林木繁盛，古藤缠绕成林，遮蔽了日月光辉，道路亦变得极为崎岖。

　　行至谷口前，道路越发难行，胡兵们叫苦不迭，许菟心中生疑，令胡兵停止不前，唤来赵震询问。赵震催促道："此地属常山郡地界，形似卧牛得称卧牛谷，白云洞应距此不远，可快快通过。"

　　许菟往四周查看一番，阴冷道："不可，此地两侧山势高耸，径中仅一通道，为极凶险之地，如遇设伏将全军覆没。"赵震哈哈大笑道："吾少年时常于此谷内砍樵养娘，未见有官兵经过。"许菟闻言略思一会，又领兵往前行。

　　话说此地原为入袁绍地界幽道，早有探马来报，公孙瓒将率军经此地，袁绍闻言大喜，就与大将文丑在此设下一支伏兵。这日，有探马急急来报称，卧牛谷内有人马进入。

　　袁绍心中大喜道："公孙瓒老儿，果然等到你了，待取了尔性命，再收地盘不迟。"又令探马继续查探，一会探马又来报，进入谷内非公孙瓒人马，乃是大批胡兵。袁绍闻言一惊，急带了文丑前去查看，只见进入谷内的果然为胡兵，且已经全部行至了谷底。

　　文丑大笑道："公孙瓒老儿没来，胡儿倒是来了不少。主公，这些胡儿平日作恶多端，也不可放过了。"袁绍冷冷道："那是自然，断不可轻饶了。"言罢，就听得一阵锣响，谷地两侧山岩上，立时飞滚下无数巨木，一时间将谷地两侧通道堵得严严实实。

　　许菟见之魂魄皆散，大叫道："中计了。"拎了刀就去寻找赵震，哪还见赵震踪影。这时，山上又是万箭齐发，胡兵立时死伤过半，未死胡兵各寻了石缝藏身。许茂藏于一块岩石下，朝山上喊道："山上将军，吾乃汉将袁绍谋士许茂，今路过贵地，望手下留情，日后定有厚报。"

袁绍亦认出许茂，勃然大怒道："逆贼许茂，果然是你，欺宗灭祖，挑拨谗言，背叛本公，你可知罪？"许茂见设伏者竟为袁绍，不禁吓得魂飞魄散，又悲哀喊道："主公，此事完全误会，当初末将实为胡人所掳，明为投敌实则探知敌情。主公可放末将一条生路，改日再报详情。"

袁绍仰天大笑道："逆贼小儿，你耍尽滑头，恶事干尽，纵然吾饶了你，天亦不饶你，谁去取了这逆贼的首级？"文丑从一旁闪出，大叫道："末将文丑愿往，去取了逆贼许茂首级。"许茂闻言四肢颤抖，在众人拥架下朝谷外退去。

且说赵云和童三妹别了张郃后，急急往村中赶去。这日，两人进入到卧牛谷内。此处虽是原始森林，大多处遮天蔽日，少有阳光，却也有花香鸟语，溪流潺潺之处。赵云行至一形似牛首岩石旁，止步不前，看了半晌无语。童三妹道："子龙哥又忆起何事。"

赵云忽然伏于石上，洒泪不止。儿时赵云与兄长赵震常来此砍樵，山高林密恐走失方向，故以此石为路标，又因此石形似牛首，取名为回牛石。两人常捡拾些奇石，就藏于石下。童三妹闻言也一番泪下，后果然在回牛石下寻得一堆奇石，有些已为荒草所埋，有些被厚厚苔藓所裹。

赵云见状泣道："牛首今依在，不见兄长人。"两人正言间，忽听谷内一片喊杀声，两人忙藏于丛林间，见一群汉军和胡兵在此厮杀，胡兵领头者竟是许茂，真是仇人相见，分外眼红。

眼见众胡兵拥了许茂，就要逃出谷地，赵云拎了枪跳出来，将许茂和胡兵堵在片岩谷之间，大叫道："许茂，休要走了，此处即为你的死地。"

许茂见赵云忽然由丛林间跳出，大吃一惊，心虚大叫道："好个赵云，上次令你逃脱，此次岂能再饶，杀了此人赏金百两。"胡兵一听，喊着就往上拥，童三妹持刀忽从其后杀出，一连砍翻几个胡兵，一时胡兵尸首堵住退出通道。

赵云指许茂怒道："你这胡人的贼儿，上次腿长逃得快，苍天有眼，你又落入吾手，此次定为师父及全村百姓报仇。"此时，赵震藏于一簇岩石之间，忽听此言心中大惊，眼前英武小将竟是胞弟子龙。

还未及细想，就见赵云挺枪杀入胡兵群中，但见其枪挑之处，胡兵残肢尽皆飞舞。赵震从胡兵手中夺过柄弯月冷刀，砍翻几个胡兵，众胡兵见是赵震，呐喊着转头冲他而来。

赵云与胡兵打斗时，童三妹已悄然逼近许菟身后，待其察觉时，童三妹已经手起刀落，就听许菟大叫一声，首级已飞出数丈远去。见许菟已死，众胡兵一时没了斗志，文丑率众也冲入胡兵群中，一番砍杀，胡兵只有求饶的命，不愿降的大部胡兵被众人合力剿灭，只有少数胡兵逃了出去。

见胡兵退去，赵震扔掉冷刀瘫坐于地，又朝赵云挥手道："子龙兄弟，吾是哥哥赵震。"赵云闻言猛然一惊，急上前定睛细看，果然是哥哥，兄弟两人相拥而泣，旁人见了唏嘘不已。文丑拍马前来道："这位小将身手了得，可愿随本将见过袁绍。"

文丑取了许菟首级，又集中掩埋了胡兵尸首后，领赵云等人去见袁绍。赵云银枪挑胡兵一幕，袁绍在山上看得分明，听文丑一番夸赞，越发喜欢眼前英武少年，又听闻赵云师父为童渊，更是欢喜道："童渊老英雄，素有天下枪王之誉，独创的百鸟朝凤枪法，堪称天下无双，可否请老英雄到军中一叙。"

童三妹闻言掩面而泣，赵云亦垂泪道："师父已遭奸人陷害。"于是，赵云诉述一番经过，众人听后又是一番叹息。待众人情绪稍安，袁绍道："子龙有何打算，可愿投于本公帐下。"

赵云细诉应允公孙瓒与刘备之事，袁绍闻言脸色骤变，起身拂袖而去。文丑见状，对赵云一阵顿足埋怨道："公孙瓒与主公素来为敌，断不可言投军公孙瓒。"

文丑又让赵云等人暂且营内歇息，它事日后再叙。待赵云等人营内歇下，赵震心惊道："袁绍素来心胸狭隘，难容他人之言，不如就趁此别去，以免遭遇不测。"童三妹也劝赵云早早归家去。

这边，袁绍唤来文丑怒道："赵云虽有虎将之材，然不肯为吾所用，如其投了公孙瓒，恐将成大患。"文丑道："主公言重了，各将皆以驱北胡为重，且赵云又为少年，奈何成为大患。"

袁绍摇头道："北胡虽是猖獗，只是猖狂一时罢，终非为大患，日后天下相争，定在吾与公孙瓒和曹操之间。赵云虽然年少，然勇猛异于常人，落入他人之手，日后必成大患。"

文丑试探道："主公，此事该如何处置。"袁绍营内走动一番，忽又拔出剑扔于地道："你且再劝赵云一次，如仍执意要走，不愿相投，则杀之。其兄原为吾军士卒，此番引胡兵前来必为奸细，也一并杀之。"文丑拱手领命而去。

文丑又入营中规劝赵云，奈赵云主意已决道："吾已承诺公孙瓒与刘备将军，岂可言而无信乎。"文丑闻言，又一番道："子龙真乃实心之人，然亦要识时务为好。"又劝一番，见赵云仍无所动，文丑忽拔出利剑，扔于地叹道："主公嘱吾再来相谈，如若不从则杀之。吾邀你至营中，又杀之恐遭天下人耻笑。"

赵云拱手言谢道："将军之恩，吾当铭记。"言罢即要离去，文丑拦道："不可，现在离去恐有耳目传于主公，待天色渐黑，再往后营门离去罢。"

待至天黑透，赵云等人悄悄往后营门去。几个军士见赵云等人来到，心知肚明，悄悄引到后营门处一侧小道，赵云领了众人由小道而出。

出了军营，赵云等人急急行了三四里地，忽听身后有一队军士急急追来，口中大呼道："主公有令，休要放跑了赵云。"赵云等人大惊，急忙翻身藏于田埂之下，少顷，追逐人马由田埂旁疾驰而过。

待军士远去，赵震哈哈大笑起来，赵云惊道："兄长何事发笑？"赵震摇头道："吾刚从胡兵中脱险，又险为袁绍所杀，人生自是无常莫测，岂有定数乎。"众人闻言一番叹息。一轮圆月正悬于天中。

这正是——

引胡入瓮卧牛谷，联手文丑斩奸雄。
胞兄相认喜不禁，袁绍举刀惊遁中。

第六章　师弟携手斩胡酋　文姬血书盼汉军

话说自赵震走后，蔡文姬一日三叹，辗转难眠。这日三更，蔡文姬百思难眠，索性披衣下床独坐暗处，低声啜泣起来。张兰见状，掌了灯上前道："夫人又思乡了。"

蔡文姬垂泪四望，悲道："文姬被囚十载，归乡之心未改。昨夜梦中，又见了亡夫卫仲道，夫妇携手还乡，归了旧宅，清了庭院，又见昔时小犬，绕着花丛正逐蝶。"张兰闻言垂泪，心中亦思念起远方爹娘，不知此生能否再见。

见张兰亦在一旁垂泪，蔡文姬又作欢颜，让张兰勿虑，赵震将托信转于曹操，即可归了乡去。张兰听罢点头道："赵震义士忠义肝胆，定不会负了夫人。夫人遭此难世人皆悲，苍天不应该再负了夫人。"

言罢，两人相拥而泣。泣罢，蔡文姬敛衣道："兰儿，去取些纸墨，多年未写诗词，今要一展胸臆。"张兰铺开纸墨，蔡文姬略思片刻挥毫道：

汉季失权柄，董卓乱天常。志欲图篡弑，先害诸贤良。

逼迫迁旧邦，拥主以自强。海内兴义师，欲共讨不祥。

卓众来东下，金甲耀日光。平土人脆弱，来兵皆胡羌。

猎野围城邑，所向悉破亡。斩截无孑遗，尸骸相撑拒。

……

或便加棰杖，毒痛参并下。旦则号泣行，夜则悲吟坐。

欲死不能得，欲生无一可。彼苍者何辜，乃遭此厄祸。

边荒与华异，人俗少义理。处所多霜雪，胡风春夏起。

……

25

书至此，蔡文姬忽然掷笔于地，张兰又惊道："夫人，为何不写了？"蔡文姬泣道："心中之苦，道出更苦，后面诗句留待归汉再叙，只是不知，文姬能否生还故乡了。"张兰伏地泣道："夫人定能归汉去，也请带了兰儿一同归去。"蔡文姬上前拥住张兰道："文姬与兰儿生死一起，一同归去。"

两人正言间，忽听营内人声嘈杂，众胡兵在营内多处燃起火堆，又见数十满身血迹胡兵抬进营内。呼厨泉于胡兵群中，高声喝骂道："赵震贼人，吾要擒了你，定食其肉，饮其血，为吾军师报仇。"

众胡将匆匆经过蔡文姬营帐，一黑脸胡将道："袁绍杀了许莜，就是赵震那厮做的内应，首级也被袁绍取了去。"蔡文姬和张兰闻言相视一望，暗暗吃惊。张兰暗声道："赵震义士已经逃离了。"蔡文姬点头道："赵震义士定会去寻曹操将军，兰儿，要早做准备才是。"张兰点头。

呼厨泉命黑脸胡将领军去追杀赵震，活要见其人，死要见其尸，沿途所遇村舍皆要焚毁。话分两头，赵云等人一路避开走大道，且日伏夜行，方才摆脱袁军的追杀。一路上几人所见，尽是田舍荒废，流民迁徙，其状惨不忍睹。这一日，几人来到冀州与幽州交界地，赵云喜道："此地距常山不出五十里，紧赶两日即可到家。"

一路翻山越岭，又行至一处悬崖前，只见悬崖下白云滚滚，万千变幻，妙如仙境。几人在此小憩，童三妹观此景叹道："如世间少有贪欲，则不会有无尽杀戮与悲情，当如此景安详自在罢。"赵云亦叹道："世间不平皆源自心魔，心魔平则美景现了。"

赵震则独坐一旁，又忽起身远眺山下村舍，让赵云与童三妹且先回村中，他去寻了曹操再归家去。赵云和童三妹一惊，不知赵震何出此言，赵震就将蔡文姬所托之事，一一道来，众人听罢，又是一番感叹唏嘘。

此时山下村内，只有寥寥数人在走动，不闻鸡犬声，也不见炊烟升起，肃杀冷清。赵震看罢，良久才道："听逃难百姓传，曹操大营就在此近处，吾不能负了蔡文姬先生的心。"赵云也道："兄长多年未有音信，弟与娘累受思念之苦，今岂能再受分离之苦，弟随兄长一同救了蔡文姬先生，再返村去不迟。"

童三妹亦要同往，于是几人就寻曹操而去。

几人来到山下进入村落，只见村前古槐树已遭火焚，村巷之内梁倾墙倒，偌大一村落里，竟寻不出一处完整屋舍。又转入后山，竟见饿殍遍地，尚存数百老弱妇孺，皆衣衫褴褛，其状甚惨。

正在此间，老弱妇孺间忽爆出一片哭喊，又见由山林间冲出数百胡兵，持了冷月弯刀虎狼般冲入人群，妇孺惊慌闪躲，数个青年男子则拿了木棒与胡兵相斗，片刻间被胡兵砍翻在地。赵云等人拿了兵器冲上前去，正要与胡兵厮杀，就听得山后一声锣响，冲出百余举着曹字大旗汉军，从三路冲入胡兵群中，领头汉军大呼道："胡儿休扰吾民，速速前来受死罢。"

赵云等人见领头汉军竟是夏侯兰，皆大吃一惊。然未及细想，胡兵倚仗人多，顺势将这群汉军围在了核中。夏侯兰在斩杀了数十胡兵后，渐渐不支，屡有汉军被砍于马下，情形异常危急。

赵云等人冲入阵中，但见赵云银枪一挑，寒光所到处，胡兵纷纷滚落，银枪再扫，又频生出了万千杀式，直杀得天昏地暗，飞沙走石。一会儿胡兵即死伤大半，无人再敢上前，汉军亦呆立一旁，拊掌称奇。

只见一黑脸胡将慢慢上前，拱手道："这位小将勇猛异常，常人难抵，可否报上名来，也好回去禀报呼厨泉大单于。"赵云怒道："去告了呼厨泉，吾乃常山赵云，休要再扰百姓，否则吾的银枪定不轻饶。"

黑脸胡将拱手应允，忽然又看见赵震，怒指喝道："赵震，你这汉家败寇，前番与袁绍陷害了许菟，今又与曹操为伍，日后擒了你，定食尔肉，饮尔血。"言罢，黑脸胡将呼哨了一声，众多胡兵顷刻消失于山丛之间。

待胡兵散去，夏侯兰才上前与赵云等人相见，皆喜不自禁。原来，当日夏侯兰与一胡兵缠斗，后又同坠山崖。也是夏侯兰命不该绝，胡兵直坠山底，他却为山涧松枝所拦晕死过去，后为一山民所救，休养半月伤势方愈。去寻赵云时又遇胡兵，幸曹操率军经过相救，于是就投了曹操。

一番叙述后，众人又去安顿好百姓，一同去见曹操。进到曹操大营，赵云观曹操，见其身高八尺，细眼长须，不似传闻中令胡兵丧胆的汉家虎将，倒似一介书生。曹操也观赵云年少英武，见是前番张郃所言少年猛将，今又闻赵云枪挑百余胡兵，甚是喜欢。

赵震见眼前人是曹操，伏地又拜又泣，众人扶起，赵震就将蔡文姬所托之事告与曹操，曹操闻言大喜，长叹道："吾正四处寻蔡文姬，不得其踪，不想你今日带来消息，真乃天意要救蔡文姬也。"

赵震满面泪下，从怀中掏出蔡文姬手书"归来"血绢递与曹操，又泣道："蔡文姬先生十载望穿秋水，何曾有片刻不思归来。"

曹操看罢无语，营内走动良久，又悲道："当朝大学士蔡邕，通经史，善辞赋，精音律，为大汉第一人，可惜愚忠枉死狱中。蔡文姬为蔡邕之女，承父之才智，通经纬之能才，堪称奇女子，可惜为胡人所掳。吾曾千金欲赎蔡文姬，皆无所得，勿论且赎且夺，定须让蔡文姬回归大汉。"

赵云上前请命道："曹公莫要悲切，救蔡文姬先生乃洗大汉之辱，师父童渊生前亦为蔡文姬被掳，捶胸顿足。还请曹公发命，吾等即刻前往相救。"曹操大喜，领了众人去查看北地城池图。

这正是——

百姓屡遭胡兵劫，跃马执剑打不平。
生死师弟奇相遇，曹操悲接文姬书。

第七章　直捣胡巢成憾事　婉拒曹操惜才心

且说赵云与赵震杀散胡兵后，黑脸胡将奔回营地向呼厨泉禀报。呼厨泉闻言恼羞成怒，一连斩杀几个被掳百姓泄恨，怒道："又是赵云与赵震，不杀此二人，何谈夺得汉家天下，不杀此人，枉称为大漠勇士。"黑脸胡将等人皆伏地不敢动弹。

自从许茏被杀，呼厨泉就如失去左膀右臂，行事没有了主张。胡兵征战虽猛，却少有谋略。呼厨泉能于汉地狼奔豕突十多载，皆因许茏所使离间之计，方能在各汉将间周旋，尽得渔翁之利。

此时，更令呼厨泉忧心的是，赵震恐要引曹操来救蔡文姬。细思至此，呼厨泉不由一声长叹道："军师呀军师，只怪你心太软，阻吾杀了赵震，如今不单你丢了性命，还要累及于吾。"

这日，张兰领两小儿进蔡文姬营帐，两小儿欢快拥进蔡文姬怀中叫娘。蔡文姬一见，欢喜不已道："两儿可都安好，可有思念娘。"大儿道："儿思念娘，就是爹爹不让来，爹爹今日还教儿骑射。"小儿泣道："儿也思念娘。儿养的耳兔，爹爹令儿杀了它们。"

蔡文姬叹息一阵道："且罢了。如今娘教你们识些字，以免日后只识弯弓射雕罢。"又让张兰铺了些纸墨。蔡文姬提笔添墨，略一思索写下个"陈"字道："娘是陈留郡人氏，且就教你们写'陈'字，一旦日后走失，也好知道娘的去处。"

大儿闻言立时大哭："娘是要离开么？儿不会让娘走的。"大儿哭，小儿亦哭起来，蔡文姬也不由得直抹泪。良久，蔡文姬方劝住两儿，继续书写。一会，两儿即学会书写"陈"字，大儿又道："娘，陈留郡好玩么？比爹爹的营地还好玩么？"

蔡文姬笑道："娘的家乡有鹿台的垂柳，水镇的渔家，郡内的钟楼，桥东酒家的忧皮肘，还有桥西程家的蒸馍……"大儿拍掌喜道："娘的家乡好美，儿要随娘一起去。"这时，营外忽然一阵躁动，胡兵边跑边呼道："曹操可能来袭，大单于有令，各营即刻起程去。"蔡文姬与张兰顿觉心中一惊，张兰起身往帐外望道："莫不是赵震义士已见过曹操将军，发兵来救了。"

蔡文姬喜极泣道："苍天开眼了，可以归家去了，兰儿去看个明白。"正在此间，呼厨泉闯入帐内，见案几上有两儿所写书法，抓过一把撕个粉碎，又抓了笔墨欲扔道："学汉家文化有何用，仍旧为吾踏于马下去。"

蔡文姬上前护住笔墨道："今汉室虽败，非败于文化，实乃奸宦乱纲，与文化又有何干。今让两儿读些常伦，日后也做明理之人，何错之有。"呼厨泉无奈松手嚷道："狼的儿子需有狼的勇猛，鹰的儿子需有鹰的灵敏，文化徒增软弱，终成待宰羔羊罢，学有何用。"嚷罢，呼厨泉拉过两儿愤愤而去。

蔡文姬呆坐营内，欲哭无泪。呼厨泉远去，张兰急道："曹操将军要来救，单于又令离开，可如何是好。"蔡文姬思虑一番，与张兰耳语几句，让她悄悄留些字迹给曹操，也好日后相见。

却说曹操以赵震为向导，率大军往呼厨泉营地而来。赶至营地，呼厨泉已拔营而去，只有少许杂物抛于营地河流旁。曹操哈哈大笑道："好一个灵敏的呼厨泉，果然逃得比野兔快。"

赵云看了番四周道："呼厨泉于此经营多年，断不会轻易弃掉。"曹操又大笑道："呼厨泉趁汉室之乱，方能于此立稳根基，又岂会轻易退出。其定在不远某处伺机而动，众将不可大意行事。"

赵震河边寻了些纸张前来，只见上有蔡文姬所书：小女泣血盼汉军，今又辗转迫随行。胡虏难弃鼎中肉，文姬此地再候君。读罢，曹操叹道："好个聪明女子，分明在告知胡兵会归来。"于是，曹操传令各军大张旗鼓撤军而去，三更时分曹军又潜回来，伏于四周。

白日里曹操撤军，呼厨泉的探马看得分明，急急前来禀报，呼厨泉一时探不清曹操意图。呼厨泉暗思，如曹操为蔡文姬而来，断不会轻易而去，如果只是偶尔路过，撤军倒也在情理之中。

　　这时，黑脸胡将按捺不住嚷道："曹操原为大单于手下败将，今虽羽翼渐丰，仍尚不足为虑，本将愿率军杀回营地，见了曹操就杀个痛快。"

　　"如今汉将已非当年不堪，不可大意，暂不可出兵。"呼厨泉不从，然胡将一再请战，于是呼厨泉决意率众杀回。待回到旧地，未见曹军踪影，呼厨泉不禁哈哈大笑道："世人皆称曹阿瞒为英雄，也不过徒有虚名，如果在此伏下一支人马，吾军定难逃脱。"

　　话音未落，就听得一声锣响，呼厨泉后侧杀出来两支人马，来者正是赵云和夏侯兰。呼厨泉见状大呼："中计了。"掉头就跑，夏侯兰上前追赶黑脸胡将，赵云则将呼厨泉拦下。

　　赵云持银枪拦了呼厨泉去路，大喝道："呼厨泉，前番让你逃脱了，今日定将你擒了，也好归还蔡文姬。"呼厨泉大怒道："赵云小儿，休要口出狂言，本单于正苦苦寻你，快快于马前受降。"赵云挺枪就刺，呼厨泉也拍马上前又道："本单于汉地纵横多年，何曾惧怕，曹操如要蔡文姬，来夺便是了。"

　　正言间，赵云枪头忽然上挑，呼厨泉未及反应，抬头欲看枪头忽又朝下部冲来，呼厨泉急忙拎刀挡开，枪头忽又变幻万千模样，四处皆在。接着，呼厨泉大叫一声，满脸血迹跌落马下，赵云急令军士上前绑了，一队胡兵杀过来大喊道："休伤了大单于。"赵云驱马欲上前，胡兵弓箭手一阵利箭如泼雨般射来，赵云坐骑被射中，立时翻落马下，呼厨泉也大喜，欲唤胡兵上前绑了，夏侯兰率军大喊而来，呼厨泉见状只得掉头而去。

　　夏侯兰冲至眼前，将一胡将首级扔于地，正是黑脸胡将。赵云见状，找了匹马就欲追赶呼厨泉，忽听鸣金收兵，赵云只得回了营地。众将见过曹操，赵云道："曹公为何收兵，胡兵已为落犬之势，一鼓作气定可大胜。"

　　曹操摇头道："呼厨泉在此经营多年，不可贸然行进，以免有诈。且胡兵撤退队形未乱，士气尚在，穷寇莫追。"赵云闻言愧道："此番呼厨泉逃脱，为子龙过错，请将军治罪。"曹操笑道："本公看得分明，此事非子龙之过，况胜败乃常事，勿要自责。"

又一日，有军报传来，曹操之父曹嵩被困于徐州，曹操急令退军回去。并令此处多设暗哨，待胡兵归后一网打之，再救蔡文姬。众将领命，赵云等人商议回村探望娘，并向曹操辞行。曹操道："此番探望尽可前去。子龙年少英猛，堪称奇才，可否愿共谋宏业。"

赵云叙诉与公孙瓒及刘备之约。曹操听罢，半晌不语，后又仰天大笑道："若是来日战场相见，子龙可会手下留情。"赵云大吃一惊，上前施礼道："子龙岂敢。"曹操又是一番大笑，赵云又道："曹公若寻得蔡文姬下落，子龙定来相助。"曹操叹道："子龙为守信之人，勿忘今日之言。"

赵云又与夏侯兰辞别，一番言语自是伤感。夏侯兰悲道："子龙兄，自此一别就是天涯。此番军务在身，弟不随往回村，家父尚托子龙一并探望。"赵云垂泪道："这是自然。日后相见，虽是各为其主，仍是兄弟。"众人就此泪别。

话说呼厨泉被赵云所伤后，急令拔营后撤，一气跑出百余里，方令重新扎营。一路老弱胡兵及被掳百姓死去大半，未死者也损命大半。蔡文姬和张兰被挟裹一路奔波，疲惫不堪。方扎下营地，蔡文姬即一病不起，额头滚烫，常于迷糊中惊喊着"归去。"

这日，呼厨泉来帐内见蔡文姬病重，不由长叹一声道："此世于吾是天机，与你却是劫难，皆是命数。交你与曹操去，莫如由你自行了断了罢。"张兰闻言伏地哀泣道："恳大单于念夫人为两孩儿娘的份上，救救夫人。"

呼厨泉叹一声离去。稍后有郎中来替蔡文姬诊病，又留下些药材。张兰一旁日夜服侍，至十数日时，蔡文姬忽然清醒过来，张兰见状喜极而泣。蔡文姬问明经过，方知已昏死多日，乃泣道："吾已魂归了故乡，缘何又要唤醒。"

张兰泣道："夫人已坚持十载，今要归了故乡去，又怎可放弃。赵震义士与曹操将军正周围寻找，定会带夫人回家去。"言罢，两人相拥泣为一团。

这正是——

奔袭胡营事遭泄，呼厨趁黑夜撤兵。

文姬染症命悬线，闻听汉军泣难声。

第八章　乱世血债深似海　率众投身白马军

公元 193 年，公孙瓒杖杀了欲降胡人的幽州牧刘虞，并据有青州、徐州、幽州和冀州大部，成为北方最强诸侯。为阻北部胡骑，公孙瓒托刘备组建了支白马铁骑军，专攻胡兵的铁骑。

这日，刘备领了关羽与张飞于野外训练白马铁骑，公孙瓒前来观看。只见广阔荒野上，白马铁骑军分有纵横百余队，战马浑身皆白，竟无一杂色毛。军士也皆银白铠甲，蔚蔚一片甚是壮观。

关羽挥了红旗，十余纵队瞬间变为横队，张飞挥了黄旗，横队瞬间变成纵队，刘备挥舞红黄两色旗，白马铁骑队变成一个铁围。千余铁骑动作划一，宛如一人，其势令人胆寒。

公孙瓒见状大喜，抚了刘备的手赞道："玄德所训白马铁骑，号令如一，彪悍精猛，令胡骑闻风胆丧，可谓海内第一铁骑。"刘备拱手垂泪道："当初吾为安喜郡督邮所陷，流落高唐郡地，幸得伯圭公容留，才有立足之地，吾焉敢不尽心竭力。"公孙瓒叹道："吾与玄德同出卢植师门，又情同手足，焉须言谢。"

言罢，公孙瓒唤军士牵过一匹高头白马，此马通体雪白放亮，浑身竟无半根杂色，四个马蹄子亦白得赛雪。刘备见之，连称为罕世奇物。公孙瓒道："此宝驹产于西域，又名照夜玉狮子，日行千里，夜行八百，堪为马中之极品，今赠予玄德，还望笑纳才是。"

刘备闻言大惊，婉拒道："吾何德之有，敢受如此重礼，万万不敢受也。"奈公孙瓒执意相送，刘备施礼再三，乃欢喜接受。

众人又一番畅叙，不觉天色已晚，公孙瓒于是府上设宴，歌女起舞助兴，几人酒至三巡，刘备忽然停樽止箸，不觉一声长叹。公孙瓒不解道："玄德，何事心事重重。"刘备道："伯圭，可曾记得救你的小将赵云。"公孙瓒点头道："何曾忘记，他言投于吾，为何至今不见前来。"

"吾家哥哥依青头小儿所言，寻到了常山郡澄底村，未寻到青头小儿，全村也为胡儿所毁。"张飞大声嚷嚷，公孙瓒闻言大惊，急问缘由。刘备方道明经过，前番刘备领关羽与张飞去村中寻赵云，正逢呼厨泉与许莽领胡兵劫掠村里，赵云师父童渊为保护村民遇害，刘备等人则赶跑了呼厨泉，且接济些粮食给村民。

听罢，公孙瓒惊道："赵云的师父，是天下枪王童渊么。"刘备点头叹息，公孙瓒又是一阵感叹。

话分两头。赵云一行人追星赶月，这日回到村中，只见村中家家新坟，户户残垣，满目凄凉。在村中残存的宗庙里，寻到赵云娘及夏侯兰爹和一些幸存村民。

赵云娘见到赵云和赵震，半晌没缓过神，待旁人告知后，喜极一下晕厥过去。众人又是掐人中，又是灌糖水，才救了过来，拥了赵云与赵震就是一番大哭，旁人见之无不泪下。待赵云娘心绪安定，赵震与娘和众人细诉经过。

月朗星稀，残鸦涕血。赵云与童三妹来到童渊墓前，瓦片墓碑淹于凄凄荒草。墓前荒枝随风而动，似童渊对赵云与童三妹的无言倾诉，童三妹数番哭晕墓前，赵云亦是血泪横流。

这时，赵震换着娘，夏侯兰爹和一些村民也过来。赵云娘在童渊墓前斟满几杯酒，又摆上些供品道："老师伯且可安心去吧，三妹姑娘、子龙和侯兰三人都好，以后他们会年年给你上香的。"

随后几日，赵云与童三妹等人重新安葬了童渊和一些遇害村民，清理了村中的残垣断壁。不久，村中有炊烟升起，袅袅现出了一丝活力。由于接连虚惊与悲伤，赵云娘一病不起。

这日，赵云娘唤赵云至病榻前道："童渊师父临终前要你投军保民，你且去投了刘备将军。若不是刘备将军来救，娘与全村人恐早死了。"赵云点头道："娘且安心，待娘的身体稍安，子龙自去投奔刘备将军。"言罢，赵云端了汤药递与娘，正在此时屋外传来一阵嘈杂声。

赵云走到屋外，见夏侯兰爹领了群年轻人到来。见了赵云，夏侯兰爹道："子龙，村中就这点血脉了，你且带了去投刘备将军的白马铁骑军，杀胡兵替村民们报仇。"

赵云一时愣住，夏侯兰爹见状言道，当日救下全村的就是刘备的白马铁骑军，战力极为强悍，与胡骑对阵片刻，就斩得胡兵首级如乱刀切西瓜，滚落了一地，如今胡兵听到白马铁骑军之名，皆望风而逃。

赵云闻言高兴不已，就与众人商议投军时间，一边训练村中年轻人。这日，赵云在麦场练兵，童三妹匆匆来称，村口来了众多百姓，都要随赵云去投军。赵云闻言一惊，赶到村口见有千余人聚集。

众人见了赵云，皆涌了上来，一黑汉上前拱手道："早听闻赵云英雄杀胡英名，四邻乡亲极为敬佩，今常山郡各处聚了三支义兵，皆愿随了英雄去投白马铁骑军，为死难乡亲报仇。"

其后几日，时有义兵从常山郡各处来投，一时村中人来人往，热闹异常。于是，赵云领众人一起练兵，又派人探知白马铁骑军消息。几日后消息传来，刘备率了白马铁骑军往冀州边界去了。赵云大喜，遂决意率义兵前往。

这夜，赵云将赵震与童三妹叫至娘病榻前道："此番去投军，结果尚难预料，兄长和三妹可在家服侍娘，待时局安稳再做打算。"童三妹不从，要随了赵云一同去投军。

赵云一惊，摇头道："当今局势极为混乱，各将之间或战或合，诡秘莫测，三妹为女流之辈，介入其中恐多不便。"赵云一番劝说，童三妹方打消投军念头，又脸颊微红道："子龙哥，世事皆凶险，诱惑也颇多，不可忘了三妹。"赵云闻言脸也略红道："子龙断不会负了三妹。"

赵云娘一旁看眼里，嬉笑着道："待子龙回来，娘请下月老，定下这门亲事可好。"赵云和童三妹羞红脸，不知如何好。赵震忽然起身，冷冷道："此乱世，活着尚且不错，谈何月老之事。"言罢，转身出屋去，赵云娘满脸不解。赵云就将赵震与蔡文姬婢女张兰之事，与娘诉说了一番，赵云娘听得泪如断珠道："都是些苦命的孩子。"

话说冀州边境烽火频传，大批胡骑一路南下，疯狂烧杀劫掠。公孙瓒即令刘备领了白马铁骑军前往剿杀，刘备领了关羽与张飞前往。这日，胡骑正在劫掠一村落，村民们匆匆往山涧里跑，胡骑随后追杀，哭喊声震动四野。

刘备领了百余白马铁骑军杀入胡骑阵中，两军即刻缠杀一处，一时黄尘滚滚，遮天蔽日。白马铁骑军果然英勇，关羽挥红旗，张飞挥黄旗不断变换队形，杀得胡骑晕头转向，死伤大半。正在此时，又有两支胡骑从侧后杀来，截断白马铁骑军后路。

刘备大惊，急令张飞正面阻击，关羽侧翼掩护白马铁骑军撤出。然为时已晚，数倍于白马铁骑军的胡骑，将刘备等人牢牢围在了核心。一红脸胡将上前哈哈大笑道："刘备，你的白马铁骑军已四面被围，速速降了，可饶你一命。"

张飞气得嗷嗷叫道："你这胡儿好生无理，白马铁骑军何曾败过，焉敢在此妄言，且来吃爷爷一枪。"张飞驱马上前，接连挑翻数员胡将，关羽也抡了刀劈翻几员胡将。胡骑见状大惊，仍将白马铁骑军牢牢围住，施以箭雨将关羽与张飞击退。

又战至半晌，刘备渐感不支，忽然前方又杀出了一支人马，踏着黄尘滚滚而来。"如为胡骑援军，吾方则危矣。"刘备大惊，抵近方知为一支百姓义军，不禁大喜过望。只见领头的义军将领银枪飞挑，所过之处，胡骑纷纷坠于马下，一时胡骑队形大乱。

刘备细看，领头义军竟然是赵云。关羽也识出赵云，不禁拊掌大笑道："哥哥一直寻的赵云，来得正是时候。"只见赵云单枪杀入胡骑群中，忽又直冲红脸胡将而去，两人对阵三十多回合，赵云驱马就走，红脸胡将一路紧追，及至抵近，赵云忽回身抖枪，银枪如出笼游龙，直直朝红脸胡将当胸刺来，当即前胸被刺出个大窟窿，一命呜呼。众胡骑见状杀来，大呼道："休要伤了大单于。"

赵云也不言语，虚枪一晃，银枪头变幻成万千模样，近前胡骑纷纷落地，又不断有胡骑涌来，赵云直杀得眼前半人高尸首堆，渐感疲惫，胡骑趁机抢了红脸胡将尸首才去。

见胡骑退去，刘备大喜，也不再追，收兵与众人相见。张飞也远远驱马而来，大声嚷嚷："青头小儿，吾哥哥寻你好苦，如何现在才到。"赵云施礼道："常山郡百姓推子龙率义兵来投，竟在此遇了各位将军。"于是，赵云又细叙了一番遭遇，众人听罢感慨不已。

回了营中，刘备拉了赵云就去见公孙瓒。公孙瓒听罢经过，心中甚是欢喜，却又故意道："听闻冀州百姓皆去投了袁绍，子龙为何唯独投于本公。"于是，赵云唤来几个义兵，这些义兵倒也懂事，极力颂扬公孙瓒外驱胡虏，内施仁政，又有令胡骑闻风丧胆的白马铁骑军，故愿来投。公孙瓒闻言大喜，令人赏赐了众义兵。

刘备朝赵云暗使眼色，赵云心里明白，于是对公孙瓒拱手道："义兵欲投白马铁骑军下，恳主公应允。"公孙瓒转向刘备道："玄德意下如何。"刘备拱手道："主公吩咐便是。"公孙瓒哈哈大笑，点头应了，众人皆欢喜。

赵云随刘备等人回了官邸，赵云忽然纳头便拜，刘备一惊道："子龙，此事为何。"赵云泣诉了一番刘备驱退胡兵，赠粮救全村百姓之事。刘备听罢，几欲泪下道："吾去晚了，令童渊师父及众百姓蒙难，每念及此事，心内甚为愧疚。"

"胡兵毁吾家园，屠吾百姓，此仇必报。"赵云泣罢，起身拔剑舞了一阵。张飞一旁嚷嚷道："今儿高兴，莫要谈不快之事，大家大块吃肉，大碗喝酒，落得个痛快。"

刘备与关羽皆笑张飞粗直，于是令人于帐内摆下酒宴，又令乐工演奏，众人大碗吃肉喝酒，不觉已月上梢头，众人皆已大醉，刘备更显醉态，拉着赵云道："子龙今与吾共卧一榻，叙三日三夜，方才痛快。"赵云也醉言道："好好，云与将军同卧一榻，叙个三日三夜方罢。"

这正是——

童渊不屈终遇害，子龙练兵保村民。

月老牵下一红线，再投公孙白马军。

第九章　大败典韦震九州　刘备赠云千里驹

公元 194 年，曹操之父曹嵩被徐州牧陶谦部将索要钱财，后又遭杀害。曹操闻讯悲痛欲绝，焚香祭奠后用典韦为将，亲率了二十万人马往徐州杀奔而来。

陶谦急请旧属刘备前来，细诉了缘由后悲道："此事皆由吾部将贪图曹公钱财所致，今吾献部将首级于曹操遭拒，曹操遍发檄文誓斩于吾，玄德要救吾。"刘备闻言大惊，今曹操势力正盛，杀其父绝非小事，去抵挡曹操又犹如螳臂当车。

见刘备犹豫再三，陶谦涕泪俱下，又苦苦相求道："吾所受实为无辜之冤，玄德乃汉室宗亲，又为吾旧日情谊，玄德如不相救，则吾命休矣。"刘备一番思虑，答应去公孙瓒处借些人马，随后便来相救。陶谦闻言执于刘备手，泣道："玄德切勿失信。"

"圣人云自古皆有死，人无信不立。备即往公孙瓒借些人马，无论借得与否，备必然回归公处。"刘备拱手而去。

刘备带了赵云星夜追赶。一路上，只见沿途众多村落百姓，倾家而出，各路汉军也筑巢为堡，一派大战来临之兆。赵云叹道："胡兵尚未退去，又见同室操戈，百姓如何承受。"刘备亦叹道："古来征战，百姓皆苦，唯以战息战，方为救民之道。"

两人又赶了多日，即到北海见过公孙瓒，刘备言及借兵救徐州之事。公孙瓒劝刘备勿蹚浑水，此事皆因陶谦之过，应由其去承受。刘备称已应了陶谦，失信恐为天下人耻笑。

公孙瓒略思片刻道："玄德恩情忠义，自无话说。然曹操率二十万兵马，与之对抗无异以卵击石，吾愿借两千人马，暂解陶谦燃眉之急。"刘备闻言大喜过望，谢过公孙瓒后离去。

关羽与张飞引了三千人为前部，刘备与赵云引两千人随后，径往徐州而去。

这日，众人行至一片沼泽地，只见其中水草茂盛，黑颈鹤、白鹳各类鸟禽，争芳斗艳，一派祥和安逸景象。随着军马嘶鸣声相扰，众鸟禽纷纷往天空冲去。

赵云走于前，刘备见状故意探道："子龙且看如此美景，江山如画，天下谁将领风骚。"赵云指向刘备笑而不语，刘备又惊又喜，翻身下马追问缘由。

赵云也翻身下马，娓娓道："汉室自灵帝始，天下大乱，北胡屡屡犯边，汉将又各自割据。然现今，北胡之乱渐为袁绍、公孙瓒和曹操所灭，天下形势渐趋分明。袁绍虽地广兵强，但心胸狭隘，终难成气候。公孙瓒视野短浅，恐难守江山。曹操虽足智多谋，大将云集，然反复无常，难以善终。将军与各位将军皆不同，将军乃汉室宗亲，又德怀天下，英雄莫不趋往，潜行稳进，借以时日必成大器。"

刘备闻言大为惊叹，执手赵云道："子龙如此年少，竟有如此乾坤胸怀，吾果然没看错。"言罢，又招军士取来套白盔甲要赠予赵云，又欲将坐骑照夜玉狮子宝驹赠予赵云。

赵云见状大惊，坚拒不受。张飞一旁早按捺不住道："哥哥好生偏心，宝驹为公孙瓒将军亲赠，又岂可轻易赠人。"关羽心中也略有不满，称千里宝驹世所罕见，轻易赠人恐伤了公孙瓒的心。

张飞又嚷道："既然哥哥要将宝驹赠人，也该论功行赏方显公平。"刘备哈哈大笑道："二弟三弟所言有理，此番护卫徐州，必对抗曹军猛将典韦，人言其有万夫不当之勇，如有击败此人者，可得此宝驹。"

众人皆称主意甚好，于是又继续前行。这日，刘备率军进到徐州，陶谦喜不自胜，盛宴相待自不在话下。

次日天色微明，城楼忽响起一阵急锣声，一军士急呼道："曹军已将徐州城围住。"接着，各处军士急急往城门奔去，城内百姓也惊恐不已，扶老携幼城内乱跑。

刘备与陶谦领了众将匆匆奔向城楼，只见城外黑压压一片兵马，军中尽是曹字大旗。城门前，一肤色黝黑将军，持两支百斤铁戟，高声叫骂道："楼上陶谦老儿听着，吾乃曹军大将典韦，你这厮害了曹老先生，岂能再苟活，速速前来自缚受降，免伤了城内百姓。"

"这厮信口雌黄，哪位将军替吾收了这厮去。"陶谦气得脸色通红，话未落音，一员将由陶谦身后冲出，大叫道："主公勿虑，末将就去收了此人。"言罢，出城持了流星锤直往典韦奔来，两将见面也不多言，抢了兵器就打，只有几个回合，该将被典韦砸落马下，立时毙命。随即，城中又冲出了三员军将，与典韦打斗至十个回合，纷纷被打于马下。一时间，曹军中一片呐喊声，陶谦军中则无人再敢上前去。

典韦城下仰面大笑道："陶谦老儿，城中尚有多少草包军将，快快一并送了来，免得耽误了本将的工夫。"张飞闻言气得嗷嗷大叫，冲着典韦道："小儿休要猖狂，爷爷燕人张翼德在此，现在就来会你。"

典韦点头笑道："张飞倒算是员猛将，可前来与本将一战。"

正言间，张飞已提了丈八蛇矛飞奔出城来，逢了典韦当面便刺，典韦也不躲闪，驱马上前用铁戟挡开，两人打得尘土飞扬，天地色变。待战至五六十个回合，张飞已渐渐不支，典韦趁此虚空，扔出铁戟打掉张飞头盔，张飞猛吃一惊，掉头就跑，典韦穷追不舍。

关羽城上见状，提了青龙偃月刀冲入阵中。典韦军中亦冲出一员将加入混战，赵云抓了银枪也冲入阵中，待冲至阵前不禁愣住，来人竟是夏侯兰。

夏侯兰见状大惊道："如何是子龙兄。"赵云见状大惊，又暗声道："各为其主，休要多言，吾且不伤你，躲过后速速返去。"言罢，赵云虚晃了一枪刺去，夏侯兰领会躲开，两人斗至十多回合，夏侯兰佯装受伤，裹了马急急退去。

典韦见夏侯兰败去，也不与关羽和张飞缠斗，直奔赵云而来。赵云也不多言，上前枪头一挺直直刺来，典韦慌忙以铁戟挡开，又侧转马身攻来，赵云一惊低头躲开了铁戟，典韦又策马直直打来，赵云不再躲避，银枪拨开了双铁戟，枪头瞬间转向典韦面部刺去，待其尚未瞧看清楚，枪头忽又疾电般回挑，就听得啪地一声，典韦头盔立时飞出十几丈远。

典韦大叫一声，惊出一身冷汗，抱了头就往回跑，赵云则穷追不舍。典韦边跑边道："好一个百鸟朝凤枪，将军何许人也，敢否报上名来。"赵云高声道："将军去报与曹公，吾乃常山赵子龙。"

不觉间，赵云已追至曹军大营，曹军立即放箭射来，赵云挥枪挡开箭雨，刘备见状恐赵云有失，急令鸣金收兵。于是，赵云掉头而回。见赵云得胜，徐州城内军士一片呐喊，战鼓声震四野。

见赵云归来，陶谦与刘备亲往迎接。陶谦喜极赞道："好一个神勇将军，枪法甚是了得。吾替徐州城百姓谢过将军，将军要何奖赏，但言无妨。"赵云施礼道："谦公言重，替主分忧，保境安民乃吾之本分，何要奖赏之理。"

陶谦再三相劝，请赵云受封赏。刘备见状唤过关羽与张飞前来，诡笑道："谦公勿虑，二弟和三弟早有安排。"

陶谦一脸不解，关羽拈须笑而不语，张飞闻言掉头而去，一会就牵来刘备坐骑照夜玉狮子，递与赵云嚷嚷道："前番与哥哥有君子之约，打败典韦者当受此赏，如今理当兑现归了子龙。且宝驹为哥哥所有，愿赠子龙，吾等自然无话可说。"众人见其言语圆满，皆笑而点头。

话说，曹操见典韦与夏侯兰相继败下阵来，甚为吃惊。典韦素有万夫不当之勇，征战多年鲜有败绩。典韦愧道："本将征战多年，今险亡于无名小将赵云之手，无颜面来见主公，现且去再战，不斩杀此小将誓不回营。"

曹操闻言对阵者为赵云，心中暗惊，唤来夏侯兰道："阵前果然是赵云。"夏侯兰心中暗惊，点头称是。曹操忽然一阵冷笑，夏侯兰浑身战栗，几欲晕倒。曹操忽又长叹一声，可惜子龙不能为吾所用。

第二日，典韦在城下单叫赵云出战，赵云骑了照夜玉狮子迎战。典韦见赵云坐骑银光闪耀，心中暗暗称奇。两人见面话不多言，各抢了兵器就打斗起来，战了五十多回合，典韦渐感不支，又气恼攻心，大叫一声跌落马下，赵云并未就势上前杀之，而是示意其上马再战。

典韦见状气得嗷嗷大叫道："你这小将休要辱吾。"言罢，拔剑就欲自刎，赵云冲上前打落典韦手中剑，正色道："吾素闻将军忠义勇猛，岂可自刎了断遭世人笑话，将军何不上马再战罢。"这时，一些曹军趁此上前夺了典韦手中剑，又将其拖回营中去。

城楼上陶谦见此景，大怒道："赵云何不趁此斩杀典韦，以绝后患，是有私心乎。"刘备道："子龙乃忠良之人，绝无私心，谦公勿要猜疑。"陶谦欲再言，又见关羽和张飞对其怒目以视，乃不敢再言。

典韦回营后，整理一番又欲再战，曹操拦道："胜败乃兵家常事，将军不必自责，赵云非硬战可胜，欲取其尚须从长商议。"夏侯兰见状献上一计，赵云曾许诺若寻得蔡文姬下落，定会前来相助，如今且去寻蔡文姬，骗得赵云归于曹军，再施以恩情，赵云碍于情意定会相投。

曹操细思一番道："也唯有如此。你且离了徐州，遣一队人马去寻蔡文姬，如有下落速速来报。"夏侯兰领命而去。话说曹操久攻徐州不下，吕布又率军强攻兖州，曹操无奈撤军，徐州之围遂解。

这正是——

刘备暗测子龙心，未料惊言正合情。

从此相逢成知己，大胜典韦送良驹。

第十章　磐河单挑迎文丑　脚踏平原劣豪绅

公元 195 年，公孙瓒与袁绍争夺冀州交恶，袁绍之弟袁术射杀公孙瓒之弟公孙越，公孙瓒迁怒于袁绍，誓报此仇，遂派刘备与青州刺史田楷同来抗击袁绍，赵云等将随刘备同往。

这日，公孙瓒替弟下葬后洒泪而归，行至磐河边，忽见一队人马急急而来，公孙瓒尚未看清，这队人马已经冲至眼前，领头者正是袁绍大将文丑。公孙瓒见状大怒道："袁绍刚杀吾弟，你又前来意欲何为。"

文丑上前施礼道："袁公知瓒公必经此处，令卑职在此守候，取了瓒公首级就回去罢，瓒公速速前来便是。"公孙瓒闻言大怒，抡了大刀拍马上前喝道："文丑小儿休要猖狂，本公亦为一方诸侯，岂容你这厮如此无礼，先吃吾一刀再论。"

"瓒公当不成诸侯了。"文丑冷冷道。言罢，文丑持刀拍马上前，公孙瓒身边立时闪出几员大将，径直冲向文丑，几人战至三十个回合，文丑将几人砍于马下，其余军士见了不敢上前。

公孙瓒见状掉头欲跑，文丑飞奔过来，抡刀就往公孙瓒脑袋砍去，公孙瓒回身抵挡一阵，自感不敌，正绝望之际，文丑又抡刀兜头砍来，就在此时文丑忽觉手臂一震，刀也差点飞了出去。

文丑大吃一惊，细看竟是赵云，正持枪横于面前，不禁大怒道："赵云，前番本将放你生路一条，你却不思恩情，今欲替公孙瓒换了首级么。"赵云拱手道："前番将军相救，吾自感恩于心。将军为忠勇之人，袁绍却非开明之君，将军不如另投明主，好成就一番功业。"

文丑仰天大笑道："本将只知各为其主，哪有这些明君昏君，且吃一刀再来理论。"言罢，文丑拍马上前就是一阵乱砍，赵云也未客气，使出百鸟朝凤枪，文丑竟然一一化解，赵云心中暗暗吃惊。

两人枪来刀往，战至一团，几乎不见身影，公孙瓒一旁暗自惊叹。两人战至一百多个回合，这时磐河边又杀来一队人马，领头者大呼道："文丑小儿休走，且留下首级来，爷爷张翼德来取也。"

文丑闻言大怒，掉头又冲张飞杀了去，两人斗了一阵，难分胜负，赵云由文丑侧后杀来，文丑心虚不敢恋战，往赵云头上虚晃一刀，赵云侧身躲开，文丑瞅了空档往磐河对岸跑去。

赵云和张飞欲上前追赶，公孙瓒喊住二人道："休要追赶，磐河对面为袁绍地界，恐有埋伏。"刘备和关羽闻讯赶来，众人见面一番诉说。原来，当日赵云正在磐河中洗马，不意间解了公孙瓒之围。

话说文丑逃回袁绍营中，与袁绍道明经过，袁绍闻言长叹道："当初吾欲取了赵云性命，将军尚且阻拦，怎料赵云果成吾心腹之患。"文丑愧道："卑职眼浅，疏忽了此人，下次相遇定擒了交与主公。"袁绍摇摇头指向天空道："赵云如云中之龙，飞上天去如何擒得。"

其后，公孙瓒与袁绍互有攻战，皆难有胜负，又有人出面调停，两军终罢战言和。公孙瓒念刘备之功，封其为平原县县令。刘备遂带了关羽、张飞和赵云等将一同随往。

刘备乃草莽英雄，不耐为官之道，又享不得清静。其上任平原县令后，少有踏入县衙，整日与众将混住军营之内。又因厌于权贵，整日与庶民同席而坐，同簋而食，竟惹恼了县丞刘平及一些乡绅。

这日，刘平小妾凤娘由外归来，满脸愤色道："黑大儿刘备那厮，又故态亲民，惹得众百姓皆议夫君暴敛，真真恨煞人也。"刘平闻言冷冷一笑："凤娘也勿忧，常言道，强龙难压地头蛇。刘备乃外来之货，怎抵吾平原地头蛇，一切吾自有安排。"

凤娘喜道："夫君有何妙计。"刘平拊掌连击两下，屋内闪出一黑壮汉子，满脸凶煞模样，腰间裹了一柄锃亮短刀，脚踏黑皮短靴。原来，此人乃东市张屠户，厌刘备作态收纳人心。近几日，刘平与些乡绅凑了些银两，请张屠户去取了刘备性命。

张屠户冷笑道："大人和夫人尽管放心，小人已经探明刘备行踪，直待时机即可取了性命。"凤娘有些惊喜，少顷又忧道："刘备那厮身边有数员猛将，尤其年少军将赵云，更是不离左右，恐近不得其身。"

刘平起身冷笑几声道："凤娘可见笑了，本官虽出自山野僻巷，谋略却非匹夫可比。吾观刘备那厮常混迹百姓之中，凤娘可略施美色引走赵云，张屠户则可趁势杀之。"

凤娘闻言，忸怩作态道："妾倒是舍得，夫君可是舍得。"刘平拥凤娘入怀，大笑道舍得舍得，两人相视一番大笑。张屠户与两人道别后，径往街市而去。

话说这日，赵云随刘备到校场训练白马铁骑后，刘备又行至城东街市，混于众百姓中说笑。忽然，赵云于百姓群中见有一黑壮汉子，躲于一角悄悄窥视刘备，目光游移躲闪，神态举止相当诡异，不禁心生警觉。

赵云带几个军士悄悄跟黑汉至僻处，黑汉见赵云等人逼来，知道事情已败露，跃过矮墙逃去。赵云等人追出几条街，终将黑汉堵在一民居中，搜出一柄锃亮短刀。黑汉正是张屠户，尚未刑问，张屠户倾筐倒箧，将欲暗刺刘备之事，一五一十交代干净，后又哀求道："此事确与小人无干，皆是县丞刘平与乡绅逼迫所为，将军且饶小人一条狗命。"

"刘平现在何处。"赵云闻言心中暗惊，面上却不露色道。张屠户道："刘平正在县衙里，等着小人的消息，将军可放了小人，这就带路去抓了那奸人。"

赵云暗忖，此事事关重大，万不可走漏了消息，以免逃了刘平。于是，赵云将张屠户交与几个军士，悄悄押往军营去，然后独自往县衙去了。到了县衙，逢凤娘带婢女欲往外走，忽见赵云到来，脸上一惊，又装出欣喜之色道："赵将军，今日来县衙可有公干。"

"无甚公干，路过县衙便来拜望县丞，顺便也讨杯茶吃。"赵云笑道。"蒙将军抬举，县衙好茶倒是有，将军可在此稍候。"凤娘闻言一喜，赵云却摆手道："吃茶无甚要紧，可否请县丞出来，以便一并问候了。"

凤娘与婢女耳语了几句，婢女点头匆匆离去。凤娘又道："县丞外出查案，尚未归来，臣妾就差人去唤回。"见婢女远去，衙内又无人，凤娘移身至赵云旁道："久闻英雄美名，年少英武，武功也是了得。不知将军可曾带有女眷同来，也好与臣妾认了姐妹。"

"军旅生涯，四海漂荡，何曾带有女眷。"赵云往一旁躲去，凤娘见状面露喜色，又往上凑又将外衫往下挪，露些许酥胸挑逗道："将军如此英武，岂能无女儿家相伴，将军如有所求，臣妾倒愿效劳。"

赵云眼光转往别处道："还望县丞夫人自重些。"凤娘往地啐了一口，又悲叹道："将军休要抬举，小女子为县丞大人的小妾罢了，县丞大人眼里，小女子尚不如一烟花女。"

话说赵云与凤娘言谈间，刘平却藏于帐帘之后。原来，赵云擒住张屠户正为刘平属下窥见。刘平自知事已败露，匆匆回府衙收拾了细软，准备一逃了之，未料赵云竟单枪匹马找了过来。

凤娘刚才所言，刘平听了个分明，心中恨恨骂道："好个贱人，待吾先杀了赵云，再与你细细理论。"想罢，刘平端剑从帘后刺向赵云，赵云听得耳后一阵冷风，不待回头，倒地一滚躲向一边。刘平上前举剑又刺，赵云抓过木凳扔去，刘平挥剑挡开，赵云跃起一腿正中刘平胸口，刘平倒地不能动弹。

赵云找来绳索将刘平绑个结实，回头看凤娘，早已不见了踪影。这时，刘备领了张飞等人急匆匆而来，听赵云言明经过，刘备怒道："刘平，好一个阴险之人，吾与你素无恩怨，缘何无故置吾于死地，还险伤了吾一员大将。"

刘平跪地求道："将军恕罪，此事全赖凤娘那妇人的挑拨，小人才一时犯了糊涂，还望将军饶过一命。"

刘备啐一口道："你这贼人，既敢犯恶却不敢认了，算不得条汉子。现又怪罪于妇人，还险伤吾一员大将，如何能饶你。"张飞闻言上前拎了刘平就往外走，拖行至街市口，挥刀将刘平斩首。

几个军士押着凤娘婢女来。婢女泣诉，凤娘趁赵云与刘平打斗时，与几个乡绅往郡里去了，状告刘备谋杀县丞之罪。张飞气嚷嚷道："此地腥臭无比，险些要了哥哥性命，伤了子龙兄弟，咱不如扔冠而去，也落得个痛快。"

关羽也道："哥哥要取天下，确不可在此地久留，三弟所言有理，不如置刘平首级于城头之上，以此告于城中百姓。"众人正议论时，一军士快马送来公孙瓒官书，称袁绍已率大军进犯翼州界桥，令刘备回兵抗击。于是，刘备令将县衙中搜刮百姓的财物，悉数分与百姓，然后一把火烧了县衙和官印，都往界桥而去。

这正是——

磐河再救公孙瓒，文丑遗恨怒难当。

刘备平原遭犬戏，挂印愤而去界桥。

第十一章　匈奴未灭沉酒色　英雄一怒斩红颜

公元 200 年前后，北方大部胡骑为袁绍与曹操驱杀，被迫远走。呼厨泉被曹操逐出草原，却未远走，乃在周边游移，还放出暗哨探知曹军动向。几经探寻之后，呼厨泉方知曹军确已撤去，遂率众重回旧地。

此番回到旧地，已时过境迁，触旧景生新情，呼厨泉一时颇为伤怀，也少了初年的骄狂。这日黄昏，呼厨泉领几个胡将步出营地，只见远处苍山碧远，近处高旷晴空，一大两小三只灰色大雁，呜呜一路往南飞去。

一个胡将见状喜不自禁，张了弓就欲射，又道："大单于今有口福了，末将射下这些南雁，供大单于享用罢。"呼厨泉忽然喝道："为何还要去杀戮，怎忍心它们一家分离。"言罢，呼厨泉返身朝营地而去。胡将满脸愕然，少顷，南雁已鸣叫远去，胡将只得悻悻放下弓箭。

待呼厨泉远去，一胡将暗声道："大单于如何变得优柔寡断，不去杀戮，又如何生存，大单于恐受了汉家文化影响。"另一胡将道："蔡文姬是大汉朝的大学士，与大单于相处十多载，焉能不受影响。"众胡将自叹一番，就各自散去。

呼厨泉来到蔡文姬帐外，听蔡文姬正教两儿吟诵谣辞《悲秋歌》：吾家嫁吾兮天一方，远托异国兮乌孙王。穹庐为室兮毡为墙，以肉为食兮酪为浆。居常土思兮心内伤，愿为黄鹄兮归故乡。

呼厨泉听闻叹气进到帐中，两小儿一见欢喜拥上，一番亲热后，张兰将两小儿引至营帐外。呼厨泉道："夫人，吾与你夫妻相处已多少时日？"

"已历十载。"蔡文姬看着呼厨泉道，呼厨泉不由长叹一声道："吾敬夫人才情，多年相待如宾，却难融夫人念念思汉之情，又是何道理。"

蔡文姬闻言泣道："妾蒙大单于之恩，才能苟活至今。汉地乃妾启智所处，万千往昔常萦妾心，梦间数番回香闺，梳吾新妆理吾衣裳……"

　　呼厨泉叹道："曹操欲以千金赎了夫人，吾实为不舍，然万事皆由天定。"蔡文姬道："大单于莫如降了曹操，随吾回了故乡可好。"呼厨泉摇头长叹道："吾也想随了夫人去了江南，过小家田园日子，然吾部将断然不允，吾也无处安放颜面。"蔡文姬又欲再劝，呼厨泉拦道："夫人勿要多言，此事吾自有安排。"

　　话分两头。曹操遣夏侯兰领五千人马再寻蔡文姬。这日，夏侯兰率军行至常山郡地界，又将人马安置于郊外，独自驱马回到村中探望。进到村中见一片残垣断壁，甚为吃惊。随后见了爹与众村民，各叙生死遭遇，免不得又是一番泪下。

　　夏侯兰又随童三妹和赵震等人去童渊墓前祭奠。夏侯兰抚墓痛哭一番，泣昔日童渊待己如子，恩情难忘，又泣与赵云和童三妹情如兄妹，今却天各一方，兵戈相见。童三妹闻言一惊，细问缘由，夏侯兰乃将与赵云对阵之事细诉一遍，众人皆叹世事无常。

　　稍后，夏侯兰朝赵震道："吾受曹公之命再寻蔡文姬，仍需请兄长相助。"赵震点头道："这是自然。前月，吾潜往呼厨泉昔日营地，见其已率众悄悄归来，吾正在寻思如何告知曹公，不想你就来了。"

　　夏侯兰闻言大喜道："果然如此，可知呼厨泉有多少人马。"赵震略思一会儿，称胡兵人数远不及往昔了，恐只有数千人。且胡兵已变得谨慎，略有风声就早早躲去。应早日去擒了呼厨泉，也好救出蔡文姬。

　　"此事不可操之过急，曹公敬慕子龙情才，行前嘱咐请子龙一同前往，如今可多派些探马去，探清实情后再一网打之。"夏侯兰又将赵云承诺曹操之事，告与众人。童三妹闻言喜不自胜，当即要去寻回赵云。

　　"子龙已随了刘备将军征战，怎肯轻易投于曹公。"赵震摇头道，众人又忧起来，赵震又道："不过，吾尚有一计，可使子龙归来。"原来赵震让人托话赵云，直言兄长因病去世，赵云必定归来。众人皆称此法不妥，赵震却再三坚持，于是依了他。众人派几个青年随着童三妹，一同去寻回赵云。

话说童三妹等人寻赵云时，赵云随公孙瓒与刘备已到界桥，袁绍已领十万铁骑来战。面对袁绍大军，公孙瓒紧闭城门，众将请战一概不允。

时日一长，张飞与赵云等将熬不住了，整天嚷嚷出战，刘备劝说不住，只得领众将去见公孙瓒。公孙瓒在城内又设有宫城，宫城外临河再掘多重深壕，壕内遍筑高丘，丘上再筑营垒，坚固异常。公孙瓒居于宫内，整日与一帮女眷厮混，又令六岁以上男子，皆不得入内宫去。

刘备及众将宫门外求见公孙瓒，守门将入宫内去通报，半晌未见回音，宫内却屡屡传出女子嬉笑之声。张飞忍不住又嚷嚷道："公孙瓒的架子好大，哥哥来见，竟也迟迟不见出来，是何道理，不如再去擂门罢。"

刘备忙拦住众人，又劝众人公孙瓒暂未出来，定有要事缠身。赵云愤道："匈奴尚未灭，四海尚未平，公孙瓒却尽享齐人之福，岂不伤了众将士的心。"刘备道："诸将勿要多言，见了伯圭，吾自会去相劝于他。"

众人于是无话。一会，一女官出来相告，诸将可去城里议事堂里等候。又约摸半个时辰，公孙瓒才在几个女官护持下来相见。关羽和张飞干脆眼瞪望向别处，赵云则一旁冷眼相看。

刘备道明众将来由，公孙瓒道："如今袁绍兵马正盛，气势难挡。兵法有云，避其锋芒然后才胜，吾要静候时机。再者，袁绍与曹操素有间隙，传闻曹操遣大将夏侯兰往北发兵，明为驱北胡，实为侧攻袁绍，更须待机而动。"

张飞不服嚷嚷道："吾不懂什么待机待鸭，如今袁绍已大军压境，难道一味坐等不成。"公孙瓒闻言面有愠色道："也非一味坐等，只是出战时机未到罢。"赵云上前论理道："勿要多虑罢，袁绍虽兵多将广，然远途疲顿，粮草不济，吾军可趁势攻其薄弱，必可牵发全局。再则，曹操未有与袁绍交恶之理，曹操兵发北方多为传闻，未必为攻袁绍而去。"

公孙瓒闻言大怒，拔剑上前道："赵云小儿，朝政焉是你一介武夫可妄论，本公与玄德商议军机之事，你又焉敢胡言。吾知你与曹将夏侯兰素有相识，欲在此混淆吾意，今日不杀你，吾心气难平。"

众人见状大惊，刘备拦于赵云前道："伯圭千万息怒，赵云虽言语粗鄙，然忠心一片，万望饶其一命。"众将也死死拦住公孙瓒，公孙瓒欲动不能，乃掼剑于地道："且看玄德面上，暂寄你首级。各将听命，出战时机未到，休再言战，不从者杀。"言罢，公孙瓒气呼呼径自离去。

赵云心气难平，又见几个女官言行轻佻，大怒拔剑就欲斩杀，刘备大惊紧紧拦住，几个女官尚躲过一劫，惊叫道："好个野蛮汉子，吾这就告诉主公，定斩了你的头，且休要走了。"

刘备赶紧领了赵云和关羽等人离去。赵云回到营中，心内烦躁，又坐于营外。只见夜半时辰，空中薄云伴清月，似月行又似风行，忽紧忽慢乱了人心。

赵云观一阵月，回营内独坐一隅，长吁短叹思道，当初率常山郡义兵相投，数番生死拼杀，皆为救百姓于水火，怎奈空负了一腔热血。思至此，赵云一阵垂泪，又忆起童三妹，曾一路生死相随，不知今可安好。

这正是——

征杀多载忽生厌，嗜血又生慈悲心。

沉湎酒色拒忠谏，子龙再生出离心。

第十二章 三妹千里寻子龙 怒烧匪寨驱流寇

话说童三妹与几个同村年轻人来寻赵云，一路上打听刘备率军到了界桥，料知赵云定随往到了界桥，于是几人日夜往界桥赶去。众人行了多日，竟少有见到了胡兵，流匪却是越来越多。这日，众人来到一集市，街上人来人往煞是热闹，众人挑了处小吃摊正欲坐下，有人大喊流匪来了，街上人闻言惊慌四处散去。

一会儿，就见百余彪悍流匪冲来，腾起漫天尘埃，为首的麻脸流匪大叫道："速速赶在官军前，抢了些女人和钱财回山去。"众流匪径直冲向行人。童三妹等人见状转身欲走，被众流匪围在了核心。童三妹拔出刀，不待流匪上前，就砍翻了数人，其余流匪见状大惊，远远围了不敢上前。

麻脸流匪见状，驱马上前怪笑道："好个厉害女子，可愿随本英雄上山享福去。"童三妹啐了一口怒道："汉室潦倒至如此，你不思杀胡保民，反助纣为虐，算不得英雄。"麻脸流匪脸色赤白一阵道："饶你嘴硬，且擒了你，再慢慢细论。"

言罢，麻脸流匪上前就砍，众流匪也一拥而上，战至半晌，几个同村年轻人被砍翻在地，童三妹正惊时，麻脸流匪掏出一张大网兜头罩来，童三妹被网个正着，接着有流匪上前当头一棒，顿时晕死过去。

话分两头。且说公孙瓒欲责罚赵云，众将皆不服，却又不敢多言。这日，刘备领了关羽和张飞来到营中，赵云起身相迎。刘备悔道："子龙受惊了，吾不该领你们去见伯圭，无端惹出了祸事。"赵云长叹道："此事只怪吾毛躁行事，不谙世事罢。"

刘备叹道："子龙至义至忠，吾深为钦佩。当今朝宗破损，百姓流离，有识之士当以家国为重。伯圭一味贪图享乐，实属不该。"张飞怒道："公孙瓒那厮，沉溺脂粉群中，焉能成就大事，哥哥莫如早早另投人家，免得枉生怨气。"关羽也道："三弟所言非差，哥哥可早做打算，以免误了前程。"刘备摇头道："休言此事，当初蒙伯圭收留，方有落脚之处，怎可忘了恩情。"

刘备见众人心中憋屈，于是领了众人去草原上踏青。众人见到草原，兴奋异常又恣意骑行，高声喊叫，一扫了心中郁闷之气。正在此时，有数军士驱马急急而来，居中者为一女子。及至走近，赵云大吃一惊，此女子竟为童三妹，衣衫褴褛，满面憔悴。童三妹见到赵云，哇地大哭一声晕厥过去。

童三妹再醒时已在赵云营中，见了赵云等人，童三妹失声泪下道："一路战乱不止，流匪横行，寻到子龙哥实属不易。"原来，童三妹被麻脸流匪掠入山洞后，与十余被掳女子共囚一处，为免被辱，童三妹夺刀砍杀了一个流匪后逃出，又一路乞讨寻来。

赵云闻言心痛不已，为童三妹寻来些温热食物，又替她找来些干净衣物。待童三妹收拾妥当，刘备扼腕叹道："民不聊生竟至如此地步，所幸姑娘为童渊老英雄之女，武功了得才脱一劫。今姑娘已来军中，何不与子龙一道留下。"

刘备所言令童三妹想起尚有正事，于是告知赵云其兄染疾西去，速归家去。赵云闻言立时晕厥过去，众人又是掐人中又是灌热水，方救了过来，又是一番顿足流涕。

刘备让赵云向公孙瓒告了假，回家探望。赵云悲道："告假不必了，留书一封即可。"刘备大惊道："子龙此番离去，是不再归来。"赵云道："子龙年幼丧父，兄长如父，兄长离世，子龙当守墓七年。"

刘备试探道："七年期满，子龙有何打算。"赵云摇头道："未思长远。"刘备道："吾今虽寄人篱下，终非久居人下。待吾挣下一片江山，子龙可否相助。"赵云拱手垂泪道："子龙不才，常蒙将军恩泽，子龙守墓期满，定再追寻将军，万死不辞。"刘备等人与赵云相对垂泪，又击掌明誓，大家就此别离。

赵云与童三妹马不卸鞍，人不卸甲，披星戴月疾疾往村中赶去。这一路上尽见"国破山河在，城春草木深"之惨状。闲言少叙，两人奔波月余。这日，两人来到一处城镇，人来人往尚算热闹，忽然人群中一阵骚动，百姓纷纷四处逃去，一伙横冲流匪而来，为首者正是麻脸流匪。

童三妹一见此人，难捺怒气，提了刀追上前喝道："你这贼人，可认得本姑娘。"麻脸流匪见一女子冲来，不禁愣住，待再一看又哈哈大笑道："原是那逃了的女子，本大王正四处寻你，这里却送上门来了。"

赵云操起银蛇枪上前就刺，麻脸流匪挥刀来挡，只见赵云枪头不断变幻，麻脸流匪惊得手足无措，自知遇高手，二话不说拍马就逃。周围流匪见状一起涌来，赵云枪头横扫，如疾星赶月，又如惊涛拍岸，扫得流匪纷纷坠地，哀号声一片。

四周百姓见状，皆上前打翻流匪。赵云紧追麻脸流匪，上前连挑几下，麻脸流匪大叫一声跌落马下，哀求道："吾本张角黄巾军，落败至此为寇，英雄且饶了性命，他日定当回报。"赵云怒道："你这贼人，聚众祸害百姓，怎可免罪。"言罢，赵云枪一抖结果其性命，其他流匪见状，纷纷逃了去。

赵云又领了百姓杀至流匪山寨，救出被掳众女子，将山寨中的粮食与财物分与百姓，又一把火将山寨营地烧了个干净。

辞别了众百姓，赵云和童三妹又往村中赶去。及至赶到村中，已是三更时辰。村中已无往日幽静，黑暗处透着股肃杀之气。两人来到家门前，赵云现屋内透着些许光线，凑近一瞧，见娘在灯下缝补着衣衫。

赵云不觉泪下，喊了声娘就推门进到屋中。赵云娘见到赵云与童三妹归来，喜不自禁，拥了两人看不够。几人正亲热间，赵震忽然披了衣过来，赵云见了目瞪口呆。众人见赵云如此模样，方悟过来，不禁哈哈大笑，也不再相瞒，一五一十如实相告。

赵云听罢感慨不已。天色微亮，夏侯兰闻讯赶了来，相见甚是欢喜。夏侯兰喜道："曹公思贤若渴，子龙兄若能相投，封地封相可任意选择。"赵云不为所动道："望转告曹公，承蒙厚爱，然吾已承诺投于刘备将军，焉能无信。此番助曹公寻得蔡文姬后，自会离去。"

夏侯兰闻言一惊，冷冷道："子龙勿要清高，你曾投于公孙瓒将军，再投曹公有何不可。且刘备亦寄人篱下，没有方寸天下。曹公则据有北部重地，正广揽天下英雄，子龙何不时识务，跟了曹公成就一番英雄美名。"

赵云正色道："此言差矣，吾初投公孙瓒乃时局浑浊不清。征战多年，时局方渐渐明朗，公孙瓒贪图玩乐，终难成大业。曹公虽据北部重地，然终非汉室正统。刘备将军则是汉室一脉宗亲，且怀德于天下，日后必能匡扶天下。"

众人见两人说话执拗，知已动气，于是分将开来。随后众人又摆上酒菜，几杯酒下肚后，兄弟一笑泯恩仇。村中歇了几日后，赵云与赵震随夏侯兰一道寻找蔡文姬。行前，赵云娘将赵震、赵云和童三妹唤至眼前道："子龙与三妹姑娘青梅竹马，两小无猜，吾知你俩心早有所属，可否定下婚期。"

赵云摆手推辞道："不可，兄长尚未婚配，弟岂有越前先娶的道理。"赵震大笑道："婚姻大事焉有孰先孰后之理。再者，兄心中已有归宿，不知命运如何安排。"众人细问，赵震就将与张兰相识之事细述一番，众人听了，免不了又是一番感慨罢。

赵云娘拉过赵云与童三妹的手道："现时局混乱，亲情更显重要。子龙和三妹姑娘可先定下婚约，日后择时再行婚礼，一则了却娘的心事，二则也好告慰童渊老先生在天之灵。"

众人感慨无语。赵云颜面绯红，童三妹面露喜态应允。"这就好了，这就好了。"赵云娘拍手喜道，于是，赵云和童三妹摆来童渊的灵位，行了叩拜之礼。

这正是——

三妹千里寻子龙，怒杀流寇雪旧恨。

留书公孙且离去，侯兰杯酒笑恩仇。

第十三章　奔袭胡营事遭泄　单于惊恐急布兵

赵云和赵震随了夏侯兰的大队人马去。一路行了几天，未见兵灾之事，一些村中也有了炊烟。这日，大队人马渐入草原深处，视野变得豁然开朗，水泽草丰，涓流潺潺，野鸡相逐渐远，苍鹰嘶鸣盘旋。

这时，一快骑来报，前方山坳里发现胡兵营地，有营帐数百。接着又有探马来报，此处的胡兵正是呼厨泉部。夏侯兰心中暗喜，果然苍天不负人，蔡文姬也定在此营中，于是令众将准备攻击胡兵营地。

赵震上前拦住众将，原来胡兵各营间皆具不同攻击功能，仓促进攻恐陷于不利，且累及到蔡文姬安危，赵震欲先潜入胡营中探明情况。赵云要与赵震同去，赵震摇头道："二人前往恐引胡人注意。吾知悉胡语及胡人风情，探听了虚实再做安排。"众人皆说好，赵云乃同意。

待到天黑，赵震换了胡人装束，顺着河流潜入营地。只见营房内，有胡兵来回巡视，更多胡兵则或坐或卧，目色迷离，情绪低沉。另一则营帐内，则是胡兵家眷及被掳汉地男女，营内有胡儿与汉儿追逐嬉逗，为营地平添了些许生气。

赵震营中一番走动，未引起胡兵怀疑。又经一处华丽营帐时，听其内传出阵阵胡笳之乐，哀怨且婉涕。赵震心中暗思，此定为蔡文姬的营帐，于是悄然靠近观看。这时，营帐中走出了一人，赵震细看竟是张兰。

张兰见是赵震，先是愕然，又喜极泪下。赵震将张兰拉至暗处，张兰暗声道："义士如何进来，曹操将军是否已经来到。"赵震点头道："曹操大军已到营外，蔡文姬先生可好。"张兰点点头，拉了赵震往蔡文姬营帐中去。

蔡文姬正哀怨吹奏，乐声令其更念故乡。吹奏一会，蔡文姬忽起身砸掉胡笳，哀怨道："为何世间有此乱心之物，搅得心无处安放。"少顷，蔡文姬又拾起摔坏的胡笳，拥于怀中低声啜泣。随之，蔡文姬又拿另一个胡笳吹奏起来，忽见张兰领进一人，于是停住吹奏。

赵震上前跪拜道："在下赵震，见过蔡文姬先生。"张兰与蔡文姬细诉经过，蔡文姬闻言不禁肝肠寸断，悲泣道："果然盼得义士归来。"赵震亦泣道："前番受先生所托，吾日夜不敢相忘。今盼来曹公大军。吾弟赵云也已率军在营外，在下先期来探听虚实。"

赵震与蔡文姬相约定，明日子时曹军于正面袭营，吸引胡兵注意，赵震则率支轻兵由后营来救。约定完毕，赵震又嘱咐张兰早些做准备，拣些易带的物什即可。

待赵震离去，蔡文姬和张兰匆匆收拾起来。蔡文姬收拾一个胡笳，张兰见状道："夫人被胡兵囚禁十载，缘何还要带胡兵之物。"蔡文姬悲道："吾被囚十载，唯胡笳相伴为生，今怎忍心舍弃而去。"张兰不再言，又收拾物什。蔡文姬忽又悲道："吾一去自是难回，两儿一别自是天涯了。"张兰亦悲道："夫人勿多虑，日后之事日后再论罢。"

正在此间，有探马来报呼厨泉，营地前方数里处发现大批汉军。呼厨泉闻言大惊，焦躁走动一番道："可知来的是哪支汉军？"探马又道："汉军营内有曹字大旗，恐为曹操所部。"呼厨泉直叹道："果然是为蔡文姬而来。速速传命各处紧闭营门，弓箭手高处设伏，防备曹军来袭。"言罢，呼厨泉又往各营去安排。

赵震辞别蔡文姬和张兰，来到河边准备潜出营地去。未料，赵震行踪早为胡兵察觉，待赵震来到河边，数十胡兵持刀喊杀而来。赵震大吃一惊，夺过胡刀砍翻了数人，又被胡兵围在了核心。

呼厨泉驱马前来，见是赵震，一阵狂笑道："真是踏破铁鞋无觅处，得来全不费工夫，你与赵云杀吾军师，正四处寻你，不想送上门来，且先取了你的性命，再去取了赵云性命罢。"

赵震怒道："呼厨泉贼人，你做恶满盈必有恶应，如今曹操大军已在营外，你插翅难逃。"呼厨泉大怒，持了刀就杀上前，赵震边战边退至河边，趁着众胡兵不备，跃入河流中。呼厨泉此时方醒悟过来，急令胡兵放箭，哪还见赵震的踪影。

话说赵云和夏侯兰正在营中等消息，有探子来报，胡兵营内忽然喊杀声四起，情况不明。两人闻言大惊，接着又有探子来报，见赵震与众多胡兵厮杀，后投入河流之中。赵云和夏侯兰领了人马就往胡营杀来。

呼厨泉正令胡兵沿河搜寻赵震，忽有胡兵急急来报，忽然来了大批汉军，在营前叫骂。呼厨泉大惊，赶到营前见叫骂的正是赵云和夏侯兰。赵云纵马营前高叫道："呼厨泉速速降了，不然踏破你的营寨，杀个片甲不留。"

呼厨泉纵马上前喝道："赵云小儿休要猖狂，现在离去此事作罢，不然你兄长赵震就是你的下场。"赵云大怒道："兄长现在如何。"呼厨泉仰天大笑道："早已喂了鱼虾，可龙宫里寻去。"

赵云大怒拍马来战，呼厨泉一旁冲出了三员胡将，几人战至十个回合，赵云挑落一员胡将，另两胡将嗷嗷叫着由两侧杀来，赵云快马闪至一旁，待两胡将冲至一起，忽然银枪脱手飞出，银枪直直从两员胡将胸前贯穿而过。

呼厨泉大吃一惊，令胡将围住赵云，夏侯兰领了兵也冲上去，两边一番厮杀，胡兵顿时死伤大半，呼厨泉急令撤军回营。赵云等人攻至寨前，皆被胡兵乱箭射退。赵云又领了些弓箭手前来，燃了箭头就欲烧胡营。呼厨泉急令押来百余百姓挡于营前，赵云只好令众将撤了去。

呼厨泉又急令各营不许迎战，待赵云等人离去，呼厨泉去各营查看一番，就径直往蔡文姬营帐而去。蔡文姬和张兰见营外喊杀声四起，知是曹军攻来，喜不自禁。蔡文姬道："此番如能回家乡，吾定在家前的柳林里，睡个三天三夜。"张兰笑道："此番如能回家乡，定要吃娘做的蒸馍，又香又甜。"言罢，两人高兴收拾物什，呼厨泉忽然闯入，两人大惊失色。

呼厨泉望眼两人收拾的物什，一脚踢出帐外，又冷冷道："蔡文姬，可是要出远门去？"蔡文姬一时语塞，张兰则脸色煞白，吓得躲于一旁瑟瑟发抖。

呼厨泉怒道："吾待你不薄，如何化解不了你心中冰雪。"蔡文姬上前悲道："文姬无有所求，只盼早归故乡。如生不能归乡，望大单于念文姬为两孩娘的份上，将文姬尸首葬于故乡高台，文姬地下有知，亦念大单于恩情。"

呼厨泉一声长叹道："你休言动情，待吾灭了汉军，再与你细论。"言罢，命护兵将蔡文姬囚于帐内，如欲逃离则格杀勿论，又令将张兰绑于营中令旗桩上，若曹军冲进营内即刻斩杀祭旗。

张兰也未求饶，一味骂道："你这杀人魔头，迟早遭了报应。如尚有一丝人性，就放了蔡文姬，她为你俩儿子亲娘。"呼厨泉闻言呆立一下，就转身离去。

几个胡兵上前将张兰拖出营内，蔡文姬上前欲救，几个胡兵持刀拦住。胡兵将张兰绑于令旗桩上，又轮番用长鞭抽打，一会儿张兰浑身被血浸透，她哀哭了一阵，又喊了一声娘就昏死过去。

却说赵震投入河流后，潜入河底不为乱箭所伤，又往前漂了一阵方离开胡营。爬上河岸后，赵震瘫痪在地，远处胡营周边传来曹军喊杀声。想到蔡文姬和张兰恐遭不测，赵震不禁失声痛哭。

这正是——

义士摸黑潜入营，未料事败单于惊。
手刃众胡惊脱险，婢女命悬一线中。

第十四章　文姬归汉别两儿　胞兄魂落大漠中

且说赵震潜回曹营后，与赵云和夏侯兰等将商议一番，待到子时夏侯兰正面佯攻胡营，赵云和赵震则沿河流攻入胡营中。众人商议罢，赵震又垂泪道："吾千辛万苦皆为救出蔡文姬先生与张兰姑娘，不想反害了她们。"夏侯兰劝道："兄长不必自责，一切皆是命数罢。"

谁料时辰未到，一军士急急来报，呼厨泉营地内多有异动，恐是要逃。众人急忙策马抵近胡兵营地观察，果见营内燃起十多处篝火，众多胡兵在调动车辆与搬运物什，被掳百姓哀号不已，营内高处也多为弓箭手占据。

"呼厨泉要逃，蔡文姬则危矣。"众人见状大惊，此事不宜迟，于是按先前商议，夏侯兰立时由正面佯攻，赵云与赵震则由水路偷袭。话说，赵云与赵震率军沿水路抵近胡营，竟陷入胡兵埋伏，原来呼厨泉料定曹军必由水路偷袭，已在此设下了弓箭手，万箭齐发，密不透风，赵云与赵震不能近前乃率军撤去。

夏侯兰则率曹军从正面朝胡兵营寨猛攻，临近胡兵营门处，胡兵营前忽升起一片明火，将营寨大门照得雪亮，接着营内万箭齐发，冲在前面的曹军纷纷倒地，后面曹军皆伏地不敢向前。

忽然，胡兵营内传出一阵大笑声，呼厨泉身披盔甲，手持狼牙铜出现在阵前道："这位曹将听好，吾乃大单于呼厨泉，已少有进犯汉境，你又为何来犯。如若要战，报上名来，吾与你战个痛快。"

夏侯兰持银柄龙头枪道："呼厨泉听好，吾乃曹将夏侯兰，奉曹公之命接回蔡文姬，如若遵从便当下退兵，如若不从定斩你首级，昭告天下。"

呼厨泉又是一阵狂笑："吾纵横征战数十载，何曾屈于人下。休要多言，如赢得过这柄狼牙铜，吾完好奉还蔡文姬。"夏侯兰见状，也不再多言，纵马冲进胡兵阵中，呼厨泉拍马来迎。两人战至三十回合，夏侯兰渐渐不支，面前显出些许破绽，呼厨泉见势挥狼牙铜迎面就砸，夏侯兰猝不及防被砸落马下。

呼厨泉见状大喜，挥了狼牙铜就要取命，这时赵云持银头长枪纵马冲上前，挡在呼厨泉马前。几个曹兵抢上前，将夏侯兰抢往营中。呼厨泉勒马恼道："赵云小儿，屡来犯吾是何道理。"赵云恨恨道："你这贼人，师父童渊和多少百姓遭你屠戮，今番前来就为取你性命。"

两人打得尘土飞扬，竟看不清两人身影。约摸袋烟工夫，忽听得呼厨泉一声大叫，满脸淌血冲出尘灰，往营地边奔边道："好厉害的枪法，小儿你且稍候，吾去洗个痛快脸，再回取你性命。"

赵云欲前去结果呼厨泉性命，刚到营门前又一阵箭雨，铺天而来，赵云只好拨马回营去了。此番攻打胡兵，夏侯兰虽受伤坠马，却幸未伤及筋骨，也无大碍。

赵震见未能救出蔡文姬与张兰，又见夏侯兰受伤，心中甚是烦闷，于是悄悄约了几个军士潜入河流，摸进胡兵营寨去。几人摸至营中，见张兰满脸血迹，衣衫不整被绑于旗桩前，张兰见赵震前来，失声痛哭道："义士快去救蔡文姬先生。"

一旁胡兵闻讯冲来，举刀架于张兰头上大叫道："大单于有令，汉军进营即斩杀蔡文姬与此人。"话音刚落，张兰的头颅已飞出数丈远。赵震直觉心胆欲裂，提了刀就冲上前去斩杀了胡兵，拾起张兰的头颅欲走，伏于暗处的弓箭手，一顿乱箭射来，赵震与几个军士皆死于箭下。

赵云听闻赵震惨死于胡营，几番痛死过去，众人救醒后领了军就去攻营，却又几番被胡兵乱箭射回。此后几日，任凭曹军阵前如何叫骂，呼厨泉皆令闭营不出。

此时，蔡文姬听闻赵震与张兰被杀，领了两个小儿赶往营中，见到两人尸首，赵震怒目圆睁至死抱着张兰的首级，不禁悲从中来，一头就撞向一旁令旗木桩，旁人赶紧上前拉住。两小儿见张兰尸首，也悲伤啼哭不已。呼厨泉见状，暗叹了几声道："将两人尸首清洗干净，送往曹军去。"

赵云和夏侯兰见到赵震尸首，心内甚痛，痛哭一番后将赵震和张兰合葬一处，又剪了些赵震发须及衣襟一角，回家做个衣冠冢。

呼厨泉闭营不出，众人也无计可施。这日，赵云和夏侯兰领军巡查，见一军将吹奏排箫，其音如天上的流云，又似离人的愁绪，令人感叹万端。赵云忽然心生一计，昔日汉高帝刘邦用楚歌瓦解楚军士气，胡兵也皆常人，离土别乡难免思念亲人，找些会使胡笳之人，日夜吹奏定然有效。

夏侯兰闻言连声称好，于是找来些胡人乐师，整日冲着胡营吹奏思乡之曲，果然胡兵难以忍受，冲着北方哭喊，有的胡兵悄悄潜逃，军心一时不稳。

这日，呼厨泉召来众将商议对策，半晌理不出头绪。一胡将道："现今军心已不稳，粮草仅够半月，是走是战，大单于尽快拿主意，以免后果不堪。"又一胡将也道："末将所闻，各部人马皆遭到袁绍与曹操强劲攻击，大部已退回漠北，吾等也退回罢了。"

呼厨泉大怒道："各部已先期返回漠北，吾等返回焉有立足之地，再者此处水草丰茂，焉能舍得离开。"众将皆惧不敢再言。呼厨泉拔出利剑，立于营中道："此番已不可再战，吾意臣服于曹操，并请留于此地休养生息，永不再战。"

众胡将忧道："臣服于曹操自是上策，尚不知曹操能守约否。"呼厨泉营内走动良久，又止住道："汉将各据有天下一部，已成为大势，曹操现需以仁政赢得天下，吾归降曹操必大增其势力，谅他不会毁约。"

众胡将见此无话可说。于是，呼厨泉呈书曹操表臣服，并愿归还蔡文姬及所掳百姓，永不再战。曹操闻言大喜，赏呼厨泉黄金千两，令其仍留原地抵御北部胡兵犯境，汉军不得借机寻仇。

听此消息，赵云不平道："呼厨泉祸害百姓多年，师父童渊及村民也命丧于此贼，岂可轻易饶了？"夏侯兰劝道："此乃曹公取信于天下之计，一则呼厨泉臣服曹公，百姓亦可免遭涂炭，再则可由呼厨泉抵北胡再度犯境。"

话已至此，赵云只得压下仇恨。公元 207 年冬月，夏侯兰护送蔡文姬归汉，行前蔡文姬骑于马上，冷冷望着呼厨泉及众胡将，呼厨泉与众胡将皆垂首，不敢抬头直视。

　　行前，蔡文姬已割下张兰几缕头发，要带回家乡去。此时，蔡文姬拿出张兰头发，泣道："妹妹，吾带你回家去罢，你也且安心随吾去，有事梦中托吾便是。"呼厨泉等人闻言，心中一阵惊悚。

　　此时，两小儿闻言蔡文姬要归去，由胡营中冲出哭喊奔来，几个胡兵死死抱住，两小儿身旁枯叶随着寒风而起，远处大漠卷起阵阵尘埃。蔡文姬眼中含泪，呆立片刻，拍马扬鞭绝尘而去。呼厨泉也不禁泪珠暗下。

　　话说此时，一场致命的瘟疫席卷了北方，其惨烈甚于胡患，一时间家家闻哭声，户户添新坟。赵云担忧娘与三妹，急欲归去，曹操闻言也未阻拦，于是夏侯兰与赵云就此分别。众人自此便各是天涯。

　　这正是——

　　曹军围攻胡老巢，四面胡歌学楚音。
　　单于含泪放文姬，泣别两儿各天涯。

第十五章　界桥自焚仰天啸　公孙悔哭赵子龙

且说赵云留书一封后离去，公孙瓒也未深究，整日与宫内一帮女眷厮混。日子一久，张飞与关羽熬不住了，直嚷嚷出城去与袁绍决一死战，方为痛快。刘备恐两个弟弟果真出城迎战，又重蹈赵云遭遇，枉伤了两个弟弟性命，于是决意离开公孙瓒。

这日，刘备唤来关羽与张飞商议投向何处，张飞性急道："何必费时去商议，哥哥去哪里，大家跟去便是了。"关羽也道："去何处哥哥定有了主意，只管下令便罢了，吾等也好早些去营中做些准备。"

刘备摆手道："二弟三弟不可操之过急，此事应稳妥为好，不可生出些乱子。"关羽与张飞点头道，那是那是。刘备又道："当今汉室宗亲中，吾与荆州牧刘表素有交往，此人温厚伟壮，又正在广揽英才，可否投奔于他。"关羽拈须略思片刻道："弟略知此公一二，其早年参与太学生运动，后受党锢之祸牵连，党锢解除后又受封荆州牧，素以爱民养士著称。"张飞闻言喜笑颜开道："好好好，就投奔这个，就投奔这个。"

刘备大喜道："二弟三弟皆有此意，不过此事不宜声张，悄悄离去为好。"张飞闻言嚷嚷道："怕甚公孙瓒老儿，老儿欲杀赵云，吾即知其难容忠良，早早离去的好，走时再痛骂一场，岂不痛快。"关羽大惊暗声道："三弟，此事万万不可。公孙瓒一向心胸狭隘，吾等要离去，他必定猜疑挟走他的兵马，恐惹出事端来。"

于是众人商议三更时辰，由各营俱往东城门陆续离去，若是守城者来问，就道是与城外驻军调营。刘备又令各营只许带走本部兵马，乃属于道义，公孙瓒见未挟走其部人马，自会理解苦心。刘备与关羽与张飞商议完毕，就各自准备去了。

且说这日公孙瓒宫中与女眷嬉闹一阵，忽想起赵云之事，心内觉得一阵烦躁，于是将女眷都逐走。当初，赵云献计趁袁绍远途疲顿，攻其薄弱，如今观之堪为上策。现今，袁军已形成连横之势，城池防守岌岌可危。

想至此，公孙瓒长叹道："子龙，当初你拼死相救，吾才有今日，尚未厚待于你，献上良策又欲斩你，实属不该。"公孙瓒正悲叹时，一女官匆匆来报，刘备率部出了东城，称为调换城外驻军，然出城后忽又往西而去，且刘备送来书信一封。

公孙瓒大惊又急拆开书信，只见刘备书信中称，所属兵马因久困城内，皆思慕丰泽草林，现出城踏青云云。公孙瓒将信书掼于地道："简直一派胡言，令人速速去查看，刘备是否带走本部兵马。"

一会儿，有军士来报，刘备只带走其原属兵马，并未挟走其他一兵一卒。公孙瓒闻言点头赞道："刘备果然是个君子，也不枉兄弟一场。"女官上前娇声道："主公，可否派了兵马，去追回刘备那厮，再打他些板子？"

公孙瓒脸色聚变道："刘备乃吾之弟，岂容言语放肆。"女官闻言花容失色，躲于一旁不敢再言。公孙瓒见状又叹道："刘备有鸿鹄之志，断不会久寄吾处。再者，刘备要走谁能阻拦。可惜呀，赵云与刘备皆离吾而去，吾该如何赢取天下？"公孙瓒言罢，不禁一番泪下，后又唤来众女眷，悲道："再摆上酒宴，奏起笙乐，吾要一醉取天下。"

且说公孙瓒闭门拒战，给了袁绍准备攻城时机。月余来，袁绍令大将麴义暗掘地道已至城中，可藏数百军士。一旦攻城，则可破道而出，占据城中要地。正在此时，屡屡有营中军士染疫病而亡。袁绍急令麴义查明原因，方知疫病由北往南席卷而来，极为凶猛，百姓死亡极大，有些村落几乎全村染疫而亡。

麴义急道："主公，疫病来势迅猛，军士如染疫过多，如何夺取界桥，应趁此时机速速攻入城内，以绝后顾之忧。"袁绍点头赞同，于是令麴义率八百强弩手潜于城西山丘之后，数万精兵设伏于东城门下，五百精兵藏于地道内，二更时分由地道突入城内。

这夜，公孙瓒与众女眷彻夜酒食，直喝得人人酩酊大醉，个个步履蹒跚。

这时，城中军士发现袁绍军中有变，急来禀报，却难进宫门。

及至二更时分，城内忽然响起一阵锣鼓声及喊杀声，随即有人燃起多处篝火，将东城楼门照得亮如白昼。城内顿时乱作一团，人马相踏，接着城门被打开，麴义率强弩手冲入城中占据高处，袁绍也率大军冲入城中。

公孙瓒被呐喊声惊醒，光脚跑至城头，见城内已是火光冲天，有人大呼袁军杀入城了。公孙瓒大叫声不好，抓过一副盔甲披上，就率军往东城门而去。途中，正遇麴义率军前来，公孙瓒抢了大刀就上前，两人战至几个回合，公孙瓒就感吃力，被麴义拍于马下，公孙瓒身旁几员大将冲上前挡住了麴义，其他军士将公孙瓒拉至矮墙后躲避。

公孙瓒推开军士，猛然掼头盔于地怒道："大丈夫当战死沙场，焉能躲墙后而苟活。"军士苦劝道："将军勿再逞强，现四周皆为袁军，已难挽颓势。常言道，胜败乃兵家常事，将军可退入宫中坚守，以待援兵。"

公孙瓒无奈，只得率了残部退入宫中闭门紧守。袁绍率军攻入城中，守城军士城门已破，四面又被围困，知抵抗无望，遂纷纷降了。袁绍占了界桥城后，唯宫城紧闭未夺取，后得知公孙瓒藏于宫中，乃亲率军前来，高声叫道："伯圭，你已被四面围困，插翅难飞。念你曾同为汉室公卿份上，且速速降了，也好换了活命。"

公孙瓒早立于宫门楼上，闻听此言大怒道："袁绍小儿，冀州你已据大半，如今又苦苦相逼，你尚知为汉室公卿，可有鲜廉。"言罢，公孙瓒令弓箭手一阵急射。袁绍见状大怒道："公孙瓒老儿，你命将休矣，还逞口快，吾且将你围个结实，奈你如何。"又令麴义的八百强弩手一阵对射，公孙瓒身边军士皆中箭倒地。

公孙瓒见状，仰面长叹道："悔当初未纳赵云忠言，趁你未稳而攻之，又怎至落如今下场，此乃天要亡吾也。"言罢，公孙瓒回到宫中，招来百余女眷怒喝道："都是你等妖言蛊惑，令吾沉湎于酒色，荒于政事误了性命，吾即要死，你们又岂可献于袁绍那厮。"随之，令军士围而杀之，或令其自缢而亡。

一番杀戮，宫中百余女眷皆香消玉殒，横尸遍地。这时，公孙瓒见两幼女躲于帘后，一把将她们抓了出来，两幼女各抱公孙瓒一腿，大声泣道："爹爹莫要杀吾，一切听爹爹的话便是。"

公孙瓒闻言涕泪交加道："莫要怪爹爹，怪只怪你们生于吾家罢，来生去投个好人家。"言罢，公孙瓒将两幼女踢开后斩杀。随后，公孙瓒独上高楼，狂笑声中引火自焚。

此战告毕，袁绍进到宫中见遍地女眷尸首，叹息良久。袁绍令人将公孙瓒首级悬于宫门上示众，后送与曹操做结盟信物。又下令安抚城中百姓，禁止骚扰，所掳兵士也尽纳入了军中。

且说赵云辞别夏侯兰后，就往常山郡赶去。这日，赵云行至临城白鸽井村时，忽见有众多流民涌来，一打听方知，袁绍已将公孙瓒牢牢困于界桥城中，且将破城。赵云惊问城中刘备下落，一老者称，传言公孙瓒逐走赵云后，刘备乃心生去意，袁绍攻城前已经离去。

赵云大惊，又问刘备去向，老者摇头。辞别老者后赵云思忖，公孙瓒虽胸襟狭隘，刚愎自用，于己尚有接纳之恩，此时逢难焉能不救。思罢，赵云掉头往界桥而去，行至城下时，见城中尽是袁字大旗，心中暗道糟糕。

为探知公孙瓒下落，赵云找了身流民服装，又将银枪藏于野外，随众混入城中。城内处处皆是战火焚烧痕迹，但是秩序尚算井然。赵云行至宫城前，见有众多人围观，抵近一看，宫门之上竟悬挂着公孙瓒首级，赵云自知已无力回天，乃找了一僻街冷巷处，朝公孙瓒首级方向磕了几个头，泣泪而去。

赵云来到城门前欲出城去，忽有袁军急急而来，大喊道："流民带了疫病入城，主公有令，所有人一律不许进出，速速关了城门。"城外流民欲往城里冲，城里流民欲往城外冲，城门前堵成一团，袁军持了刀剑上前就砍，流民立时死伤一片。赵云大吃一惊，抢过袁军的刀，一连砍翻几个袁军，冲出了城去。

这正是——

公孙沉湎酒色欢，英雄持剑心难安。

刘备率众投新主，子龙祭拜旧主公。

第十六章　瘟疫席卷夺亲命　千里凄凉话孤坟

公元 201 年，曹操与袁绍据有北方大部，又挥剑据有荆州的刘表及据有吴越的孙坚。为求自保，刘表与孙坚遍发英雄帖，广揽天下英才，一时间各路豪杰云集。

刘备率关羽与张飞来投刘表，刘表大喜过望，引了妻妾蔡氏、幼子刘琮及妻族弟荆州刺史蔡瑁和幕僚李珪来见，众人相见俱是欢喜。一连数日，刘表都大设酒宴款待，宴中有鼓瑟吹笙，雅歌投壶，众人莫不欢喜，其间又有一班歌姬起舞而歌道：

呦呦鹿鸣，食野之苹。我有嘉宾，鼓瑟吹笙。

吹笙鼓簧，承筐是将。人之好我，示我周行。

呦呦鹿鸣，食野之蒿。我有嘉宾，德音孔昭。

视民不恌，君子是则是效。我有旨酒，嘉宾式燕以敖。

呦呦鹿鸣，食野之芩。我有嘉宾，鼓瑟鼓琴。

鼓瑟鼓琴，和乐且湛。我有旨酒，以燕乐嘉宾之心。

这日，众人正饮酒作乐间，刘备忽停箸止杯，又长叹一声。刘表不解道："玄德，何事竟如此惆怅。"刘备起身歉道："景升公，吾扰了如此景致，还望恕罪。"刘表道："玄德勿要多礼，同为汉室宗亲，自是一家人，缛节自是不必了。"

于是，刘备将与赵云的种种遭遇细诉一遍，又伤感道："吾受公之恩福，享此锦衣玉食，尚不知子龙何处流浪。"刘表大赞道："玄德乃真情之人，属下焉有不忠之理。近闻袁绍逼公孙瓒于界桥自焚，首级也献于曹操。玄德乃当今英雄，来荆州必为世人所知，赵云也定然寻来的。"

张飞一旁嚷道："哥哥休要伤感，哥哥心中所念，子龙自有领会，此景色美食可留与他些，回来自有享用罢。"众人皆笑张飞，于是又起鼓瑟吹笙，欢乐直至天明。

话说赵云一路奔波赶回村中，竟见村中一片死寂，又急奔回屋中，竟见屋内竟长出半人蒿草，草丛间蛇鼠蹿行。赵云大惊，又急奔村中各处寻找，才寻到夏侯兰爹与几个村民。见到了赵云，夏侯兰爹与村民们失声痛哭。

原来，赵云和夏侯兰去寻呼厨泉后，一场瘟疫突袭常山郡，传染之势极为凶猛，郡内众多村落为瘟疫所袭。澄底村也为瘟疫所袭，村民尚未反应过来就染疫死亡大半，赵云娘也染疫卧床。

一些流寇趁此宣称天医，刮尽染疫村民财物，烧些纸符给村民服用，不见好转卷了钱财就逃。童三妹与村民和流寇理论时被杀，赵云娘和一些村民也染疫去世，活着的村民则逃往别处。赵云听闻此言，大叫一声晕厥过去。

冷月高悬，野鸦暗飞。赵云醒后心灰意冷，人生已再无牵挂。赵云来到娘和童三妹坟前，两人坟上长出郁郁青草，又夹杂了几株不知名的幼苗，随风摇动就似两人在与赵云点头示意。见此景，赵云百感交集，心痛欲裂，乃冲天而大泣道："躲过了乱世刀斧，却躲不过瘟疫夺命，苍天竟如此不公，民聊以何为生乎。"

夏侯兰爹和村民们拿了些供品前来，摆于赵云娘和童三妹坟头，祭奠一番，皆难受不能言。良久，夏侯兰爹对赵云道："你娘临终时托话，让你跟了刘备将军，为百姓争一条活路。三妹姑娘也托话，勿要再挂念她，好生活着，找一个能照顾你的女子。"赵云泪血长流，又拿出赵震发须及衣襟，在两人坟旁再立了一新坟，重重在坟前磕了几个头，乃不舍而去。

随后几日，赵云得知害死童三妹的流寇仍在行骗，乃决意铲除这股流寇。赵云招募村中剩余年轻人，整日进行训续，邻近村民听闻纷纷来投，一时间队伍扩大到近百人。这日，赵云正在练军，夏侯兰爹匆匆赶来道："害了三妹的流寇在袭扰邻村。"赵云听罢，拎了银枪领了人就往邻村奔去。到了邻村，见百余流寇正在狂笑掠夺，流寇中竟有胡兵的身影。

此时多处村舍被烧，村民四处逃窜，逃慢了的村民被流寇赶上，抢净身上财物，稍有反抗即被砍杀，村内哭声一片。忽然，流寇见赵云等人持兵器前来，忽地涌了上来。赵云也不多言，提了枪一阵横扫，流寇如秋风扫落叶般，缺手断脚翻滚了一地，又有胡兵欲上前砍杀，赵云连续几枪捅了几个透心亮。其他流寇见状，皆退缩一旁不敢再上前。这时，一独眼流寇上前拱手道："这位好汉身手果然厉害，吾在此只为征些粮草，好汉如要拿去便是。"

赵云怒道："当今国破，百姓凄苦，你们还趁此劫掠百姓，又与胡兵勾结，岂能轻饶了。"夏侯兰爹见独眼流寇，怒喝道："就是这厮，杀了童三妹和村民们，子龙断不可饶了他。"独眼流寇闻言大叫道："要剐便剐，要杀便杀，何须如此多言，你且来与吾大战三百回合，再论道理。"

言罢，两人战至一起，不到五个回合，独眼流寇掉头就跑，赵云穷追不舍，跑出三里地，独眼流寇忽然回身使出暗镖，赵云大惊低头躲过。忽然斜刺里又杀出两股流寇，直向赵云杀来，赵云挺枪迎上去，一路连挑翻十多人，独眼流寇见状，掉头又欲跑，一队官军拦住了去路。

赵云细看竟是曹将张郃。张郃挥军将独眼流寇及随从围住，一番砍杀，流寇死伤无数。赵云上前枪头一挑，就见独眼流寇惨叫一声，首级飞出几丈外，众流寇见状，纷纷跪地求饶。

这时，附近村民闻讯聚拢而来，赵云高声道："自古有杀人偿命，欠账还钱之理。各位村民可上前细细辨认，有血债者当令其血还，没有血债者交与官军。"

赵云与张郃相见自是欢喜，各诉一番遭遇，皆自感叹。张郃道："报了此仇，子龙将去何处。"赵云道："吾已应允刘备将军，当寻他去。"张郃点点头道："听闻刘备投了荆州牧刘表，子龙可往荆州寻去。"

赵云闻言点头，就此与张郃道别，拎了独眼流寇首级就往童三妹坟上去。赵云将独眼流寇首级摆于童三妹坟前，泣道："三妹，子龙来晚了。"言至此，赵云心痛难忍，跌坐于地。

赵云在童三妹坟前坐至半夜，夏侯兰爹寻来，见状悲道："三妹姑娘临终曾言，让你投了刘备去，救民于水火。"赵云泣道："子龙定不会负三妹所望。"

第二日，周边村落村民寻了来，请赵云带了众人投军去，于是众人商议一起去荆州寻刘备。又一日，天尚未亮，赵云准备率众投军，与前番投军不同，此次投军没有了赵云娘与童三妹的相送，仅有夏侯兰爹相送，让赵云感到夜寒浓重，百感交集。

赵云在娘与童三妹坟前，暗中流泪道："娘、三妹，子龙就此离去，恐今生难再回故土，唯有来世与你们相见。"言罢，赵云在两人坟头添了些新土，后重重磕了几个头，从此离开了故乡。

这正是——

生逢乱世不如草，亲人阴阳两重重。
合力张郃铲恶寇，从此故乡在梦中。

第十七章　荆州再聚刘关张　蔡瑁降曹欲设陷

　　且说刘表每日厚待刘备等人，招致蔡瑁猜忌与不满。这日，蔡瑁入后堂与蔡夫人商议除掉刘备，蔡夫人闻言大惊："二弟切不可胡乱作为，刘备乃汉室之后，与大人同属一脉，伤了刘备，大人定然不饶于你。"

　　蔡瑁冷笑道："家姐勿要天真，汉室之后岂以十万计。刘备自诩汉室之后皆由其说，无有凭证。吾倒听闻，刘备本为幽州贩履之徒，趁此次黄巾起事混迹江湖罢了。"

　　蔡夫人闻言，沉默不语。蔡瑁又道："弟此番所虑，皆为家姐所想。吾观关羽和张飞二人，面貌皆凶绝非善类，欲来投的赵云又曾为公孙瓒和袁绍所用，亦与曹操纠葛不清。刘备等人羽翼丰满必挟了主公，荆州岂不为他人天下，二姐和贤侄又将何处安身。"

　　蔡夫人似心有所动道："二弟所言不无道理，只是勿伤刘备性命，赶走便是了。"蔡瑁让蔡夫人多与刘表吹些枕边风，让刘表提防了刘备等人才是。

　　话说赵云领了众人去寻刘备，一路尝尽艰辛。此番已不见了胡兵踪影，流匪却是多如牛毛，赵云杀散几股流匪进入荆州。

　　这日，赵云在官军引导下见到刘备，刘备大喜过望，关羽和张飞也赶来相认，众人相见满心欢喜。众人又听赵云诉说遭遇，皆泪下感伤。刘备几人整日相伴赵云，又一醉解千愁，赵云心情渐渐平静。

　　再说刘备自投刘表后，部分军马安置于城外，刘备等人则寄居城内驿馆。每日刘备驿馆处理完军务，就带赵云等人去城外练兵。

　　这日，刘表带蔡瑁到城外观练兵。只见操练场上，一骑白须大马，着全银白盔甲勇士，持一杆银头蛇枪，于万千军士中来回纵突，无人敢阻，其所使枪术舞动如风轮，只闻其声不见其人。

"好一员猛将，此为何人。"刘表连声惊叹，刘备笑道："此人正是前番与景升公所说赵云，此次寻吾而来。"言罢，刘备将赵云召来见过刘表。刘表赞道："将军英名早有所闻，今日一见果然如此，将军坐骑也是威猛，真是英雄配好马，好马配英雄也。"

赵云恭礼道："刘公赞词，末将不敢领受。此马又名照夜玉狮子，乃刘备将军所赠。"蔡瑁冷冷一笑道："刘备将军礼怀天下，百姓豪士莫不向往，焉能不得天下。"刘备闻言大惊，脸色暗变。

张飞闻言嚷嚷道："刺史此言差矣，吾哥哥前来荆州，皆为辅佐主公，焉有夺取天下之心，莫要引起误会罢。"蔡瑁欲再言，刘表拦住道："勿言不快之事，本公备下酒宴，尽情开怀才是。"众人闻言皆称好，于是一起前去。蔡瑁则愤然离去。

刘表回到府邸，蔡夫人递上茶道："吾观玄德皇叔亲军爱民，众人皆敬之。"刘表笑道："那是自然，玄德忠厚仁义，众人自然喜欢。"蔡夫人又道："众人皆敬玄德皇叔，自然冷落了主公，如何是好。"刘表一时无语，半晌乃恼道："真乃妇人之见，此言不可再论了。"

这日，蔡瑁率军出城，见城内外皆是刘备军士，不禁大惊，急急回来报于刘表，请求将刘备人马安置城外去。刘表摇头道："玄德来投皆为助吾，现曹操南下之心若揭，吾尚需玄德相助，不可冷了人心。"

蔡瑁苦苦劝道："人心隔肚皮，一旦刘备起了异心，内外夹击，荆州必将落入他人之手。"刘表暗思一阵，乃令刘备等军将仍住城内驿馆，其他人马皆安置城外。

关羽等人闻言皆感不快，赵云道："此定是蔡瑁谗言，此人不可不防。"刘备道："景升所虑尚属正常，将人马移出城内便是，蔡瑁此人颇有心计，大家多要提防了就是。"

不久，刘备又遣赵云将甘、糜两位夫人及奶儿阿斗接来。众人一路相伴，阿斗与赵云甚亲，每见之必要抱，众人见之甚奇。张飞见状讪笑道："子龙样俊貌美，形若美妇，贤侄焉有不喜之理。"众人闻言拊掌大笑。

建安五年，曹操与袁绍相持于官渡，曹操重地许昌一时空虚，刘备与众将劝刘表趁此取了许昌。曹袁之战，如袁绍兵败，曹军必会趁胜南下攻取荆州，此时进占许昌如刀插入曹操后背，必令其不敢妄动，以绝南下之患。

刘表闻言大惊，连连拒绝，此时曹操虽苦战于袁绍，许都空虚，然气势仍盛，仓促进攻无异于以身饲虎，故断断不可取。又且孙坚于岘山为大将黄祖乱箭射亡，其子孙权发来战书誓与一战，此时迎战曹操恐是不妥。

蔡瑁冷冷道："孙权小儿尚不足虑，但进攻曹操则无异与虎谋皮，曹操正挟万夫之勇，遍扫各路豪杰，常人欲躲尚不及。莫非刘将军想将此祸水引入荆州，火中取栗。"

张飞一脚踢飞桌子，上前喝道："俺哥哥为汉室复兴，沥胆披肝，誓于死节，其心日月可鉴，刺史小儿焉敢在此一派胡言。"赵云拔剑挥向蔡瑁道："这贼人分明是挑唆，朗朗乾坤皆为你这小人搅浑，不杀你怎令人心服。"蔡瑁身旁军士亦拔出剑来，幕僚李珪赶紧劝止各方，刘表和刘备也喝止了各方。

"吾与玄德同为汉室宗亲，同一血脉，你们军将怎敢在此胡言。"刘表大怒，众将见状不敢再言，于是各自怏怏散去。刘备等人回到驿馆，刘备不禁仰面长叹，又涕泪俱下道："景升如此安枕现状，吾却无力回天，汉室何时又能复兴？"

"将军勿忧恼，吾料曹操日后必会南下，不如暗与孙坚联合，以挽狂澜。"赵云献上一计道。关羽与张飞皆赞同，众人又道今战机已失，不如退而求其次，刘备只好同意。

且说刘表回到官邸后，独坐一隅闷闷不乐，旁人亦不敢询问，于是急忙请来蔡夫人。蔡夫人沏杯清茶端上道："大人有何不快，可与臣妾细说。"刘表面有愠色道："你家弟蔡瑁，今日言语挑唆吾与玄德关系，险些惹出祸事来。"蔡夫人听罢欲跪道："蔡瑁言语粗陋，还望大人恕罪，臣妾给大人赔罪了。"刘表急忙拦住道："夫人莫要如此，此事罢了，罢了。"

蔡夫人略思一番，又缓道："大人与玄德同为汉室血脉，蔡瑁胡言实属不该。不过，玄德乃从天而降，故事皆为传言，莫辨真假。蔡瑁跟随大人二十余载，忠心不贰。臣妾非不信玄德，只是他随带军将言语粗陋，恐不服调教生出事端，大人不得不防。"刘表闻言点头道："夫人所言也不无道理，吾自有分寸。"

这日晌午，刘表在牧府批注公文，蔡瑁匆匆进来报，驿丞在刘备所住驿馆墙上发现反诗。刘表一惊，带了李珪就随蔡瑁去了驿馆。果然，在驿馆的一堵白墙上，赫然写有一首诗：固守荆州已数年，眼前空对旧山川。蛟龙不是池中物，卧听风雷飞上天。

刘表大怒道："这分明是要造反。玄德，屡有人说你欲要谋反，看来非空穴来风。驿丞，你是如何发现此诗，刘备现又在何处，速速道来。"驿丞胆怯上前道："回主公，小人一早发现此诗时，刘备等人已去城外练兵，小人自觉事大，不敢做主，故来报与主公。"

蔡瑁一旁大叫道："主公可看得分明，白墙黑字，不容刘备抵赖。吾这就去准备军马，只等主公令下，末将即刻将其一网打尽。"言罢，蔡瑁的军将已领了千余人马赶来，欲去堵了城门。

李珪惊道："此事尚待查清，刺史就兵戎相见，恐怕惹出大乱。"蔡瑁大怒道："李珪，你处处谨慎，道理不分，可是与刘备有私下交易。"李珪闻言怒又不敢语。

刘表白墙前站立良久，缓缓道："事尚未查清，怎敢妄动兵马，速将兵退了去。"蔡瑁欲言，又见刘表一脸怒色，只得挥手令各军散了去。刘表心中暗道，事发突然，且从未见刘备写诗，此诗忽然出现，其中定然有诈。想至此，刘表令李珪将诗从墙上除掉，且不许再议此事。

蔡瑁急了又要请战，刘表冷冷问蔡瑁能否赢得赵云等人，蔡瑁一时无语。刘表命众人休要轻易言战，否则累及荆州安危，此事自会有安排。众人应诺，此事就此作罢。

这正是——

　　子龙千里寻刘备，蔡瑁设计欲陷赃。
　　驿馆墙上书反诗，事出蹊跷必有因。

第十八章　巧惩玄德二夫人　师弟反计烧曹营

公元 201 年，曹操于官渡大败袁绍，奠定曹操统一北方基础。随即曹操决意南征，乃遣夏侯惇为主将，于禁、夏侯兰等为副将，领了十万大军直逼荆州而来，新野成为曹操夺取荆州第一战。

刘表闻之心惊欲裂，急招刘备前来商议对策，又悔道："当初玄德力主取了许昌，吾愚昧不听，现遭此恶果。还望玄德不计前怨，救荆州百姓于水火。"刘备拱手表示，愿即刻率军前往新野抵挡曹军。刘表闻言涕泪相交，当即召来众将士剑斩杨树道："从今后，谁再敢挑唆本公与玄德关系，当如此树下场。"

回到营中，刘备召来众将商议，欲带了关羽与张飞先往新野驻扎，待安置妥当，赵云再带了甘、糜两位夫人及奶儿阿斗前来。刘备拱手道："二弟三弟性情粗鲁，不适与女眷交道。子龙忠肝义胆，心细如丝，两位夫人就拜托子龙照应了。"张飞与关羽大笑道："如此安排甚好，子龙照应两位嫂嫂，吾等自然是放心的。"赵云起身应命。

几日后，刘备率军往新野去，刘表率百官前来送行。蔡瑁领蒯越等军将远远观望，刘备见之心忧，与赵云暗道："吾此番远去，恐蔡瑁从中使诈，坏了抗曹大计，子龙须暗中留意。"赵云应诺，刘备又道："两位夫人中，甘夫人性情温和怯弱，糜夫人仗恃为徐州别驾糜竺之妹，性情乖张，吾走以后恐为难甘夫人，其行为如有过当，子龙可以代行家规。"

话不多言，刘备率领人马赶到新野筑起防线，随即曹操兵马也陆续赶到。曹操见刘备已筑起防线，知其早有准备，遂暂停了进攻，派人暗中去与蔡瑁联系。

自刘备去了新野，赵云每日向两位夫人问安，且安排一天饮食。这日，赵云见甘夫人哭泣不止，身边不见了阿斗。问了婢女方知，糜夫人将阿斗抢入自己房中，用米粥来喂养。

赵云赶到糜夫人房内，劝其交阿斗与甘夫人，糜夫人闻言怒道："阿斗虽为甘夫人所生，但也为本夫人与主公骨肉，先前皆由甘夫人喂养，如今本夫人喂养些时日又如何？"赵云劝道："阿斗尚幼，仍需甘夫人奶水，待阿斗年长些，再可由两位夫人轮流抚养。"

"好一个赵云，小小士卒焉敢管吾家事。"糜夫人大声喝道，赵云脸色一变，乃拱手道："夫人言行，将军行前早有预料，责吾必要时可行家规，夫人多有得罪了。"赵云回头一声唤，立时冲进几个军士夺过了阿斗，又将糜夫人摁于长凳之上，糜夫人欲挣扎，却哪里抵得过众军士力气，抢杖对其臀部就是一阵痛打。

糜夫人金枝玉叶之人，何曾吃过如此苦头，直痛得哭爹喊娘，哀号声一片。甘夫人闻言赶来，苦苦相劝道："糜夫人亦是宠爱之心，将军万勿责打，此事吾亦有思虑不周之责。"赵云毫无所动，直至抢杖打足，糜夫人再三哀告方罢。

此番杖罚直打得糜夫人魂飞天外，没有了脾气。第二日，赵云又令人熬了鸡汤送来，糜夫人连汤带碗扔出门外。赵云又端了碗鸡汤立于门外道："夫人勿要动怒，夫人如有言行不端，吾必施家规。夫人不思饮食，则是吾之过错，望夫人理解。"糜夫人闻言，又气又怒又怕，乃在屋内一顿号啕。

且说刘备驻扎新野后，一面抵御曹操进犯，一面遍访当地贤士。刘备三顾茅庐之后，终请得了诸葛亮出山。此时，曹操已平定北方袁绍，又剑指荆州而来。此时，赵云探知蔡瑁暗中联络曹操，则荆州全境岌岌可危，又恐甘、糜两位夫人及阿斗安危，于是皆带来新野。

糜夫人来了新野，见到刘备一番哭诉赵云的无礼，让刘备责罚赵云。刘备笑道："两位夫人的安危全仰子龙照应，尚算文雅。如让二弟三弟照顾夫人，一怒斩了夫人的首级也未可知。"糜夫人闻言大惊失色，不敢再言此事。

不久，曹操大军压境至博望坡，一时新野堪危，刘备为此整日心急如焚。这日，刘备唤来赵云忧道："此番曹军来势凶猛，新野恐怕不保，如何是好。"赵云长叹一声道："吾离开时听传言，蔡瑁暗中与曹操联络，又欲杀主张抗曹幕僚李珪。如蔡瑁投了曹操，新野必将腹背受敌。"

刘备闻言大惊，不知如何是好。赵云问军师诸葛亮可有妙计，刘备点头，又担忧关羽与张飞不听从诸葛亮之命。赵云上前献计道："战场情形瞬息万变，不服军令断难取胜，将军何不授军师以令剑，谁人又敢不服。"又与刘备耳语几句，刘备拊掌大笑连称甚好。

话说这日曹操也到了新野，唤夏侯兰与军师荀攸前来商议。曹操对夏侯兰道："吾听蔡瑁言，赵云已到了对面刘备军中。"夏侯兰点头道："禀主公，末将刚刚得知，护送了刘备的女眷到来。"曹操点点头，又叹道："吾数次招他皆不得，各将可有办法擒了他。"夏侯兰摇头道："恐怕无人能够擒他。"

曹操拍额连叹道："赵云就像一条龙，吾看得见却摸不着，吾该如何得到此龙。"荀攸上前诡笑道："主公勿叹，吾倒有一计可生擒了赵云。"曹操大喜道："军师有何妙计，可尽快说来。"

荀攸望向夏侯兰笑道："此计尚需夏将军配合方可。"夏侯兰一惊，拱手应诺。荀攸接着道："吾观察在豫山和安林之间有一峡谷，林木蔽日。夏将军与赵云儿时交好，可引其入林内，再以天网罩之，必能生擒。"曹操拊掌大笑称好，又令只可生擒不可伤害。

话说诸葛亮得刘备所授令剑后，众将皆俱而听命。刘备和曹操两军经过几番厮杀后，曹军败势渐显。这日，夏侯兰冲至刘备营前叫阵，赵云见状拍马来战，夏侯兰见之惨笑道："子龙，人生无处不相逢，为何总在战场相见。"

"当今群雄中，惟刘备为汉室宗亲，且怀仁爱民，兄莫不如投了共图大业。"赵云音尚未落，夏侯兰即大怒道："赵云，休要在此胡言乱语，且来吃吾一枪罢。"言罢，夏侯兰挺枪就刺，赵云也不躲闪，虚晃一枪就拨了开去。

两人阵前战了十多回合，夏侯兰忽然掉头就跑，赵云则一路紧追不舍，跑出二三里地，即要进入一片峡谷，夏侯兰忽然坠落马下，赵云疾冲上前，夏侯兰也不躲避，只是暗声道："子龙快快绑了吾，速速回营去。"

赵云心中明白，于是绑了夏侯兰，扔上马就往回跑。就听得身后一阵锣鼓响，接着数张漫天大网落在了身后，有军士在大喊道："休要放走了赵云，曹公有令只许活捉了，不许放箭伤害。"

赵云回头看，惊出一身冷汗，只见五六张十余丈大网，皆由碗口粗荆条所制，从悬崖而降，所罩野猪等物无一可逃。曹军见赵云驮了夏侯兰掉头而去，于是呐喊追上来。赵云长枪一阵挥舞，但见枪头所致血肉溅飞，曹军皆不敢再追。赵云驮了夏侯兰又跑了一阵，未见追兵前来乃道："吾且放了你，自行回去罢。"

夏侯兰长叹道："此番未能捉住你，吾又被你擒了，曹操定然生疑，回去焉能有活路。吾且投了刘备去，也好与你朝夕相处。"赵云闻言大喜，拍马往营中跑去。

众将见赵云绑了夏侯兰归来，皆围了上来。张飞拎了刀上来就要砍夏侯兰，赵云将夏侯兰挡于身后道："夏侯兰乃吾儿时伙伴，此番为诈降，不可杀他。"张飞嚷嚷道："两军对阵乃生死相见，子龙不可有妇人心肠。"

众人正在嚷嚷，刘备与诸葛亮闻讯前来。刘备听明缘由大惊道："三弟不可鲁莽，夏将军救了子龙一命，要好生安慰将军才是。"言罢，刘备上前解了夏侯兰身上绳索，众将也上前一番安慰。张飞递了马鞭与夏侯兰道："刚才张飞粗鲁，误会了将军，你且打上几鞭，也算俺赔不是了。"众将皆笑，夏侯兰慌忙还礼。

诸葛亮手搭凉棚望一阵峡谷，又略思一会道："夏将军，峡谷内藏有多少曹军。"夏侯兰道："数目不清，不过此地为曹军进出必经之路。"诸葛亮闻言大喜，当即命关羽与张飞派军堵住峡谷两端，再施以火攻。关羽和张飞等将领命而去。

众将去罢，刘备请夏侯兰加入赵云军中，以便两人随时问候。赵云拦道："此事不可，吾与夏将军虽出同门，却毕竟各为其主，如今走近恐遭同僚猜忌。夏将军精于律法，可否授以军正之职。"诸葛亮赞道："子龙胆略过人，心细如丝，如此安置实属难得。"刘备点头赞同，于是此事依此而定。

且说曹操本望以天网擒获赵云，孰料夏侯兰竟也为赵云所擒。曹操闻言恼怒不已，自知夏侯兰故意为之，欲令强攻刘备大营，忽闻关羽与张飞已堵住峡谷两端。

曹操闻言大惊，连连以掌击额道："吾犯大错，此时如以火攻，吾军则休矣。"于是急令峡谷内人马撤出，然而为时已晚。就听得一声锣响，峡谷两侧燃起漫天大火，谷内本是林木丰茂，经此火势一烧，硬生生烧红了一座山。曹军拼命往两侧冲杀，皆被关羽与张飞引退，一时死伤惨重，其他曹军见逃出无望，纷纷降了。

曹操又急令其他人马来救，诸葛亮则趁曹军各营空虚，令赵云挥军攻击曹军大营。曹操见状弃营循小路而逃，赵云令火攻大营，曹军一时阵脚大乱全军动摇。见此情景，曹操不得不下令全线退兵，回许昌去了。此番惨败令曹操七窍生烟，差点晕厥过去。

这正是——

刘备新野御边患，子龙巧计惩刁妇。

师弟沙场刀戈见，暗施反计烧曹军。

第十九章　后室暗伏刀斧手　妙擒蔡瑁送出城

话说刘备与曹操战于博望坡，荆州百姓忐忑不安，不知胜负如何。这日，忽有数十军士由新野往荆州各郡一路疾奔，沿途大喊道："刘备将军火烧博望坡，曹军死伤无数退回许昌了。"

刘表闻此消息，喜不自胜，当即令李珪征集鲜鱼活羊，送往新野去犒军。这时，蔡瑁披了一身孝衫哭喊进到府邸，见了刘表跪地拜泣。刘表怒道："蔡瑁，你一身披孝来此哭泣，是何道理。"蔡瑁泣道："主公尚有不知，荆州就要大祸临头了，主公就要大祸临头了。"

刘表大惊道："此话怎讲。"蔡瑁见状不再哭泣，找了张梳背椅慢慢坐下道："听人言，刘备此番得胜纯为偶然，是刘备新用军师诸葛亮耍了滑头，以赵云为饵诱曹军入谷，为君子所耻。曹操为当今豪杰，又逞灭袁绍之余勇，怎会咽此晦气？"

刘表闻言心内一慌，险些跌于地。蔡瑁见状，劝刘表降了曹操，尚可留得一片江山，又可免百姓遭难。刘表摇头道："此计不可，吾降于曹操，刘备断不会同意，此举置刘备腹背受敌，如此损玄德之事断不能从。"蔡瑁闻言竟自顾起身，不再理睬刘表，一摇三叹径自而去。

刘表不知，蔡瑁早已派亲信蒯越私信于曹操，献上荆州城池图，约定曹军来攻，则为内应。曹操许诺取得荆州，封蔡瑁为汉阳亭侯。建安十三年，曹操再次率了大军来攻荆州，刘表闻此消息，惊惧不起，临终前快马召刘备来荆州商议。

刘备接快信，心内焦急欲焚。如刘表病逝，小主刘琮尚幼，荆州必为蔡瑁所控，刘备将无立锥之地。思虑一番，刘备遂带了赵云前去。又嘱咐诸葛亮等人严防曹操偷袭。蔡瑁听闻刘备前来大喜，令副将蒯越暗中做了一些布置。

一番日夜奔波，刘备抵达荆州牧所时，刘表已经奄奄一息。李珪引刘备到来，刘表卧榻上挣扎起身，握着刘备手老泪纵横，刘备也掩面而泣。刘表泣道："吾命将不久矣，幼子刘琮继承官爵，尚拜玄德与蔡瑁照看遗孤，吾当瞑目了。"刘备流泪应诺，刘表又悲道："此时荆州安危，玄德当早想对策，救百姓于水火。"

正在此间，立于帘外的赵云忽见府外有些异动，悄悄跟踪窥望，见蒯越领了十多刀斧手躲于帏帐之后，蔡瑁又调些人马往城门两侧布置。

这时，李珪匆匆而来告知赵云，蔡瑁已设下伏兵欲害刘备，速速离去。赵云忙将情况告知刘备，刘备闻言大惊，又见刘表垂垂将死，不忍再有惊扰，于是起身道别，对刘表所托之事也一一应允。

刘备与赵云匆匆往牧府外走，就见蔡瑁上前拦道："将军可是要回去了么？"刘备施礼道："如今曹军压境新野，军情万分紧急，不便久留，就此告别。"

蔡瑁笑笑道："军情紧急尚不在此刻。将军前番力退曹军，吾深为佩服，此番曹军再次犯境，还望将军再挽狂澜。此番将军路途劳顿，吾略备了些薄酒，还望将军赏脸。"

刘备未再理会欲走，蔡瑁忽然变脸喝道："将军是不肯赏脸么？"蒯越闻言，领十多刀斧手匆匆而来，赵云见状跃至蔡瑁身后，一柄短刀抵住其腰部暗道："你这贼人，休伤吾主，你送将军出城去，可保你无事，若敢妄动，赏你个透身亮。"蔡瑁大惊失色，赶紧摆手制止蒯越等人，然后任由赵云牵着就出了城去。

一路上，蒯越领了人只敢远远跟着。出城后又行了十里路，刘备让赵云放了蔡瑁。赵云乃收了刀，又将蔡瑁踹于地道："你这内贼，本该一刀取尔性命。"

蔡瑁伏地也不敢多言，磕头如捣蒜一般。刘备怒道："你这贼人，害了景升公与荆州，本该将你碎尸万段，念景升公恩情分上，暂且寄你首级于项上，日后再有犯奸作乱，定不轻饶。"言罢，刘备与赵云也不再管，径直就往新野赶去。

　　刘备与赵云走远，蒯越方率了兵赶到，蔡瑁羞愧难当，领了兵就一路追赶，哪里还有刘备与赵云的踪影。这时，蒯越上前道，是李珪走漏了风声，才使刘备得以逃脱。蔡瑁闻言大怒，掉头回去寻李珪算账，却发现李珪已携家眷逃了。

　　这日，刘备与赵云又行至江夏五里界梁子湖畔，但见此处天高地阔，百余湖汊横陈其间，湖中渔歌互答，朝阳相映，好一派田园风光。两人又行一里，见一处村落掩于丛林之中，进到村中见多为高檐老屋，村民皆为穆姓，村前有多处偌大水塘，塘中游鸭潜水，岸间鸡犬相逐，村中老孺村妇也皆于此嬉戏，一派祥和。赵云叹道："吾投军皆为民安，今见此祥乐之景，自是理想之境。"刘备亦喜道："吾若得天下，定以此处为范，建天下民乐之园。"赵云闻言喜不自胜。

　　刘备与赵云又行至半晌，忽听沿途百姓议论荆州牧刘表去世之事，刘备闻言大哭一番，与赵云找了处土墙处，设立了一个简单祭台，冲着荆州方向一番跪拜。

　　刘表去世没几日，蔡瑁就废了幼主刘琮，又派蒯越去迎曹操入城。曹操进到荆州牧府，不禁哈哈大笑道："吾为取荆州朝思暮想，未想竟以如此方式取得。"正言间，忽闻府外一片喊杀声，众人急忙前去看，竟是李珪率了百余家丁杀来。

　　李珪见了蔡瑁怒骂道："果然是你这逆贼，引了曹贼入城，可曾对得起主公。"蔡瑁大怒道："李珪，吾正四处寻你，不料竟在这里，速来受死罢。"言罢，令蒯越上前擒了李珪。

　　李珪率众一阵拼杀，然怎是蒯越的对手，一会所带家丁就被杀了大半，李珪也被擒了绑来。蔡瑁令将李珪拖于街市斩杀，李珪毫无惧色，一路骂不绝口。曹操见状赞道："未料荆州还有如此忠烈之士。"乃令人厚葬了李珪。

　　蔡夫人闻听此事，怒冲冲找来蔡瑁责道："主公尸骨未寒，家弟竟开城纳敌，斩杀忠良，也不怕寒了众将士的心。"蔡瑁冷冷道："家姐勿要天真。曹操此来如泰山压顶，覆巢之下焉有完卵。降了曹操尚可保全荣华，且有一隅之地，若一味强硬，袁绍就是前车之鉴，家姐当要三思。"蔡夫人闻言，垂泪难语。

话说刘备与赵云回了新野，与众将言明经过，张飞暴跳而起，大声嚷嚷道："果然又是蔡瑁那贼人，三番五次挑唆，又引敌入境，哥哥下令，俺就带支人马去取了那贼人的狗命。"

关羽捋须道："此番若非子龙机智，哥哥恐要遭大难，蔡瑁此贼断不能留，可先取他性命再论。"众将议论纷纷，诸葛亮则一言不发。刘备见状道："军师有何良策，可说与众将听。"

诸葛亮笑道："蔡瑁的性命迟早可取，不必着急。当务所急乃全身而退，免腹背受敌之险。"刘备惊道："愿闻其详。"

诸葛亮拿出张城池图道："城内已聚大量百姓，皆欲随军同行，必延缓行军速度。可请关羽、张飞与赵云将军殿后，虚虚实实，进行游动打击，曹操不知实情，断不敢放胆来追，或可解被困之局。"众人皆说好。

话说蔡瑁降了曹操，尚不等曹操大军到，就与蒯越率军杀奔刘备而来。刘备闻言一惊，诸葛亮献计，此时不可乱了方寸，让赵云去取了蔡瑁性命，刘备等将抵御北方曹操大军来攻。

这日，赵云与蔡瑁战于新野，蒯越率军奔袭赵云后侧，赵云趁着夜色悄悄将人马调出，反将蔡瑁等人围于核心。蔡瑁见状闭营不出，赵云施以火攻，蔡瑁大惊，与蒯越率军往荆州逃去，赵云赶上堵住了去路，怒道："蔡瑁、蒯越贼人，大好荆州葬于你们手中，又屡次陷害忠良，此次岂能饶了。"

蔡瑁大叫道："吾看得分明，实乃你们欲取了荆州，莫如将荆州献于曹公，吾尚有一席立身之地。"赵云不再多言，上前就刺，蒯越拍马来战，战至十个回合，赵云银枪往上一挑，蒯越挥刀砍空，赵云就势快马上前枪头一抖，蒯越大叫一声翻落马下。

蔡瑁见状拍马就跑，赵云紧紧追赶，一路滚尘漫天。就在此时，一队曹军人马杀来，马蹄声震天。蔡瑁见状大喜，立即与曹军合兵一处，掉头又朝赵云杀来，形势急转直下。

这时，忽又听得一片喊杀声，刘备领了关羽和张飞杀到，各路人马杀作一处，直至天黑尚未分出胜负，乃各自收兵回营。回到营中，赵云懊恼道："此番让蔡瑁贼人跑了，心中甚是不平。"言罢，独坐一隅闷闷不乐。刘备道："子龙勿要自责，此时抗曹方为要事，日后再取了蔡瑁性命不迟。"众人也皆如此言，赵云心才稍安。

这时，有军士进营来报，江东孙权与大将周瑜前来相见。刘备一惊，心中暗道："孙权之父孙坚为刘表所杀，难道此番为寻仇而来。"刘备等人即与孙权相见，孙权见刘备满脸疑惑，故道："将军勿虑，刘表既已死，吾与其之世仇就此勾销，自不用再理会。吾此番前来，乃是与将军商议联合抗曹之计。"

刘备闻言大喜。孙权又道："荆州若失，曹操日后必取江东，谓唇亡齿寒是也。刘表未亡，吾断不会商议联合之事。吾早闻刘备将军为汉室宗亲，敦厚朴实，乃忠良之士，故愿与将军合作抗曹。"

"谢将军厚意，然刘表刚逝，吾即另有图，恐遭天下人耻笑，联合抗曹之事还容三思。"刘备起身施礼道。周瑜见状直叹道："今形势急变，北方皆为曹操天下，江南战事将起，还望将军明辨为好。"孙权拦住周瑜道："刘备将军忠义实乃天理，自不必多言。"

"将军所言皆为善意，时局亦如将军所言，然世事诡秘莫测，天下大势，分久必合，日后定与将军有合作之时。"诸葛亮笑道。话至此，众人就此道别。

这正是——

捷报频传内贼惊，刘表托孤终难成。

孙权合纵抗曹事，三分天下势渐成。

第二十章　单骑救主长坂坡　阿斗梦中尚呓语

世事难料，风云莫测。曹操与蔡瑁呼应取荆州，局势骤然混乱不堪，刘备处于夹击之态，尚剩往江陵一条生路。十数万百姓听闻刘备要往江陵去，赶来要同行，刘备亦不忍弃了百姓，遂带了缓慢前行。

曹操知刘备往江陵逃去，遂令大将曹纯率五千虎豹骑兵急追，于当阳长坂坡追上刘备。双方一场混战，刘备损失大半兵马，又发现甘夫人、糜夫人与幼子阿斗不在军中。众将商议杀回去寻找，刘备摇头叹道："千军万马中寻找，如大海捞针，他们如有福命，自会平安。"

这时，一军士急急来报，有人见赵云独自往北飞奔而去，恐是去投曹军了。张飞闻言怒道："赵云岂能如此无骨气，吾且去擒了他回来。"关羽摇头道："曹操数番相诱，子龙皆无所动，此去绝非降曹。"

刘备也叹道："子龙心如坚石，非富贵所能撼摇，断不会弃吾而去。"

却说赵云单枪冲入曹军千万军中，几番杀进杀出，银枪所挑之处，曹军尸体狼藉，一时竟无人敢与之争锋。这时，张郃拍马前来，见是赵云拱手道："未料在此遇了赵云将军，现四周皆为曹军，将军能杀出去么？"

赵云施礼道："昔日与将军共同杀胡骑，救民于水火，自感心安。如今兵戈相见，皆是天数，闲言少叙，战了再论罢。"言罢，两人战至一处，战至三十多回合，大将曹纯又率虎豹兵，从两翼将赵云围在了核心。张郃和曹纯与赵云战至半晌，见不能胜，乃退去围而不攻。

话说曹操见一白甲白马将士，几番杀进杀出，如入无人之境，大感惊异道："此白甲者为何人。"旁人道："正是刘备战将赵云。"曹操赞道："果然又是赵云，如此神将世所罕见。传令各军只许生擒赵云，不可取他性命。"

曹纯闻言大哭道："赵云已杀多员大将，岂可轻饶了。"张郃道："赵云坠入数丈深坑中，一道红光闪后，竟连人带马跃出土坑，恐为天将。"曹纯大怒道："吾知你与赵云为冀州人氏，素有来往，也不可长他人志气，辱没了自家。"曹操拦道："休要再争执。吾观赵云身有紫气，且有神将之勇，定非凡人，赵云如死于吾手，必遭后世唾骂。"

曹纯闻言只得撤了弓箭手，众军将只敢远远围住。赵云又一番杀到一处残垣下。此处原为一村落，经此战火已成片荒野之地，四处各军尸首与百姓尸首混杂一处，不忍直视。赵云寻了一番，忽闻一阵呻吟声，循声望去见甘夫人正卧于尘土中，右腹为箭所伤，深可见肠。

赵云正欲前去，忽见大将曹成率一群军士涌上来，欲生擒了赵云。赵云跃起数丈高立于残垣上，众军士扑了个空，于是乱刀砍来。赵云冷笑一声，连番抖动银枪，众军士立时倒于尘土中。

一旁曹成持戟大叫道："赵云休要猖狂，几番进出，实欺吾曹军无人，本将就来取了你的首级。"赵云冷笑一声，两人搅至一起，斗了十余回合，曹成忽然大叫一声，直直跌落马下，胸前被赵云捅了个大窟窿，众军士惊惧而逃。

甘夫人见赵云杀来，喜极而泣道："赵云将军且去救糜夫人与阿斗。"一问方知，甘夫人与糜夫人抱了阿斗正逃时，一股曹军冲过来，将护兵杀散，甘夫人将阿斗交与糜夫人，就与几个护兵去拦曹军，被乱箭所伤，后又失去知觉。

此时四周喊杀声一片，形势极为紧迫，赵云不再多言，驮了甘夫人到马上，就一路护着往回杀。曹军见状纷纷来堵，赵云护了甘夫人左突右杀，令曹军不能近前。杀了一阵，冲回刘备营中，放下甘夫人，又见赵云拍马就往曹军阵地冲去。

张飞大声嚷嚷道："子龙又要去何处。"赵云拍了马边跑边道："糜夫人与阿斗尚在曹军中，救了便回。"言罢，赵云身影已为滚尘所掩。张飞见状也要随赵云同去，众人赶紧拦住道："将军不可前往，曹操数十万大军在前，此去必定不还。"张飞大吼一声跺脚作罢。

刘备听闻赵云救回甘夫人，急忙来看，两人相见自是涕泪不止，互相安慰一番。这时，有人大声道："赵云已冲入曹操军中了。"刘备等人急寻高处查看，远处滚滚黄尘中，只见一员白马白甲军将，于曹操万千军中，左冲右杀。刘备见状大泣道："子龙如有不测，如何是好。"

关羽略思一番道："哥哥勿虑，子龙几番杀进杀出曹军阵地，皆是毫发不损，其中必有天佑。"张飞也嚷道："子龙自是福将，无人可伤其身，哥哥尽管放心罢。"刘备见众人皆言，心才稍安了些。

且说曹纯与张郃等将，见赵云又折杀回来，大吃一惊，率军远远喊杀了一阵，不敢近前。赵云冲过一片村落，见几个曹军正拖了一个怀抱幼儿的妇人，上前一看竟是糜夫人与阿斗。赵云闲言不叙，上前就枪挑了几个曹军。

此时，糜夫人身有刀伤，身上血迹染红了阿斗衣襟，阿斗嗓子亦哭哑，难再发声。糜夫人见赵云竟然杀来，叫道："赵将军带了阿斗速速离去，休要管吾。"言罢，糜夫人将阿斗交与赵云，催其快走。赵云摇头道："夫人勿忧，吾千军万马杀来，皆为救夫人与阿斗，岂能弃你而去。"

糜夫人泣道："乱军之中，将军恐难带走臣妾与阿斗，将军且带阿斗离开，保住玄德血脉，臣妾来生再报此恩。"

赵云抱过阿斗，又欲来扶糜夫人，糜夫人却径自奔向断墙处，又止住泣道："赵云将军可记否，你曾责罚臣妾好一顿抢杖，臣妾不会再记恨了。"赵云大惊，尚不及阻拦，糜夫人已撞墙身亡。

赵云又是一番掉泪后，推倒墙壁盖住糜夫人。赵云又用布带将阿斗紧束于胸前，跃马冲入军中，一番左挡右杀，令曹军心惊胆战，无人再敢阻拦。

这时，张郃跃马冲上前道："赵云将军，你可知能安全离去，实乃曹公一片心慈。"赵云拱手道："张郃将军，此地不容多叙，日后有缘再论。"言罢，带阿斗拍马冲回刘备大营，此时阿斗竟在怀中熟睡，口中尚喃喃呓语。

众将皆往探望，见此情景无不称奇。刘备接过阿斗后，侧身掷于地喝道："为救犬子，几乎损了吾一员大将。"赵云大惊，抱起阿斗泣道："实非吾之功劳，实乃两位夫人以命相救。"

赵云又抱了阿斗去见甘夫人。甘夫人躺于卧榻上欣喜异常，将阿斗拥入怀中喂奶，阿斗吃着甘夫人和着血水的奶水，安然入睡，众人见之无不落泪。甘夫人又问糜夫人情况，赵云细诉了经过，甘夫人悲泣道："好妹妹，姐姐对不起你，恩情来生再报吧。"

此战稍定，刘备托人暗中寻回了糜夫人的尸首，运往江陵吊唁一番，甘夫人扶棺数番哭晕过去，刘备等众将也无不垂泪，直叹糜夫人为烈女子。

且说刘备逃至江陵后，曹操也就此罢兵。刘备又安置了百姓后，众人再相见，皆感叹恍如隔世。经过此番磨难，甘夫人一病不起，不久即病逝于南郡，此为后话。

这正是——

长坂坡中显神威，七番拼杀夺斗回。
曹操犹惜天将才，不忍射杀赵子龙。

第二十一章　乌林暗演捉放曹　枪挑零陵邢道荣

话说刘备率众退往江陵后，再无抵挡曹军之力，遂想起孙权联合抗曹之计。孙权见刘备一败涂地，联合抗曹之心亦有动摇，又渐生降曹之心，军师鲁肃劝道："若主公投了曹操，吾等臣子尚有去处，主公为一方诸侯，焉有立命之地。"孙权恍然大悟，自此不再提降曹之事。

建安十三年，刘备与孙权建立抗曹联盟，又在赤壁火烧了曹操八十万大军，曹操大败，遂率张郃等众将仓皇往北方去。诸葛亮料知曹操必经乌林，遂派赵云领了三千兵在此设伏。

这日，曹操领了张郃等将逃到乌林，见此处前无阻拦，后无追兵，不禁仰天大笑。张郃大惊道："主公，吾等已遭此大败，为何发笑。"曹操笑道："世人皆称诸葛亮与周瑜，有盖世之才，经纬之略，吾观皆为虚言也。如在此地设下一支奇兵，吾命当休矣，足见二人少智无谋也。"

只见此处前为浩浩长江，江阔风急，波涛汹涌，舟楫难行。两侧又为绵延丘陵，层峦叠嶂，绿树成荫，一大道可并行两车，一小道则没于草丛中。曹操下马行至江边，边走边大笑道："此处景色优美，由天际垂吾眼前，岂不悦心乎。待他日无有了征战，吾在此置木屋一间，日观潮涨潮落，夜赏春江秋月，人生岂不快哉。"张郃急道："主公，此时非赏景吟诗之时，此地如遇攻击，恐难摆脱。"曹操点点头道："言之有理，速去四周探查，再设两支人马于两侧道路高处，一旦遭了伏击，也可接应。"张郃领军前去。

曹操伫立江边良久，这时忽闻一声锣响，只见赵云率了一队人马由大道斜刺杀出。曹操脸色聚变，掉转马头就跑，赵云随后紧追，正在此间，张郃也拍马赶来，口中大叫道："赵云，休要伤了吾主。"

赵云见是张郃，于是勒马拱手道："此地又遇张郃将军，也算有缘。此地四处被围，插翅难飞，将军何不绑了曹操，也好立下惊世之功。"

张郃闻言怒道："吾视子龙为英雄豪杰，怎口出如此无情之言。吾虽草莽亦懂忠义，欲杀曹公先夺吾命。"

赵云拱手就拍马来战，只见赵云银枪游龙摆尾而来，张郃使出乾坤霹雳刀化解，赵云又使百鸟朝凤枪绝招百鸟啄凤，张郃见状掉头就跑，赵云追出百余米，张郃忽回身从上往下劈来，刀顺着赵云额头而过，子龙惊出一身冷汗。

两人又斗二十余回合，不分胜负，张郃先伏于道路两侧的伏兵，也呐喊冲出，赵云心中暗惊。这时，张郃勒住马道："将军长坂坡千万军中救主，乃曹公惜才不令放箭，方成就将军今日美名。"赵云闻言略思片刻，又朝军士道："速速往大道捡了曹军旗帜，也好回去领个封赏。"众军士闻言，急急往大道而去。张郃与曹操心领神会，率部急急往小道而去。

话说赤壁之战，刘孙联军大胜，众将皆聚于孙权东吴大营，论功行赏。这日，周瑜持剑怒冲冲进入场中，环视众人道："此番众将皆尽心竭力，方有今日大捷。然而，有位将军却怠于军纪，无端令曹操逃脱，此罪不可免。"

众将皆惊，不知所言。周瑜又怒视赵云，赵云明白，上前施礼道："曹操逃脱为末将之责，愿受责罚。"周瑜大声道："好，赵云将军果然痛快。今既为两军联合抗曹，所违军令当同等对待，赵云作战不利致曹操遁逃，当立斩以严军令。"张飞闻言大怒道："你这军令好没道理。曹操狡猾异常，岂容你好生捆绑，且战场情形难料，谁能担保取胜。"关羽闻言，抢了偃月刀就要上前，刘备也大惊道："胜败乃兵家常事，此事岂能责怪子龙一人。吾宁愿输了此战，断不可失子龙。若公谨执意要责罚，两军定生间隙。"

周瑜恼怒不已，又不能再言。孙权起身拦道："众将勿言气话，免伤了兄弟和气。古来胜败皆常事，不必执拗一事，此事休要再言。"周瑜闻言只得作罢，众将也未再议，诸葛亮则笑而不语。

当夜，诸葛亮到赵云营中，赵云见状起身相迎。诸葛亮一脸笑道："今日之事委屈子龙了。"赵云不解道："此话怎讲。"诸葛亮道："吾早有所闻，曹操惜子龙之才屡有照应，子龙又为知恩必报君子，故将此战交于子龙。"

赵云闻言更是一头雾水，愈发不明白了。诸葛亮敛起笑容道："子龙有所不知，今天下北方曹操居大，东吴则为孙权世家，西有益州刘琮，玄德势力最薄。曹操如被灭，孙权必然一家独大，玄德则危矣。此番令子龙守乌林，非故意放走曹操，此乃天意也。"赵云闻言大惊，又跪拜长叹道："军师料事如神，真乃神人也。"

话说赤壁之战后，刘备又夺了荆州南郡、长沙郡，唯零陵郡与桂阳郡尚未取。刘备乃令诸葛亮与赵云要取零陵郡，零陵太守刘度闻言大惊失色，哀叹不已，又令各军紧闭了城门，不许迎战。

大将邢道荣见状道："太守勿忧，想那大耳贼刘备也非三头六臂之人，有甚可怕。且景升公刚死，刘备即来掠地失了人心。"刘度摇头道："将军切不可大意，刘备虽无过人之处，然此番来攻的赵云，则有万夫莫挡之勇，长坂坡救主即杀曹操五十余大将。"邢道荣哇哇叫道："太守勿长他人志气，伤了自家人心，吾明日就出城擒了赵云，交与太守。"

第二日，邢道荣披甲又抢了把开山斧，就引了军到赵云营前骂阵。片刻，就听得一声锣响，赵云持银枪冲至跟前喝道："何人在此喧哗，速报上名来，好去了阴府有名报到。"邢道荣气得七窍生烟道："爷爷乃大将邢道荣，为驱你等盗贼来，小儿速速来斧下受死罢。"

赵云冷笑一声冲入阵中，两人战了十余回合，赵云忽然掉头往山涧里走，邢道荣岂肯饶了，边追边嚷道："赵云小儿也徒有虚名罢，莫要走了，来与吾大战三百回合。"赵云也不理会，往山涧中奔去，邢道荣的军士落在了后面。

邢道荣转过一道山梁，就听一声鼓响，身后立时出现众多鹿柴及荆棘，拦了归路。邢道荣一惊，方知中计，掉头欲跑，忽然一道天网由天而降，将他连人带马罩了个严严实实。邢道荣的军士欲上前来救，被一阵箭雨击退。

邢道荣见状大惊，急欲挣扎，谁知此物愈挣扎缚得愈牢。赵云策马上前道："将军服否？"邢道荣摇头叹息道："今既被缚，多言无益，听凭将军发落便是了。"这时，两军士推辆四轮车前来，车上人笑道："将军不服，可以放了再战。"邢道荣闻言惊道："来者可是诸葛孔明先生。"诸葛亮笑而不答。

邢道荣叹道："孔明先生谋略可泣鬼神，今被所擒自无话说。先生可否放吾归去，今夜做内应擒了刘度，零陵郡自可取也。"诸葛亮笑道："甚好。"遂令人松了邢道荣，任其自行而去。赵云疑道："此人全无骨气，恐怕有诈。"

诸葛亮大笑道："子龙所看甚准，此人不可相信，将计就计自然破城。"于是与赵云耳语几句，赵云笑而点头。邢道荣回城后与刘度尽诉经过，又愤道："待诸葛亮贼人进城，即关闭城门，令其内外不能接。再设奇兵袭其后营，自不战而乱。"刘度闻言喜道："如能除此贼，将军将立不世之功，本太守定有重赏。"邢道荣派人与诸葛亮联络，约定三更时以火把为号，即从正城门来取零陵郡。邢道荣使者离去，诸葛亮令赵云派一支人马，二更时潜伏于城后门，伺机攻入城内，另设一支人马伏于正门，防邢道荣等人逃脱。

时辰到了，果然城门大开，四处又燃起火把。邢道荣与刘度设伏于城门两侧，却久不见有军来，正在疑惑间，城内忽然乱作一团，有人大喊道："贼军已取了后门，正杀进城中。"

此时就见城内杀声四起，城内军士惊慌失措，纷纷往城外逃去。邢道荣与刘度此时方知中了反计，也慌张往城外冲去。赵云则迎面而来，见了邢道荣大笑道："军师果然未看错，你这反复无常小人。"邢道荣羞怒道："赵云小儿先使诡计于我，也算不得君子。"两人言罢，各持了兵器上前，战了十多回合，赵云一枪将邢道荣刺于马下。刘度见状不敢再战，率军降了赵云。

诸葛亮与赵云率军进入零陵郡，既告示安民，又严明军纪，百姓自是欢喜。赵云又将刘度绑了来见刘备，刘备为其解绑道："此番来战非吾之愿，实不忍汉室落入曹操与孙权之手，太守如愿归顺，当仍为零陵郡太守。"

刘度闻言感泣跪拜道："主公恩德，当昭日月，臣愿侍奉主公，尽守汉室疆土。"赵云厚葬了邢道荣，对其眷属亦是优待，众人见之无不感叹。

这正是——

曹操乌林陷绝境，子龙暗演捉放曹。

智取零陵设大网，斩杀大将邢道荣。

第二十二章 巧取桂阳赴鸿宴 踢破美妇刀斧计

零陵郡初定，桂阳郡尚未取。诸葛亮恐桂阳郡落入孙权之手，遂提议赵云前往夺取，刘备乃令赵云领了三千人马，往桂阳去了。这日，赵云来到桂阳地界，只见村舍凋零，鸡犬不闻，一路难见炊烟，不禁长叹道："北南逐鹿多年，百姓伤害竟致如此。"行至桂阳城外，赵云传令野地扎营，勿惊扰百姓。

桂阳太守赵范听闻赵云来犯，急率军将到城头察看。只见赵云军纪肃整，周边百姓秋毫无犯，乃心惊道："赵云治军如此严明，绝非常人，如何是好？"大将陈应上前请战道："太守勿长了他人志气，赵云也乃常人一个。此时赵云新到，立足未稳，吾愿趁此去杀他个片甲不留。"

正在此间，忽听城外一声锣响，接着见数百赵云军士列阵于城前，令人啼笑的是，前来骂阵的为几个老弱军士，桂阳守城军士见状，皆捧腹大笑。陈应大怒道："赵云分明欺吾桂阳无人，拿些老弱来羞辱，吾就去擒他归来。"赵范摇头道："吾闻赵云有万军中取上将首级之猛，又善使诡计，休要轻敌。"

陈应当即挥剑割臂，蘸了些血写下血书交与赵范道："末将立此军令状，不擒赵云誓不还。"赵范无奈，遂同意陈应出战。

陈应率部杀出城来，赵云军士见状，掉头就往营中去。陈应紧追不舍，待追了三里多地，忽然不见了赵云军士。正在疑惑间，忽听得一阵锣响，就见赵云率了一队兵马出现于前方，对其笑而不语。

陈应也不多言，拍了马就往前去，两人战了二十多回合，直打得马蹄飞沙，浓尘蔽日，陈应心中暗暗惊叹。忽然，赵云掉头拖枪就走，陈应大喜急急追来，又追出二里地，赵云又站住，就见赵云身边军士忽然拊掌大笑道："倒也倒也。"

陈应情知不妙，急忙令军后退，然为时已晚，一阵箭雨袭来，陈应与军士皆后退躲避，身后平地忽变成十余丈大坑，众人尽跌坑中。其他军士欲来救，皆被乱箭射回城中去。

陈应满头尘土，暗叹此命休矣，再看坑内有数百军士，无奈摇头。这时，赵云立于大坑上笑道："将军坑中可安好？"

陈应拱手道："吾乃赵范大将陈应，素闻赵云将军为仁义之人，此战皆因吾起，与这些将士无关，请将军勿要伤害，吾任由将军处置。"赵云闻言叹道："陈应将军果是忠义之人，吾此番前来非为杀戮，现天下为刘孙联合之势，重振汉室。请将军捎话赵范，明了大局，勿做抵抗为好。"

于是，赵云令人救出陈应及坑中军士，又还了兵器。陈应拱手惭愧而退，回到城中与赵范诉说了经过，就欲拔剑自刎，左右军将赶紧拦住。赵范叹道："赵云有万夫不挡之勇，岂是常人能胜之，将军休要再自责，吾自有对策。"

第二日，赵范派人向赵云纳降，赵云见状大喜。随后，赵范又捧了印绶率了众官归降，赵云率众以礼待之。赵范愧道："久闻将军英名，仰慕久矣，未料初见竟为兵戎，实为吾之错，将军勿怪。"赵云道："刘表与刘备同为汉室宗亲，自为一家，只是时局瞬变有了些生疏。今将军识大义，再促联合抗曹，吾深为佩服。"

双方一番寒暄，赵云于是营中设宴以待。两人酒至数巡，又各叙年庚，赵云略长，赵范遂拜赵云为兄。至三更席散，赵范告辞回到城中。次日，赵范城中宴请赵云等将。安置妥当，赵范暗遣陈应领些人马伏于周边，一旦有变则以摔杯为号，将赵云等人速速拿下。

陈应一惊道："前日太守与赵云相谈甚欢，为何又欲加害？"赵范略思后道："非有意害于赵云。实为降于赵云后，恐其日后生变，心终有不安。吾于席间设一美妇之计，赵云若受之，吾等即为一家，此事便罢。若不受之，你等可将其拿下。"

陈应摇头道："此举实为下策，太守刚投于赵云，又翻脸反悔，恐遭天下人笑话。"赵范闻言大怒道："大胆陈应，你一小将怎懂战略大局，只管遵照即是，勿要多言。"陈应领命闷闷而去。

回到营中，陈应思忖，昔日自己身落陷坑，赵云未予加害反以礼待之，今又岂忍心害之。思虑再三，陈应即修书一封具明缘由，令心腹潜送赵云。赵云接到陈应所书一惊，乃与众将商议后回书陈应，又联络了应对之策。一番操作后，赵云领几个军将进城去赴宴。

酒宴间，赵范令众舞伎伴于赵云左右，赵云皆无所动。酒至半酣，赵范入后堂请出一缟素妇人，只见该妇人有沉鱼落雁之容，闭月羞花之貌，步履徐徐生香，腰坠银铃叮当作响，好一派天人美态。

赵范拉美妇于赵云前，笑道："先兄去世三载，此乃家嫂樊氏。弟劝其另寻好人家，家嫂则非英雄不嫁。家嫂素闻将军之英名，愿嫁为妻，将军愿否。"赵云闻言脸色聚变道："太守与吾结为兄弟，即是一家，焉可妄议家嫂婚嫁之事，乱了纲伦，勿再言此事。"

樊氏闻言羞愧难当，掩了脸往后室奔去。赵范讨了一脸无趣，乃恨恨道："吾本是一番好意，何来乱了纲伦之言，纳妻本为人之常情，又何要忸怩作态。"言罢，赵范将杯摔于地上，赵云见状飞脚踹翻赵范，陈应闻声领军而出，挥军反将赵范绑了，赵范其他军将也被绑了。

赵范气得大叫道："陈应，你这贼子小人，这是要反了么？"陈应上前喝道："你这小人生性反复，阴险狡诈，众人岂能不反？"这时，陈应所部打开城门，伏于城外的赵云所部涌入，城内喊杀声四起。

赵范见状，趁人不备就往门外跑，赵云上前踢翻，又拔剑欲砍，樊氏忽然由后室里冲出，伏身于赵范前泣道："此事莫怪罪太守，皆是臣妾见将军英武非常，乃生爱意。如若问罪，臣妾拿命来抵便是。"言罢，樊氏一头撞向了石柱，众人尚不及拦住，樊氏香消玉殒。

赵云摇头叹息道："没想到竟有如此忠烈女子，可惜为赵范所累。"赵范大哭道："家嫂英烈，吾还有何脸面泉下去见兄长。赵云，你且速速动手，以免吾见景更为伤心罢。"赵云又叹一声道："家嫂以命相救，吾岂能再次杀你。今且留你一命，好生厚葬了家嫂才是。"

却说赵云要取桂阳，孙权方才醒悟过来，桂阳可直接威胁东吴，位置异常重要，于是派周瑜与鲁肃急急率军来夺，却见桂阳城头已换成赵云大旗，知道桂阳已经易主。

赵云见周瑜率军前来，大吃一惊，立于城头上道："桂阳已属刘备将军，下次周瑜将军来取城，得起个大早才是。"周瑜闻言大怒，挥兵就欲攻城，鲁肃赶紧拦住道："此时孙刘联合抗曹为大计，将军断不可为一座小城误了联盟大事。"周瑜思虑一番，只得悻悻而去。

赵云取了桂阳后，即张榜安民，不许惊扰百姓，又取了些官府粮食分与百姓，百姓自然欢喜，城内如过节般喜庆。赵范葬了家嫂后，赵云令其离开桂阳，又给了些财物及随从，然后任其自由而去。

又一日，赵云迎刘备与诸葛亮等人入桂阳城，言及赵范嫁嫂之事，诸葛亮笑道："此等美事，子龙为何拒绝。"赵云道："现初取桂阳，民心未稳即纳妾而乐，民心将失，又如何安民守城。且吾与赵范结为兄弟，今若娶其嫂，惹世人唾骂，亦毁了樊氏一生清白，吾万万不敢从。"诸葛亮闻言叹道："子龙真丈夫也。"其后，刘备乃令赵云为桂阳郡太守。

这正是——

赵范献出桂阳城，明设酒宴藏祸心。

欲令胞嫂演美计，识破殒命羞愧中。

第二十三章　周瑜宴客黄鹤楼　暗偷令牌送备归

公元 209 年，刘备平定荆州南部四郡，又得刘表大将黄忠，实力大增。周瑜前番未夺得桂阳，又见刘备夺得荆州其他郡所，甚为恼怒，屡屡向刘备讨要荆州，皆被诸葛亮舌辩以拒。

这日，刘备在官邸宴请周瑜与鲁肃等将领。正值初春，官邸外春雨绵绵，江畔堤岸翠红柳绿，长江怒涛排空而上，无尽烟波浩渺，好一幅江南美景。众人酒过三巡，周瑜已有几分醉意，扯住刘备道："玄德好生取巧，东吴将士拼死抗曹，果子却为别人取了去。"

刘备知其为酒话，也未在意。周瑜忽摔酒樽冲往官邸外，鲁肃等人忙跟了去。周瑜到了江畔，春雨中仰面大笑一阵，又沿了堤岸奔去，一路折柳踏花，嬉笑怒骂，任谁也拉不住。刘备急道："公瑾酒醉竟至如此，可如何是好？"诸葛亮笑道："主公勿虑，公瑾只是宣泄郁气罢，醒来自会没事。"

周瑜闹了一番，又仰面跌于泥水之中，任谁喊不应，众人急忙将他送回东吴。行前，鲁肃与荆州众将道别，又谦疚道："公瑾酒醉扰事，还望各位勿怪。"诸葛亮道："公瑾乃性情之人，子敬可灌些温姜汤，醒后自会明白。"

回了东吴，睡至半晌，周瑜醒来头痛欲裂，小乔抚其额竟然烫手，又闻周瑜昏中乱言，要去夺了荆州，知其神志已乱，一时没有了主张，哭哭啼啼起来。这时，大乔扶了乔国公而来。乔国公见状忧道："贤婿如此模样，可是魂魄丢在了荆州。"于是，众人又设坛焚香，仍未唤醒周瑜。

鲁肃闻讯而来，给周瑜灌了些温姜汤，方略显清醒过来，众人方松了一口气。周瑜支走了众人，独留下鲁肃，又泣道："子敬，荆州有失皆是吾之错也。"鲁肃摇头叹道："此皆为诸葛亮使计，公瑾勿要自责。"

周瑜一下怒目圆睁道："子敬之意，吾是中了诸葛亮诡计不成。"

鲁肃大惊，连连摆手道："公瑾误解了，公瑾谋略远在诸葛亮之上，联合抗曹、赤壁之战皆是公瑾不世之功，方保得江南半壁江山，焉是诸葛亮能比乎。"

周瑜闻言又哈哈大笑起来，跳下卧榻推开窗，只见窗外长江滚滚远去，江面烟雨蒙蒙，舟船点点，渔歌相唱。距此不远有处高楼，翘檐飞壁，远观如大鹏展翅，欲凌空将起，此乃吴地绝景黄鹤楼。

周瑜指向黄鹤楼道："明日就在此楼宴请刘备。"鲁肃忧道："公瑾身体初愈，可否缓些时日？"周瑜哈哈大笑道："来而不往非礼也，刘备前来岂能不送份大礼，吾的身体自然痊愈。"

鲁肃愣了一下道："如刘备不送大礼，公瑾又该如何。"周瑜道："吾定将刘备灌醉，令他尝尝醉酒的滋味。"言罢，两人相视不禁哈哈大笑起来。

周瑜请刘备东吴赴宴，关羽与张飞恐为鸿门宴，其意在图荆州，刘备前往恐遭不测。刘备则忧礼尚往来，不去又遭人笑话。诸葛亮点头笑道："主公不去恐被人嘲心眼小，孙刘抗曹乃是大策，周瑜尚不敢造次，主公可带子龙前往，吾自有安排。"众人见此也无话可说。

诸葛亮又与赵云一番叮嘱，交其三个锦囊道："宾主酒过三巡，兴致正浓时，子龙可将第一个锦囊交与主公。周瑜大醉之时，子龙可自拆第二个锦囊。第三个锦囊则交与鲁肃，请其交与周瑜罢了。"赵云接过锦囊拱手领命。

第二日，刘备与赵云乘船来到黄鹤楼，周瑜率了鲁肃等众人相迎。周瑜与刘备见过后，冷眼望向赵云道："这位可是乌林放走曹操的赵云。"赵云作色道："将军此言差矣，曹操自长双腿，何来放走之理。"

刘备笑道："公瑾只知其一，可知其二，赤壁之初，子龙战于曹操万千军中，七番进出，斩曹军五十员大将，此功谁人能比。"周瑜点头赞道："此倒是属实，子龙浑身是胆也。"

闲言少叙，众人入楼雅歌投壶，鼓瑟吹笙，莫不尽言欢。酒过三巡，周瑜初醉道："玄德可知，赤壁一战非瑜拼死相救，玄德恐困于夏口，焉能于此把酒言欢。"刘备拱手谢道："公瑾相救之恩，吾岂敢相忘乎？"周瑜借着酒意又道："玄德乃天下豪杰，知恩必报，吾救玄德之恩，又当如何相报？"刘备知其用意，故假意道："吾连喝三大碗，当敬公瑾。"周瑜闻言仰天大笑。鲁肃一旁见之，心中暗忧。

刘备拿了碗欲干，周瑜上前拦道："玄德勿喝此酒，且看看楼外景色如何。"周瑜拉了刘备至窗前，只见窗外烟雨蒙蒙，江涛拍岸，卷起千层浪，舟船不敢行。周瑜半笑道："玄德今在黄鹤楼，焉能走乎？纵有孔明先生神策，恐也难救玄德。不如就此立了字据，还了荆州可好？"刘备闻言大惊，只好赔笑不语。

赵云见状悄悄下楼去，见楼道已为东吴军士把守，持有令牌者方能出入。问了军士方知，仅赴宴的东吴将领持有令牌。赵云急返上楼，趁众将喝得正酣，偷了两个令牌。随即，赵云暗中将锦囊交与刘备，刘备拆看一下，只见上书有：众人皆醉吾独醒，赞了公瑾好出门。

刘备看后明白，乃向周瑜敬酒道："荆州之事自然好说。今日公瑾盛宴焉能不尽兴乎？吾观公瑾乃有旷世之才，且不论孙膑之策、张良之谋，单论公瑾赤壁之谋，皆是旷世之功，若公瑾率兵讨曹，吾定做先锋。"

周瑜闻言大喊痛快，叫人拿来大碗喝酒，鲁肃一旁托故离开。连喝三大碗后，周瑜又命人拿来琴横于膝上，弹了几曲江南之乐，弹了几曲声音渐小，众人再看时，周瑜伏身琴上呼呼大睡了去。

赵云急忙拆看第二个锦囊，见上书有：醉了皆言春光好，江边有舟钓锦鲤。于是，刘备与赵云趁混乱间，拿了偷来的令牌混出楼去。两人径往江边奔去，有一只大船正泊在岸边，正欲上船，鲁肃由一旁忽然走了出来道："玄德，这是要走么，可否与公瑾道个别？"

刘备大惊，又见只有鲁肃一人，知其无恶意乃道："荆州急事报来，吾即先行离去，望子敬转告于公瑾，改日设宴再敬公瑾罢。"赵云想起诸葛亮所托，上前将第三个锦囊交与鲁肃道："此为孔明先生交与子敬先生，先生言看后自会明白。"

鲁肃闻言忙拆看锦囊，上书有曹操的赋《铜雀台赋》：从明后以嬉游兮，登层台以娱情。见太府之广开兮，观圣德之所营。建高门之嵯峨兮，浮双阙乎太清。立中天之华观兮，连飞阁乎西城。临漳水之长流兮，望园果之滋荣。立双台于左右兮，有玉龙与金凤。揽二乔于东南兮，乐朝夕之与共。

看罢，鲁肃哈哈大笑道："告了孔明先生，休欺东吴无人，篡改曹操诗赋，恐遭后人诟病。孔明先生自知，吾一片苦心，乃为保半壁江南。"刚言罢，江中忽冲出十多艘船，立于船首者正是猛张飞，往这边而来。赵云拱手道："先生自是明白人，吾转告即是。"刘备就此与鲁肃道别。

且说周瑜醒后，竟然不见刘备踪影，惊出一身冷汗，再问众人方知，刘备与赵云偷了令牌，已乘船逃往荆州。周瑜大怒，摔琴叱骂了众将一番，又领了三千军就要去追赶刘备。

周瑜追至江边，但见水天一色，白鹭尽飞，哪里还有刘备的踪影。周瑜拔剑朝江心怒吼，又是一番痛哭流涕。待周瑜心绪稍安，鲁肃将一书递与周瑜道："曹操近作《铜雀台赋》，内有对主公与公瑾不敬之词，吾思之再三，此事仍需告与公瑾才是。"

周瑜接过书一见，其中竟有"揽二乔于东南兮，乐朝夕之与共"之句，不禁勃然大怒道："好个不知廉耻的曹操，吾当与你誓不两立。"鲁肃又道："孙刘联合犹如唇齿，唇亡则齿寒，孙刘联合曹操方不敢轻易南下。如轻易言战，必损孙刘抗曹大计，反中曹操之诡计。"

周瑜闻言仰天长叹道："此事皆因诸葛亮而起，苍天既生瑜，又何生亮。"乃令撤兵回去。

这正是——

周瑜借酒嬉怒骂，荆州应归东吴家。
黄鹤楼上布大局，未料神算终有差。

第二十四章　孙权联姻取荆州　扮商入吴搅浑水

且说周瑜欲取荆州，多番设计皆未如愿，恼怒异常，却又无可奈何。后有荆州来人称，刘备夫人甘氏新丧，周瑜闻言心中一喜，心生一计。这日，周瑜与孙权道："刘备新丧了夫人，主公可假借嫁孙尚香郡主之名，诱刘备来东吴成亲，趁势逼其交出荆州。"

孙权且喜且忧道："此计甚好，联姻抗曹，刘备断不会生疑，只是如何瞒得过吴国太和郡主？"周瑜道："此乃假戏，勿要做真，此事定须瞒了国太与郡主才是。"

这日，周瑜来荆州商议联姻之事，刘备心中虽有甚惑，亦欢喜道："吾年入不惑，郡主正当年华，如此安排恐误了郡主前程。"周瑜笑道："刘公乃汉室宗亲，又乃当今豪杰，如此英雄配美人，可谓千古佳话，何来误了前程之说？"刘备也不再言。

诸葛亮见状笑道："望公瑾转告仲谋公，过几日，吾家主公即去东吴商议婚期。"刘备闻言一惊，诸葛亮暗中摆手，刘备知诸葛亮自有安排，于是不再多言。周瑜大喜过望，与刘备拊掌以誓，高兴离去。

送走周瑜，刘备埋怨道："此等美事周瑜焉能于吾，此定为孙权所施诡计罢，孔明先生勿要中计。"诸葛亮笑道："这个自然知道，主公带了子龙去相亲罢，吾自有安排，就等看出好戏罢。"于是，诸葛亮将计谋与刘备和赵云道来，几人闻言拊撑大笑。

几日后，赵云与黄忠带十数军士，扮作商人，三五人一伙往东吴建业城去了。众人进了城就往东西南北去，挑些大家商铺预定绫罗绸缎等物，凡有问就言，皆为刘备婆孙尚香郡主之用。

这日，赵云扮为富商领了些人，来到一繁华街肆大声嚷嚷，要购千条锦缎，众人闻言皆惊问缘由，赵云哈哈大笑道："吾乃荆州商家，孙尚香郡主要嫁与刘备去，又喜东吴锦缎，故来多购些。"随即，赵云又故意拿出众多金饰，令众人看得眼花。

没几日，建业城内茶坊酒肆皆议此事。诸事安排妥当，赵云又往孙尚香府邸而去。这日，孙尚香婢女匆匆告道："郡主，坊间正传郡主要下嫁刘备，以换取刘孙联合抗曹。"孙尚香又气又恼道："这些混账话从何而来，既使要嫁，也断不会嫁与刘备那黑胖子。"

婢女摇头道："不知谣言从何而来，听传荆州来了许多人采购大量绫罗绸缎，还说是为郡主结婚之用。"两人正议此事，有下人来传，刘备属下赵云前来求见。孙尚香怒道："来得正好，其中缘由定要问个明白。"

赵云见面问礼，孙尚香怒道："刘备为何要辱吾清白。"赵云故作吃惊道："此话从何说起，俗言道君无戏言，郡主与吾家主公姻缘乃仲谋公托公瑾安排。"于是，赵云细细诉说经过，孙尚香听罢大哭道："好个狠心的哥哥孙仲谋，拿妹妹婚姻大事做了交易，吾就找母亲评理去。"

吴国太正在府中休憩，忽见孙尚香大哭而来，孙尚香泣诉一番经过，吴国太气得倒地泣道："孙仲谋，你硬生生要毁了自家的亲妹妹。女儿勿恼，母亲替你做主，这就寻那厮去。"

吴国太带孙尚香前来寻理，早有探子来报。孙权一时急得团团转，埋怨周瑜道："都是你的甚么好计，反乱了自家阵脚。"周瑜恍然道："中了诸葛亮的诡计，听传赵云已来建业，却不与主公联络，反去一些街肆宣扬，分明欲将生米煮成熟饭。"孙权急道："国太和郡主前来问罪，如何是好？"周瑜叹道："这出戏只得硬着头皮演下去了。"孙权也叹道："唯有如此了。"正说话间，吴国太和孙尚香已气冲冲而入，周瑜赶紧躲入后帐。

孙权上前施礼，吴国太不理，左右看了一番道："公瑾人在何处？""母亲大人找公瑾何事？"孙权装糊涂道。吴国太愤愤道："亲妹妹联姻抗曹的坏主意，定是公瑾那厮的主意，你俩从小长大，凡坏主意皆是他出。"

孙权哭笑不得道："母亲大人误会公瑾了，孙刘联合抗曹乃国之大计，可保东吴安全。且刘备乃汉室宗亲，为人敦厚，身边尚未有夫人，妹妹嫁与他可尽享荣华。"吴国太听罢，略思一番道："此话也不无道理，不过尚要征得妹妹同意才是。"

孙尚香气道："尚香年方十九，刘备却已入不惑，且长相粗陋，如何入得闺中。"孙权劝道："此事虽为兄之错，然已满城皆知。此事可请母亲做主，先见过刘备，如若不同意，兄断不敢勉强为之。"孙尚香不好再论，于是孙权与吴国太商议，在建业甘露寺相亲，结果以吴国太喜好而定。

吴国太与孙尚香走后，周瑜满脸喜色由帐后而出道："主公，如刘备能来到建业相亲，可使其为人质交出荆州。"孙权气道："此番计划定要周全，勿再惹出些不快，令吾受责罚。"周瑜道："且请放心，此事安排在东吴，自会妥当。"

孙权在建业甘露寺招刘备相亲，荆州众将皆不同意。张飞嚷道："孙权小儿明为招亲实图荆州，哥哥勿要上当，况且孙权貌如俺翼德，其妹焉能好看？不如翼德去为哥哥谋门亲事就是。"众人皆笑。关羽也道："孙权尚可信，周瑜却多有阴招，哥哥不得不防。"赵云笑道："周瑜计谋皆在军师掌握之中，谅他也使不出多少花招。"

诸葛亮道："此番为主公招亲，亦为刘孙联合抗曹之大计。主公不仅要带回夫人，荆州亦丝毫无损，此事还劳子龙随主公前往。"诸葛亮将计划说与众人听，众人皆称好。

且说孙尚香虽为孙权逼着相亲，心中颇为不快，后又转念想，刘备今得了荆州，亦为一方诸侯，如嫁于刘备则为诸侯夫人，孙权焉敢不敬？思至此，心中渐喜，正在此时婢女又匆匆来告，有军士在街肆警示锦缎商家，不许出售锦缎给荆州商家。孙尚香闻言心中一沉，不知孙权和周瑜要唱哪一出戏。

这正是——

欲讨荆州再演戏，孙权献妹设为棋。

孔明假戏欲真做，子龙入吴风声起。

第二十五章　刘备喜携新妇归　子龙舟头喝军退

隔了几日，到了约定日期，刘备带赵云与黄忠渡江到甘露寺。关羽与张飞则在对江待命，一旦情况有异，即挥船来攻。赵云扮作百姓先潜到甘露寺探查，见周瑜领了一队刀斧手，悄伏于甘露寺后院夹墙内。

赵云暗令黄忠领了一队军士，扮成商人、农人模样，伏于甘露寺周边茶坊酒肆内，一旦事发即刻前来策应。安排妥当，刘备往甘露寺与孙权和吴国太及孙尚香相见。

众人见面，却少有言语，气氛也颇为沉闷。刘备额头皆是大汗，一直不敢抬头，吴国太与孙尚香一旁，细细揣看刘备，孙权见状借故离去。寺内唯有刘备、吴国太和孙尚香三人。呆坐片刻，刘备上前深鞠一躬道："国太、郡主，此番招亲实为唐突，然仲谋公一片赤心，吾不敢不受。吾自知才情浅薄，难配郡主千金之尊。此番前来，只为一堵世人口舌，知吾不配郡主，也好为郡主挽回些颜面。"

吴国太和孙尚香见刘备言语诚恳，心中暗自称赞。于是，两人进入后院去商议。刘备独坐寺内，心内不安，又不知如何才好，乃呆坐不敢走动。后院内，吴国太试探孙尚香道："吾儿对刘备观感如何。"孙尚香道："虽无甚好感，但亦无厌烦。"

吴国太长叹一声道："看刘备确为敦厚之人，礼节周全。刘备亦为一方诸侯，如此卑谦，也属难得了。"两人正说话间，下人进来斟茶，孙尚香一见大惊道："这不是刘备军将赵云么，如何成了这般模样？"赵云拱手道："吾正是赵云。"

吴国太也惊道："你果然是赵云，世人皆传你于曹操万千军中，多番杀进杀出，伤了曹操多员大将，可有此事？"赵云道："禀国太，此事确为真，皆为救吾家主公夫人及幼主。"于是，赵云将在曹操大军中，解救甘、糜两位夫人及阿斗，以及糜夫人惨死之事一一道来。吴国太听罢泣道："真是些可怜的人，阿斗如此年幼即遭此大难，最是可怜罢。"

孙尚香也落了一阵泪，忽又忆起一事道："赵云将军扮下人前来，究竟为何？"赵云闻言急道："事出紧急，吾才出此下策。吾见周瑜在甘露寺周围伏有刀斧手，听传闻，如郡主相亲失败，周瑜当场将斩杀吾家主公。"

吴国太闻言大怒，以杖击地道："吾且尚在，谁敢如此放肆。"赵云道："此事非常紧急，军师孔明先生及关羽、张飞等将，已在长江边秣马厉兵，一旦主公遇害，必遭荆州对东吴疯狂报复，必定两败俱伤，曹操势必趁机取了东吴与荆州。"

吴国太大吃一惊道："将军所言极是，仲谋和公瑾竟如此不顾大局，一意逞能，吾这就唤他们前来。"赵云急拦道："此事皆为暗中运作，万不可公开伤了颜面，日后相见岂不尴尬。"吴国太急道："如何才好？"赵云道："吾倒有一计，如相亲成功，仲谋公与周瑜自然不好伤害刘备，岂不皆大欢喜。"

吴国太拊掌道："此计甚好，不知吾儿意如何？"孙尚香一脸娇羞道："一切凭母亲做主。"赵云闻言大喜，再拜了而去。

赵云出了宅院，与院外等候的黄忠等人，一同往甘露寺去。寺后院藏了二十余刀斧手，正等周瑜令下冲出杀了刘备。赵云与黄忠领人从两侧冲向刀斧手，为首刀斧手欲反抗，赵云刀架其脖子上，低声喝道："吾乃赵云，只为护主刘备而来，你们休要乱动，可保了性命。"

为首刀斧手道："久闻赵云将军英名，今被将军擒了自然无话。"黄忠率人由另一侧来，其他刀斧手纷纷交了兵器。黄忠令人将刀斧手给绑了，口塞粗布防其喊叫。

刘备正呆坐院中，忽听一声帘响，吴国太领了孙尚香由后院进入，孙尚香一脸羞红，孙权和周瑜也一同进来。吴国太笑道："贤婿久候了。"刘备一时如坠雾中，半晌没听明白，旁人提醒后方大悟，纳头便拜。孙权和周瑜闻言也大吃一惊，面面相觑。

几人的表情，吴国太皆看在了眼里，上前扶起刘备，敛起笑容道："小女儿交与了贤婿，贤婿当自重，不可冷落了吾孩儿的心。"刘备大喜道："母亲大人在上，小婿断不敢冷落郡主，小婿将在荆州屠陵城，为郡主营造新城池，供郡主享用。"吴国太欢喜道："如此甚好。"孙权瞪了周瑜一眼，周瑜悄悄往后院去。进入后院，周瑜大吃一惊，刀斧手竟都被给人绑了，暗料定为赵云所为，又不好声张，只得强忍下了怒气。

此番相亲成功，建业城中百姓皆如过节般欢喜。孙权遵吴国太之命，盛宴款待刘备，孙尚香陪侍左右，乐得刘备忘了归去。周瑜心有不甘，领了军在孙权官邸周边寻机，赵云见了心中暗急，于是暗中与诸葛亮联络。

这日，诸葛亮派人给赵云送来密件，让其骗刘备，称曹操已率大军来袭荆州，让带了新夫人速速归来。赵云急急找到刘备道："曹操亲率大军来攻荆州，孔明先生请主公领了夫人速速归去。"

刘备大惊，细问了经过，又找来孙尚香商议，孙尚香欣然愿随往，又道："吾已是夫君之人，愿与夫君生死与共，夫君去何处，臣妾皆愿随往。"刘备闻言感动涕下。赵云道："此事不可令仲谋公与周瑜知晓，否则必领军来截。"于是，刘备与孙尚香去与吴国太道别，吴国太虽有万般不舍，但心内亦是欢喜道："你们且悄悄去，吾自会将情形告与仲谋。"孙尚香不舍，又跪拜泣道："女儿此去当为东吴与荆州和好，母亲大人勿念。"言罢，两人又相拥泣一阵。

刘备与孙尚香由吴国太府邸出来，早有探子告知周瑜，周瑜心中暗惊道，此二人恐回荆州去。于是，立即带人往二人住处去，发现已不见踪影，心中暗叫不好，掉头就往江边疾奔而去。

诸葛亮已令张飞江口备十余船，刘备与孙尚香刚上船，周瑜就赶到大叫道："刘备大耳贼，你明知此为假戏，却欲真做，还要掳走郡主，罪不可赦，快放了郡主，否则杀个片甲不留。"

孙尚香站至船头怒道："周瑜，你这奸人，数次拿吾做戏，皆为你的阴谋得逞，枉为了男人。吾嫁于刘备实乃天意，你休要再纠缠。"

周瑜气得策马团团打转道："郡主青春年少，莫要为刘备所惑，联姻之计实为东吴百姓所虑，郡主要明白主公一片苦心。"孙尚香不再理睬，径直回船舱去。周瑜无奈，挥军欲攻船，忽听得一声锣响，各船中弓箭手一起对准了周瑜。赵云站立船头大叫道："周瑜听好，你三番五次施计，却误了自家性命。郡主真心相随，自是一段姻缘，你且回去报与孙权就是。"

张飞也站立船头嚷嚷一番，又大笑道："周瑜小儿，你家妙计，白送了吾哥哥一个夫人，自是好事。你且回去，不必劳送，不然射你一个透心凉罢。"

周瑜心中无限恨，却又万般无奈，只得掉头回去见孙权。孙权闻言大怒，挥剑砍烂案几，又大叫道："刘备老儿，吾一片好心待你，你不仅夺了荆州，还拐走吾妹，吾岂能饶你？"言罢，令周瑜即刻发兵荆州。

众人准备时，吴国太闻讯赶来怒道："前番你强做主，要嫁妹于刘备，今日又强起兵讨伐刘备，是想害了妹妹的性命么？"孙权与周瑜无言以对。

这时，鲁肃闻讯匆匆而来道："万万不可发兵荆州，今曹操已率军南下，正虎视东吴之地，如曹操知孙刘联盟瓦解，必定来攻取东吴，到时可如何是好？"

众人闻言一惊，极力劝阻发兵荆州，孙权细思此事确不妥，乃收回攻打荆州之命。刘备带孙尚香回到荆州，诸葛亮、关羽和张飞等人连摆三天酒宴，荆州百姓一片欢腾。

刘备娶孙尚香回了荆州，周瑜气得一连吐了几日血，小乔惊恐不安，日夜服侍。这日，小乔端了碗汤药前来，周瑜抢过药碗扔于地，大叫道："皆是为你，不然吾早与荆州翻脸，取了大半荆州，焉受如此之气。"

小乔一脸茫然，不知所措。周瑜拿来曹操《铜雀台赋》，扔于小乔面前，小乔拾起观之，见其中有"揽二乔于东南兮，乐朝夕之与共"之句，不禁掩面而泣，径直往后院去了。此番孙权嫁妹惹怒吴国太，只得每日小心请安，方息吴国太心中怒火。此正谓后人所言：孙权赔了夫人又折兵，几家欢喜几家愁。

这正是——

刘备欲携新妇去，周瑜洲头欲劫人。

国太断然一声吼，孙权就此罢了休。

第二十六章　孔明入吴哭周瑜　设棋鲁肃巧脱险

话说赤壁之战后，曹操尚未敢南下，周瑜欲夺刘表的荆州各旧郡，皆为诸葛亮化解，周瑜攻打南郡又身中毒箭。周瑜领兵攻打西川，行至巴丘城时箭伤发作，吐血而亡，寿三十六岁。

周瑜终不能得荆州，郁气于胸，临终时哀叹"既生瑜，何生亮"。后人有诗叹道："赤壁遗雄烈，青年有俊声。弦歌知雅意，杯酒谢良朋。曾谒三千斛，常驱十万兵。巴丘终命处，凭吊欲伤情。"

周瑜病亡，天下皆惊。小乔伤心欲绝，一病难起，乔国公与大乔整日卧榻前悉心照料。大乔见小乔如此模样，亦念起与孙策昔日之情，如今皆成天涯人，思此，亦悲伤不已。

乔国公见状顿足哀道："可怜吾二女纵有天姿之色，难有天人之福，两位贤婿早早而去，遗下二女如何是好。"言罢，三人拥泣不已。

这日，孙权与大将周善陪吴国太前来，吴国太见了小乔泣道："公瑾小儿从小虽顽劣，但尚为一片忠心，如今早早离去，怎不令吾心痛。"

孙权一旁闻言垂泪，周善则恨道："将军之死因诸葛亮设计所致，东吴将士恨不生啖其肉，饮其血，方解心头之恨。"孙权斥道："此事定论尚早，不可一意逞为。"又令举国发丧。

消息传至荆州，刘备与诸葛亮等人惋叹不已。这日，众人在刘备官邸商议此事，诸葛亮欲前往东吴吊唁周瑜，众人纷纷劝阻。刘备道："如今民间皆传，周瑜为孔明先生气亡，此时前往，恐为东吴所害。"

诸葛亮缓行至窗前，推窗望去，只见长江浩浩直上，舟船往来，渔歌互答，岸边远处尚可见赤壁火烧之迹。诸葛亮视之良久道："此事后人自有公论。吾此番前往，若能消解传言，不损联吴抗曹之大计，吾死又何足兮。"

　　刘备闻言大为感动，见诸葛亮执意要前行，乃命赵云前往保护。诸葛亮欲往东吴吊唁，东吴周善等将暗中准备，欲趁此杀了诸葛亮。行前，刘备唤来赵云，心忧道："孔明先生执意往东吴消化误解，乃坦荡君子，然吾忧心有人暗中加害。"赵云略思一番道："主公放心，吾已做安排，可否向夫人借一信物。"见刘备一脸不解，赵云又道："此番前去会见了吴国太，有了夫人的信物，吴国太心中定然有数，自会阻止。"刘备闻言哈哈大笑道："子龙真乃谋略之人，吾就去找夫人要了信物。"

　　这日，鲁肃与周善等人在灵堂议事，孙权扶了吴国太，二乔扶了乔国公等人前来。孙权听众将商议加害诸葛亮，怒道："诸葛亮此番替刘备吊唁，不可轻举妄动，以免扰了抗曹大计。"

　　周善上前泣道："将军临终时长叹'既生瑜，何生亮'，可证为诸葛亮所害，诸葛亮前来岂可放过，否则寒了将士的心。"鲁肃心忧道："害了诸葛亮，刘备岂肯罢休，孙刘联盟破裂，后果不堪设想。"

　　小乔一旁闻言，抚棺长悲道："公瑾官人曾言，若孙刘不和抗曹失败，东吴必不保，东吴若有失，吾与大乔又该如何是好？"

　　乔国公也泣道："孙刘联合断不能有失，曹贼曾作乱诗，欲筑铜雀台锁吾二乔，曹贼不除吾生难安。"言罢，乔国公与二乔哭作一团。孙权见状大怒道："东吴兵强势众，岂是曹操轻易可取，休要再一派胡言。"

　　这时，有军士来报，诸葛亮仅带了赵云径往灵堂而来。周善一惊，欲暗中派人劫了，吴国太见状怒道："诸葛亮前来吊唁，自然不惧伤害，是为君子，你们却百般设计，也不怕辱了东吴的脸面。"众人见吴国太震怒，俱不敢再言。

　　正言间，诸葛亮与赵云进入灵堂。诸葛亮一身缟素，赵云腰坠七星宝剑。见了周瑜灵棺，诸葛亮径直扑去，一番痛彻哭诉，从初识周瑜直至赤壁火烧曹操，一个时辰细细诉来，直听得众人暗自垂泪，莫不悲伤。

　　周善却早已不捺，暗中伸手欲拔剑，鲁肃暗中摆手指向吴国太方向。周善一见，惊出了一身冷汗，赵云一手扶了吴国太，一手则抚在宝剑上。见此情景，周善心中长叹一声，就此作罢了。

一番吊唁后，诸葛亮与孙权互相见过，同往后室去。赵云拱手见吴国太道："郡主自嫁于吾家主公后，日夜思念国太，主公恐其过分思念，已专修了新城池以讨欢心。"言罢，又拿出孙尚香郡主信物，吴国太见之喜泣道："可怜吾儿尚念母亲，贤婿亦是有心。"

诸葛亮与孙权由后室出，众将一路跟随。赵云见状道："国太可有信物托孔明先生转与夫人，以解相思之苦。"吴国太心里明白，即拿出串珍珠链与诸葛亮，叹道："孔明先生前来吊唁，公瑾当安息了。今孙刘一家不分彼此，吾儿在荆州得贤婿厚爱，自是欢喜。孔明先生今即归去，望将此东海之珠交与吾儿，以解思念之苦。"

诸葛亮施礼道："吾定不负国太所托。"众人见状心里明白，于是纷纷散去。鲁肃转身欲走，赵云上前紧握其手，鲁肃一惊，不明缘由。赵云笑道："赤壁一别再未见先生，孔明先生甚为思念，今日相见岂容错过，尚请到船上细诉别离。"

鲁肃欲挣扎，却不能动弹，再看诸葛亮一旁笑而不语，忽然哈哈大笑道："既是孔明先生诚意相邀，吾焉有不去之理，大家且上船去罢。"诸葛亮哈哈大笑，上前拉过鲁肃的手，就往江边去。

周善领一队人马埋伏江边，见鲁肃与诸葛亮牵手而来，一时不敢有动作，眼见着众人上船去。随即，赵云令人即刻起船，周善大惊，率人追至江边，船已经离岸去。诸葛亮笑道："古贤有言，送君送至千里外，子敬先生送至三五里，可否。"鲁肃亦笑道："一切听孔明先生安排。"

船至江心，江涛时缓时急，舟船随波时伏时起，又闻桨声潺潺，群鱼逐船而行。诸葛亮望了眼前江景道："世间美景乃属天地，世人皆欲据为己有，合乎天地自然乎。"鲁肃叹道："昔日老子曾言，自然本为道，合乎道则国盛民富，风调雨顺，江河日月循迹而行。然人心贪欲不足，纷争即起，天崩地裂，无有宁日。"诸葛亮点头道："子敬先生所言甚是，世间本是美景，皆为贪欲所坏，故去除人心贪欲，乃世间最重之事。"

鲁肃闻言拊掌大笑道："故有孔明先生气死公瑾，又戏弄东吴之士于股掌。"诸葛亮正色道："子敬先生此言差矣，公瑾去世非吾之过错，亦非戏弄东吴之

111

士，皆为联合抗曹大计。公瑾屡次加害于吾，子敬先生可有明察？"鲁肃忙施礼道："刚才吾所言非真，孔明先生勿要怪。公瑾早逝自有其狭隘之责。"

两人又诉一番过往旧事，船至一处江心岛时，赵云朝岛上打了一个呼哨，片刻间水雾中驶出一乌篷船。赵云拱手道："感谢子敬先生一路相送，此船自会送先生回东吴去。"鲁肃叹道："子龙有勇有谋，非常人能比。玄德得之，实为大幸也。"

鲁肃上了乌篷船欲离去，诸葛亮道："子敬先生转告仲谋公，荆州与东吴唇亡齿寒，断一环则环环皆断，不可妄动。"鲁肃点头道："这是自然。"两人拱手道别。鲁肃船行至半途，见水雾中冲出十余船，立于船头的正是孙权。原来周善见鲁肃随赵云等人上船，久不见回来，心疑鲁肃为赵云所绑，于是急急报于孙权。孙权闻言大惊，领了人乘船追来。

见了鲁肃，孙权尚放下心。鲁肃道："孔明先生相邀博弈棋艺，不觉行出如此之远。"孙权道："子敬先生与孔明先生博弈，结果又是如何。"鲁肃道："一盘和棋。"两人相视一笑。周善一旁，丈二和尚摸不着头脑。

回了荆州，诸葛亮将东海珍珠链交与尚香。孙尚香睹物思母，不免遥泣一番，又准备些物什送过东吴去。孙权见孙尚香送来些物什，心中亦是思念妹妹，不觉间泪下。

鲁肃进来见状明白，故意道："可怜郡主一人在荆州，有了思念也无人倾诉。"孙权一惊，不知鲁肃何出此言。鲁肃又道："郡主去荆州走得仓促，可选些郡主熟识婢女和忠良军士，一则保护郡主不受外人欺负，二则主公欲取荆州时，这些军士尚可为内应。"

孙权闻言喜道："此计甚好。"乃寻了郡主昔日婢女及数百军士，由鲁肃送去荆州。孙尚香见了甚是欢喜，刘备知孙权用意，又不便道破，乃勉强接受。

这正是——

孔明入吴祭周瑜，众将暗地起杀心。

水瀚烟波乌篷船，鲁肃相伴至始终。

第二十七章　绵里藏针治郡主　截江箭雨夺阿斗

自孙刘联姻抗曹，曹操自知难有所获，乃挥师欲取益州，一时间益州危急。益州牧刘璋急寻刘备求助，刘备却甚是为难，此时荆州之战初定，东吴又在暗中欲动。

刘备再三推辞，刘璋则涕泪俱下拜道："玄德亦为汉室宗亲，皆为血脉本家，今曹操欲毁益州，玄德忍心袖手观乎？"刘备道："季玉言重，吾非不义之人，奈兵稀马少，怎能担起大任，且荆州初定，民心未稳，安敢离去？"

刘璋再拜道："古有言，兵非广而须坚。玄德赤壁之功，天下皆闻，挟余勇曹操焉敢妄动。且刘孙联盟，荆州又近东吴，玄德自可安心。"刘备听罢叹道："也罢，吾与诸将商议安排，再往益州可好？"刘璋喜泣道："玄德相助，益州终有救。"

这日，刘备与诸葛亮商议益州事宜，一军士匆匆来报，孙尚香与张飞为建孱陵城池争吵，双方军士恐要动手。刘备与诸葛亮闻言一惊，当即驱马赶往孱陵。

正在此间，孙尚香与张飞皆怒目而视，军士也各持刀剑在手。张飞怒道："嫂嫂好生没理，哥哥令吾修此城池，你却三番五次前来刁难，是何道理？"孙尚香立眉怒道："城池为吾所建，自然须按吾意所建，叔叔只管听令就是，岂敢作色于吾？"

刘备赶来以目示意张飞少言，于是张飞气呼呼偏坐一旁，不再言语。孙尚香一旁泣道："主公赐臣妾城池本为好事，却屡有人非议，臣妾不要也罢了，以免主公背负骂名。"刘备赶紧道："夫人勿要多虑，一切依夫人便是了。"

回到官邸，诸葛亮忧道："臣多有听闻，夫人侍卫仗夫人之威，屡有不法之举。夫人骄横，尚可理解，然东吴侍卫不严加管束，恐成心腹大患。"刘备亦忧道："孔明先生所言，吾亦有所感，如内部生乱，恐孙权会趁机来攻。不过此乃吾家事，由何人掌管为宜。"

诸葛亮忽然哈哈大笑道："吾有一人选。"刘备忽道："先生勿言，各人掌中写下一人，可好。"两人各在掌中写下一人，摊开看时皆为赵云，不禁相视大笑。于是，两人唤来了赵云。

刘备道明缘由，赵云一惊道："儿女家事非吾所长，臣愿随主公跃马疆场，图安国保民大业。"刘备闻之悲道："子龙之志，吾岂不知，然此事非旁人可为。当初，子龙掌管二位夫人内务，糜夫人骄横无理，子龙一顿杖责，实为吾想为而不敢为，实在痛快。如今再忆起二位夫人，皆已天上人间，顿觉心酸罢了。"言罢，刘备已是涕泪俱下，诸葛亮与赵云俱是泪下。

泣罢，刘备又道："吾向以社稷为重，非眷恋儿女情长，实为众人热心所为，实难推辞。此去益州不知多少时日，夫人未有管束，定会生出乱子，恐东吴寻了借口，荆州则危矣。"赵云起身道："吾心渐明，主公且安心前往益州。"

孙尚香回了官邸，官邸外尽皆侍卫喧哗之声。诸葛亮暗声道："此为主公家事，勿论喜恶，皆不可让东吴知道。小主阿斗由夫人所养，子龙要多加关照，不得有闪失。"赵云道："吾谨记于心。"

几日后，刘备便领黄忠率三万兵马入益州，赵云等人留守荆州。刘备初往益州，孙尚香尚且整日与阿斗府内玩乐，侍卫也在营中操练，皆相安无事。一段时日后，孙尚香渐感烦闷，就又带了侍卫往屏陵，查看新城池修建，赵云闻讯赶来随行。

至屏陵城池下，孙尚香一番细看后，忽指众匠人怒道："好些不知规矩的匠人，吾前番说明雕花图案，为何擅自更改？"喝罢，孙尚香令侍卫上前棒打匠人。赵云上前喝止道："休要动粗，匠人擅改图案，自有法则处理，夫人休要动怒，以免坏了心情。"

孙尚香怒道："主公有言，城池营造皆听吾意，匠人擅改岂能轻饶。此事与你无干，休要多管。"赵云正色道："主公行前令吾掌管内务，不服管教者，可施家规，望夫人遵从。"孙尚香大怒道："大胆赵云，小小军将竟敢如此说话，吾倒要施用家规，看你又能如何？"

孙尚香一声令下，数十侍卫往赵云涌来。赵云冷笑道："几个喽啰，何曾进入本将眼中。"赵云左臂托举，右腿横扫，一时尘土翻滚，不见了人影，待尘埃落定，只见数十侍卫已躺了一片，翻滚呻吟。

孙尚香吓得呆立一旁，不敢再言。赵云又令随从军士道："将这些东西绑了送军，扶了夫人回城，没有军令，半月不许夫人离开府中半步。"处理完诸事，赵云又令监督官查明匠工更改雕花缘由，擅改者送军处置。

孙尚香被禁府内，军士严守了府门，孙尚香难以离开半步。于是，孙尚香悄悄写封书信，交由心腹快马送往益州。刘备看罢来信一笑，当心腹面灯下烧掉。孙尚香听闻经过，大哭一场，自此言行不敢再有造作。

且说刘备领了兵往益州抗曹，孙权听闻大喜，请来鲁肃商议夺取荆州之事，鲁肃笑道："主公欲取荆州，刘备早有预料。"孙权惊道："子敬先生何出此言？"鲁肃道："刘备独自领军往益州，碍于刘璋颜面而已，且留下诸葛亮与赵云等人，是防范东吴来犯。此时荆州只可智取，不宜强攻。"

孙权喜道："子敬先生有何妙计，尽管说来。"鲁肃道："臣派往荆州的探马来报，刘备担心郡主生事，令赵云将其软禁，每日与小主刘禅为伴。主公可托信，假称吴国太病重，引郡主携了刘禅回吴，如此荆州则可取矣。"孙权连叫几声好计谋，又欢喜道："此计可成，子敬先生则立了盖世奇功。"

于是两人商议，由周善领了百余军士扮为渔民，分五船前往荆州，船内暗藏兵器。这日，孙尚香正与阿斗逗趣，玩了一阵忽感无趣，令婢女将阿斗抱于一边，自己独生闷气。由妙龄少女，到糊涂成为刘备夫人，孙尚香自感如戏中偶人，任人提了线在哭笑。想至此，不觉暗自伤感，这时，婢女来报，东吴周善来访。

见了孙尚香，周善伏地泣道："前日，国太受了风寒，今日病情忽然严重，卧榻难起，欲见郡主最后一面。"孙尚香闻言顿失魂魄，即刻就要随周善而去。

周善又道："阿斗刘禅为郡主继子，国太亦是思念，望也能见上一面。"孙尚香哪里还能细思，急要婢女抱来刘禅，就随周善往船上奔去。守府军士见状急忙拦住，孙尚香气得大叫道："吾且去探母，赵云又岂能拦了？"言罢，又令随从侍卫绑了守府军士。

军士急报赵云，赵云听闻孙尚香还抱了刘禅往东吴去，心中大叫不好，跳上马率了人马就往江边奔去。来到江边，五只船已离岸十余丈远，赵云跃身上船，周善急令放箭欲拦，皆被赵云持枪挡开。

赵云跳上船，周善抢刀就来砍，赵云任其前来，又忽侧身躲过，周善猝不及防跌到船板，几个军士上前来救，被赵云逐一刺落船下，其他人皆不敢上前。赵云揪了周善怒道："前番吊唁周瑜，你这贼人险伤了孔明先生，今又来抢夺小主，岂能饶你？"

孙尚香急忙上前道："皆是误会，母亲忽然病重，未及相告，将军休要胡来。"赵云又道："为何要带小主前往。"孙尚香道："母亲亦想念小主，带去几日就归。"赵云进船舱夺了阿斗道："夫人好生幼稚，孙权欲以小主做质子，去换取荆州。"

其他几船聚了过来，周善趁机跳至旁边船上，大叫道："抢过阿斗，杀了赵云。"赵云将阿斗抱于胸前，单手持枪挑落几人，船面狭窄，赵云打斗一阵渐感不支。

此时，忽听岸边传来一声暴喝："贼人，休要掳走吾小主。"只见张飞驱马而来，尚未下马，即腾空跃至船上。周善大惊，挥军就围了上来，张飞也不多言，几个回合就取了周善首级，其他军士见状，皆不敢再战，跪地求饶。

张飞拿了周善首级，扔于孙尚香面前，孙尚香一见险些晕厥过去。张飞冷冷道："带走小主的就是此下场。"待孙尚香清醒过来时，赵云和张飞已抱着阿斗跃到岸上。

孙尚香爬行至船头，朝赵云与张飞大泣道："吾乃布偶，皆由你们这些贼人利用，可曾顾及吾感受，今又背拐小主恶名，吾有何颜面再去见主公？"泣罢，孙尚香纵身跳入江中，随从赶紧将她打捞上来。赵云和张飞也不理会，抱了阿斗径直而去。

话说孙尚香回了东吴，方知皆为孙权之计，与吴国太又去孙权官邸大闹，孙权闻讯早早躲开。经了此番遭遇，孙尚香自感无颜再回荆州去，乃与吴国太同住。吴国太亦为此气恼攻心，叹女儿前程为孙权所毁，一病不起，不久即离开人世。

刘备在益州听闻此事，大悲了一场，亦感叹人生如戏，对生活一时了无乐趣。刘璋闻之深感不安，来见刘备泣道："此事皆因吾而起，如玄德未来益州，且尚有娇妻相伴，可享天伦之乐。"

刘备闻言大惊，细思一番，忽然仰天大笑。刘璋一惊道："玄德不必太过伤悲。"刘备摇头叹道："吾以匡扶汉室为重，女人当如衣裳，岂有为衣裳破损而悲伤之理。"刘璋闻言暗惊。

这正是——

尚香骄横遭软禁，孙权闻言又生计。

欲偷阿斗换荆州，子龙船头喝军退。

第二十八章　江阳城里瘴疫虐　施药保民降太守

话说曹操欲取了汉中进逼益州，刘璋闻讯大惊，令汉中太守张鲁抗曹，未料张鲁暗通曹操。刘璋乃让刘备去夺汉中，刘备于是命黄忠与张鲁大将马超几番交战，各有胜负。

此番出兵益州，刘备颇有寄人篱下之感。刘璋谋士法正暗中来投，劝道："玄德公与刘璋同为汉室之后，刘璋非明主，益州早晚为曹操所取，莫如玄德公先取之，再图天下。"刘备闻言大悟。

建安十七年，曹操大举南下至长江北岸濡须口，孙权急派人向刘备求助。刘备遂向刘璋借兵却招至不快，益州别驾张松又写反书于刘备，为张松之兄张肃告与刘璋，刘璋怒杀张松，终至与刘备兵戎相见。诸葛亮遂率赵云、张飞入益州增援，留关羽独守荆州。

诸葛亮与赵云攻取白帝与江州后，赵云又率军由水路去攻成都门户江阳郡。行前，诸葛亮交与赵云一幅《益州城池图》，但见其上山川河流、村舍集市、宫阙城池皆历历在目。诸葛亮叹道："此为十年前益州城池图，年年战乱致众多村落消亡，各族百姓境遇惨烈。"

赵云细看一番叹道："吾昔日投军为救民于水火，如今依然烽烟不歇。"诸葛亮道："益州之战必不长久，得了益州则与荆州成犄角之势，将与曹操及孙权形成三分天下之势。"

赵云惊道："军师料事如神，三分天下后又将如何。"诸葛亮大笑道："天下大势必将一统，至于后事如何，唯有苍天可知了。"两人抚掌大笑。笑罢，诸葛亮分析，江阳三面皆环水，历来为益州南部门户，易守难攻。取得江阳，成都则尽入囊中，益州大势当可定。

听罢，赵云拱手道："军师尽管放心，吾必倾全军之力克取江阳。"诸葛亮摇头道："此战只宜智取，不可强攻。江阳太守程畿性情刚烈，军中皆为板楯蛮族后裔，凶猛异常，强攻恐难令其臣服。"赵云道："依军师之计，如何为好。"诸葛亮叹道："攻战必累及百姓，征战能和则不战，以德感天下，至不战而屈方为上策。"

这日，赵云率军来到江阳城外，只见此处山势绵延远去，山间皆为繁林所裹，百鸟出入其间，如江山画卷。其城西北，山势又似火龙舞动，长沱两江汇于此，经馆驿嘴通达江海。

赵云站于山巅看罢此景，连连赞叹道："好一派风光画卷，如无战事，此处真乃人间仙境。"随即，赵云将营地扎于马鞍山，此为江阳最高处，可观江阳城中全貌。

过了几日，忽有军士来报，有众多军士患了不知名怪病，有些已卧床难起。赵云急去营中查看，见状大吃一惊，许多军士舌根起泡，牙龈出血，有些军士则浑身肿胀，难以动弹。

赵云急忙找来当地老人询问，方知此为瘴疫之气，由林木及动物腐烂之气汇集所致，受染轻则上吐下泻，重则可致人死命，且尚无对症之药。

赵云暗暗叫苦道："尚未取江阳城，即伤众多军士，该如何是好。"正愁间，忽见诸葛亮领了众多军士，抬了百多坛酒缸而来。赵云大喜道："军师真乃及时雨也，料吾在此受瘴疫之苦，送来解症之药。"

赵云细看见抬来的是酒，不禁疑惑道："将士正受瘴疫所扰，军师为何携酒来。"诸葛亮道："益州乃西南之地，苍木繁盛，瘴气漫溢。前番与你商讨战事，未曾提醒避开林地扎营，今料必遇此难，乃寻当地药师，觅得羌活植物酿酒驱瘴疫之气。"

赵云当即取与染病军士，有的病症立时减缓，有的两三日病症消失。其后，赵云又移营至空旷处，则再无军士染症。赵云又取些药酒，给当地各族染病百姓服用，众人俱是欢喜。

赵云围了江阳城月余，每日只叫军士城前叫阵。江阳太守程畿令人紧闭了城门，没有命令不许出战。这月中，忽刮起东南风，将瘴疫之气尽往江阳城中吹去，几日后，城中传出一片哀号声。

这日，赵云率军到城门前叫阵，随着一声锣响，城中冲出一将，其眉须皆硬面膛黑红，见赵云即大叫道："来者可是常山赵云？"赵云上前道："正是本将，来者又是何人？"

黑脸将叫道："吾乃江阳太守程畿。赵云将军英名天下皆闻，此番由荆州千里来讨益州，实非正义之举。"

赵云正色道："素闻太守性情刚正，至为佩服。此番曹操欲取益州，刘璋虽为忠正，然生性孱弱，益州恐为曹操所吞。吾主玄德为汉室宗亲，忠厚贤德，又据荆州重地，得天下只待时日。太守莫不顺了时势，归降为好。"

程畿拍马上前道："各为其主，少言大理。吾为江阳太守，当竭尽守义，焉有叛离之心。"赵云见程畿目赤声哑，状若痛苦，知其已染疫症，乃道："太守恐染疫，莫不到吾帐中服些药酒，病愈再战不迟。"

程畿哈哈大笑道："赵云将军甚为有趣，欲诱吾至营中再擒了去。本太守据此处数十载，尝未闻治此症之药，将军休要哄骗，速速战了以备后事罢。"

赵云不再言，两人驱马战至一处。程畿抡刀就砍，赵云侧身躲过，回身银枪一抖直取前胸，程畿大惊闪身躲过，就势横刀扫来，赵云也不避让枪头往上挑，只听得一声响，程畿的大刀震至十丈远。程畿大惊，叫道："好生厉害的枪法。"言罢，掉头就跑，赵云快马上前一把抓了，扔于地道："绑了。"

程畿军士欲上前来抢，赵云上前枪头一抖，断喝了一声，军士俱不敢上前，眼睁睁看程畿被绑了去。回至营中，赵云为程畿解开绑绳，又令军士端来碗药酒，程畿怒道："要砍头就砍头，何来妇人之举喂些砒霜。"赵云笑道："太守先喝此药酒，如尚未死，再砍你首级如何？"

程畿思忖道："也可。"言罢，饮尽酒药。及至半个时辰，忽觉一身轻松，眼部亦觉清明，大为惊异道："果然是好东西，此为何物，竟如此神奇？"赵云笑道："此为军师诸葛亮取植物羌活酿酒，专驱瘴疫之气。江阳百姓多染此症，莫不打开城门降了，以救全城百姓。"

程畿惊问道："可是赤壁火烧曹操的神算孔明先生。"赵云点头道："正是。"程畿喜道："罢了，降了降了。"

赵云与程畿牵手同进城中，城中军士大感惊异，此前尚生死拼杀的两人，竟成了好友。赵云进到城中大吃一惊，城中各族百姓半数染了疫病，其状惨不忍睹，军士也多染了此症。赵云在城中设了十多处药棚，尽施药酒与染疫症百姓，病重难起者，则命军士上门救治。几日后，城中染症百姓及军士多有治愈，众人莫不欢喜。

刘备建立蜀汉后，程畿随了刘备去伐东吴，刘备兵败夷陵时，程畿誓死不退，最终战死，此为后话。

这正是——

瘴疫袭扰江阳城，城内遍闻哀号声。
子龙施药除疫症，太守率众尽归从。

第二十九章　阵前擒得马超妹　孰料后来却成妻

公元 212 年，刘备率赵云等将进驻葭萌与绵竹等郡，又进逼益州治所成都，汉中太守张鲁部将马超率众来攻葭萌。马超甚是凶猛，沿途郡县皆为其所破，一时无人敢与争锋。

马超率众驻葭萌城外，每日叫人前来骂阵。刘备观其军阵，只见军将布阵井然有序，军士进退忙而不乱，其间还混些西凉军士。刘备叹道："马超素有万夫不当之勇，斩了曹操多员大将，令曹操夜不敢寐。吾观其来势正猛，各将暂勿出战才是。"

赵云阵前观一阵道："马超虽是凶猛，亦是一头两耳凡夫，且其军阵亦有破绽，首紧尾松，可分头击破，吾愿请往擒了此人。"

张飞闻言嚷道："凭甚由你抢了头功，吾先到葭萌关，论理由吾先去。"诸葛亮笑道："马超武功盖世，性情粗暴，传闻其遇强更强，且犹喜与暴躁者为战。"

张飞哈哈大笑道："军师所言甚是，吾粗暴脾气正合马超之意。子龙貌若妇人，性若温汤，焉能引得马超小儿注意？"赵云气恼欲争，诸葛亮暗中摆手示意，赵云只得摇头作罢了。

晚间，诸葛亮到赵云营中，赵云怨道："军师好生偏心，明明是向着张飞说话。"诸葛亮笑道："今日子龙所言甚是，马超营地呈首紧尾松之势，令吾心生一计。"赵云闻言喜道："有何妙计，军师请快快说来。"

诸葛亮领赵云至营外小丘，只见葭萌东侧岩谷里，点点灯火处为马超营地。此岩谷呈喇叭口状，马超前营一侧临水，后营位于峡谷尾端。诸葛亮道："马超扎营于岩谷里，犯兵家之大忌，其营地又呈狭窄之势，首尾难以相接。明日，张飞与马超战与前营，子龙可趁势攻取后营，马超自然会乱了阵脚。"赵云欣然领命道："军师此计甚好。"

第二日，张飞持了蛇矛，就早早到阵前叫骂。半晌，才见对面营中飞奔出一将。只见此人虽也长得精猛，却少有凶悍之气。张飞哇哇大叫道："马超小儿，爷爷张飞候你多时，如何现在才到？"来将喝道："你这鲁夫，吾乃马超之弟马岱，收拾你等鼠辈，岂用兄长动手。"

张飞一听气得掉头就走，又道："原来如此，速速喊了马超来，爷爷不屑与你动手。"见张飞罢手不战，马岱大怒，拍马就来战，张飞却绕着阵前兜圈子，马岱始终追不上，惹得两军人马皆笑不已。

刘备大笑道："三弟一根筋的牛脾气又犯了。"诸葛亮亦笑道："张飞将军与马超却是脾气相投。"言罢，又唤来赵云交代几句，赵云点头应允，即领军而去。

且说马岱叫骂，张飞皆不回应，马岱无奈涨红脸，拍马往回道："你这黑汉长了牛的倔气，好生在此候着，吾就请了兄长来，你休要吓掉了胆才是。"

张飞闻言哈哈大笑，索性下了马来，盘腿坐于地上。这时，就见对面营冲出一员将，此人身着银甲白袍，狮兽头盔，持了一亮银枪而来，对面营中立时发出一阵欢呼声。张飞见状翻身上马，拍马迎了上去。

来将冷冷道："吾乃马超，刚才何人扰了爷的清梦。"张飞喝道："果然是马超，可认得当阳长坂坡，喝退曹军十万的燕人张翼德。"马超哈哈大笑道："吾族乃世代公侯，岂识你这村野匹夫？"

张飞气得嗷嗷大叫，一挺蛇矛就杀将了过来。马超也不多言，拍马来战，一时间阵前浓尘滚滚，草木惊心。两人战至一百多回合，仍未分出胜负，众人皆赞叹不已。

两人战至傍晚，各自鸣金收兵。回了营中，张飞嚷嚷要与马超夜战，此时马超也发来夜战表，张飞自然高兴。于是，各自又燃起火把，照得战场如白昼。两人又战至三更，火把皆已燃尽，仍未分出胜负。

却说张飞与马超夜战正酣，赵云率军至马超后营设伏。只见马超后营中，少有军士走动，唯见些老弱军士抬了些浆洗衣物出来。

赵云大喜，挥军就往营内冲去，尚未进营，就听得一声锣响，营内立时灯火通明，赵云心中暗叫中计了。

这时，营内冲出一将，赵云一看竟是一年轻女子，大惊道："来者是何人？"女子怒道："吾乃马超胞妹马云禄，将军看似英武，实则为懦弱之辈，趁胞兄阵前与你军对决，你却偷摸后营，算不得英雄。"

赵云摆手道："两军交战自有计谋，你一女子岂懂谋略，且吾素不与女子交手，你且退去罢。"

马云禄大怒道："你的谋略，吾兄早做了安排。你且下马受降，尚可保你一命。"赵云摇摇头，挥军掉头就走，马云禄见状大叫道："你这贼将，来了岂能就走？"言罢，提枪上前当胸便刺，赵云猝不及防，险些跌落马下。

赵云大惊，不敢再轻敌，举枪迎战。马云禄虽为女子，动作却异常迅猛，招招致命，赵云抖枪便刺，马云禄变招挡开，两人战至十多回合，赵云心中暗道，且不与女人争战，输赢皆无颜面，亦恐坏了名声。

赵云佯装败退，驱马回跑，马云禄不知是计，紧追不舍。赵云忽然回身一枪，马云禄不及防险些跌落马下，赵云顺势上前一把抓过马云禄，扔于地上道："绑了。"众军士一拥上前，将马云禄绑了个结实。

赵云将马云禄擒回营中，令人好生相待。诸葛亮见擒了马云禄，不禁忧道："马云禄为马超最疼胞妹，知被擒了定然震怒，倾全力来攻，刘璋如趁此亦来攻，吾军则危矣。"

刘备惊道："军师有何主意？"诸葛亮略思道："马超虽为张鲁属下，却屡遭猜忌，难得信任。又受杨昂等人的诋毁，早生去意。何不放了其胞妹，诱之以利而降之。"刘备赞道："此主意甚好，好生照顾马超胞妹，不许骚扰。"赵云领令而去。

赵云回营中替马云禄松了绑，马云禄立时挥拳来打，却皆被赵云制服了。几番之后，马云禄也没有了脾气，不再上前打斗。赵云拱手道："姑娘勿怒，两军交阵多有得罪，稍后即可送姑娘回去。"马云禄见赵云言语文雅，又无不敬之处，乃渐生好感。

话说马超刚回营中，就有军士急急来报，赵云去后营掳走了马云禄。马超闻言大怒，重新披甲上阵前，怒骂道："刘备，吾敬你是个英雄，如何搞偷摸之事，袭吾后营绑胞妹，速速归还胞妹，少了半根头发，定不饶你。"

张飞闻言大笑道："马超小儿，你胞妹为赵云掳了去，何不就此认了这门亲事，你也好多个妹夫。"马超大怒道："张飞匹夫，休敢伤吾胞妹，否则定将倾尽全力，战个死活。"

刘备喝止了张飞，上前施礼道："马超将军息怒，吾与将军素来无仇，亦知将军为人强驱来战，故不愿与将军交恶。将军胞妹被掳实乃误会，此时就放了罢。"

言罢，赵云带了马云禄出营来，马云禄拱手道："赵云将军乃真君子，两军如无战事，小女子可认将军为兄。"马云禄一番豪言，令赵云乱了方寸，一时不知如何应答，乃拱手回礼。

马超见状心中暗惊，刘备与诸葛亮暗笑点头，张飞则哈哈大笑起来。马超拱手道："感谢刘备将军，吾定当回报。"随即，马超令军拔营离去。

话说马超归去后，杨昂向张鲁谗言马超勾结刘备，张鲁闻言大怒，举兵讨伐马超。刘备闻之，令赵云前往相助抵御张鲁进攻，赵云又与马云禄联手斩杀了杨昂。此战后，马超细思再三乃投了刘备，一时间益州震动，成都震怖。

公元214年，刘备率马超、赵云等将围攻成都。刘璋城上见刘备人马精壮，心惊欲裂，乃闭门拒战。围城数月，城中粮草渐少，百姓及军士人心惶惶，又有不少军士溜出城来相投。

刘备见之甚喜，乃召集众将商议夺了成都后事宜。有将皆笑言要封赏，刘备笑道："诸将一路征战多有辛苦，成都指日可取，封赏是自然的，城中财物将尽所取。"马岱闻言喜道："这样甚好，将士们多捞些财物，也可长长士气。"

众将皆无异议，诸葛亮往赵云暗使眼色，赵云心中明白，上前道："军士捞取百姓财物之事，断然不可取。主公乃是汉室宗亲，征战皆为恢复汉室，广安民心，肆意掠百姓财物，与胡骑与匪寇又有何异。"

马岱怒道："自古征战皆为利来，将士不为荣华谁愿拼命，你休在此论清高。"张飞上前欲揪马岱，众人赶紧拦住。张飞喝道："小子休大言，吾等如为利而战，早该衣锦还乡，何又在此苦战。"马超喝退马岱道："休要在此胡言，征战皆为平天下安百姓，掠民之战焉得人心，历来不平也皆因此而起。"

诸葛亮赞道："将军所言极是，不得民心者将不得天下，此乃古理。然论功赏赐亦无可厚非，尚需统一安排，万不可由了军士随意抢夺，引发百姓恐慌，不利日后管理。"众将皆称好。

这正是——

　　子龙擒得马超妹，众人皆笑欲结亲。
　　刘备终取益州地，子龙坚拒赏赐功。

第三十章　枪挑街肆扰民军　拒赏封赐美名扬

话说刘备围了成都，马超又投了刘备，刘璋无心再战了。在军师法正劝说下，刘璋遂决意降了，百官闻之莫不悲痛。这日，刘璋着一袭白服，捧了振威将军印绶，领百官出城投降。

刘备领了众将前来受降。刘备与刘璋见面，执手感叹不已。刘璋悲道："吾与玄德同为汉室宗亲，益州自然为汉室天下，玄德取之乃属自然。如为曹操夺得，则为汉室不幸。"刘备亦泣道："季玉勿怪吾无情，此皆天数。季玉善厚忠良，黎民拥戴，苍天亦会厚待，吾为季玉在荆州寻了好住处。"

正言间，众多流民涌出，多衣衫褴褛，哭哭啼啼，其状甚惨。刘璋见状泣道："吾驻益州二十余载，无有恩德泽于百姓。今百姓食草果腹，吾心自愧，望玄德善待城中百姓。"

刘备应允，又将振威将军印绶还与刘璋，又道："尚需委屈季玉一些时日，待民情稳定，自会令赵云送季玉往荆州去。"刘璋拱手道："一切听凭玄德安排。"这时，法正来报，张肃拒降，又杀了一些降官，领了数百军士逃了。刘备大怒，令人围剿张肃所部，却终无所获。

且说赵云见流民甚惨，遂皆流民引至军营中，一时间赵云营中皆是流民，赵云皆以善待。这日，马云禄见流民中染病者甚多，找些药材送来道："吾略懂医术，可为伤者疗其伤。"赵云闻言大喜，拱手以谢。

话说刘备领军入城后，街肆秩序尚可，百姓虽有惊慌之举，尚未引起大乱。这日，城西忽然大乱，有人大喊军士抢劫了，街上百姓闻言纷纷逃避，商家也匆忙关了店铺。

一会儿，就见百余军士冲来，有的砸开店铺抢夺，有的冲入沿街百姓家中，直搅得鸡飞狗跳，哭喊声一片。赵云率军经过，见状大怒道："大胆之徒，如此违犯军纪，速速擒了。"

抢夺军士见赵云领军来擒，持了兵器反抗，赵云也不多言，持枪横扫打倒一片，又连挑了数人，其他人见状不敢再战，纷纷跪地请降。

赵云找来领头抢夺军士，领头军士不服道："吾乃马岱将军所部，奉令来此收集军粮，你又是何人，速速放了众人，否则将军断不会轻饶。"

赵云怒道："你这贼人，违了军纪还敢逞狂，先斩了你这厮，再去与马岱理论。"言罢，令人将此人拖至街口，当时就斩了，其他军士吓得伏地求饶。

这时，一队人马飞奔而来，领头者高喊道："何方狂人敢杀吾军，速速刀下留人。"及至近处，赵云见来人正是马岱。

马岱见了被斩军士，勃然大怒道："主公尚未禁止夺物，你又为何斩吾军士。此理若不论清楚，休想从此离去。"赵云持枪怒道："依了军规，军士扰民抢夺理应当斩。你这厮尚为军将，无视军规，纵兵祸害百姓，吾岂能饶了？待吾绑了你去见主公。"

马岱气得大叫，挥刀拍马上来便砍。赵云冷笑一声，纵马上前，挥枪挡开来刀，马岱大刀被震得险些飞出去。赵云银枪又往下走，马岱急挥刀欲拦，银枪又直直往其面门而来，马岱大叫一声扔了刀，仰面跌落马下。

马岱尚想起身，赵云枪头抵住其喉道："纵军扰民理应当斩，念你为马超胞弟，暂留一命，去见过主公再论。"

马岱不再敢言，任由赵云军士上前绑了去，马岱军士也一起带了去。刘备正与众将商议封赏之事，忽见赵云绑了马岱来，大惊道："子龙，此为何事？你们怎会这般模样？"

赵云说明缘由，刘备替马岱松了绑，又怨道："取益州自是众将的功劳，吾自会论功赏赐，切不可自去扰民。"马岱巧辩道："主公前番未言明禁取财物，吾也只取些军用，赵云却斩杀吾军士，被斩杀军士屡立战功，实为可惜。"

张飞站于马岱前，嚷嚷道："你这人好事不懂事，吾等随哥哥征战非为富贵，且益州战事刚平，令百姓归于田园，才可使其服役纳粮。"

马超前来问明缘由，拔剑欲斩马岱，众人忙上前拦住。马超怒道："前番与你一番良言，你尚未醒悟。纵军扰民实为死罪，不知悔还逞理，莫说斩了军士，今还要取了你的首级。"

刘备劝道："此事勿全怪马岱将军，前番吾承诺以州府库银、田宅皆赏将士，近期军务繁忙，尚未及分配罢了。"赵云道："前有霍去病匈奴未灭，无以为家之举。现天下未平，百姓流徙，状不忍睹，怎忍独享富贵。待天下方定，四海皆同，各还桑梓与乡民同乐，可好？"

诸葛亮赞叹道："子龙所言甚是，战事方休民心未静，军心亦未稳，主公大赏各军，必引攀比之风，致各军扰袭百姓，必失民心，如曹操来攻，将以何挡之？"

正在此时，有军士匆匆来报，有众多百姓扶老携幼往城外奔去，城门守护已拦不住。刘备和赵云等人闻言一惊，往东城门去。行至城门前，就见众多百姓已堵塞城门，见刘备领了军前来俱恐，伏地恳求饶命。

刘备扶起百姓道："各位乡民，刚扰民军士已经伏法，今日起大家可回家安居乐业。"百姓见此人是刘备，于是欢喜返了回去。刘备等人刚回官邸，又闻城中传来喊杀声，有军士来报，刘璋旧部张肃煽动百姓叛乱，法正率军在东城剿杀，赵云闻讯率军杀去。

法正被数百叛军围于东城下，张肃指了法正高声骂道："你这逆贼内外勾结，误了益州的前程，今刘备又纵兵扰民，害了城中百姓，你有何话可说。"

法正挥剑指向北方道："曹贼正虎视益州，唯有刘备可救益州。且刘备本为汉室宗亲，益州亦为大汉天下，何来勾结之说。今纵兵扰民的非刘备所为，不要误听小人逸言。"

张肃气得叫道："城中百姓皆在逃命，你还敢乱言。"言罢，挥军一拥而上，两方军士缠杀一处。赵云率军赶到，见法正被十余叛军围了，情形危急，赵云挑枪就冲上去，一番左挑右扫，叛军死伤大半，其他叛军见状纷纷扔掉兵器伏地而降，张肃则率一部残余逃出城去。

赵云和法正绑了叛军来见刘备。法正告之，这些皆为刘璋旧部，欲来官邸截杀刘备，见城内传闻刘备军士袭扰百姓，于是趁机鼓动百姓起事。

刘备闻言长叹一声，为众叛军松了绑，众人皆不解。刘备叹道："刘璋旧部寻吾报仇，亦算是忠良之士。愿归顺于吾的，可编入军中，不愿归顺的可自行离去，吾不勉强。"

张飞嚷道："这些皆为叛军，算不得忠良，且杀了吾方军士，不杀岂能服人心。哥哥莫要有妇人情怀，中了叛军诡计罢。"言罢，拔剑就要砍，赵云持银枪拦住道："张将军暂勿动手，这些叛军可由军法处置，且各方多年征战，杀戮太甚，不可再任意斩杀。"

刘备点头道："子龙言之有理，多年征战杀戮太甚，民心皆失，世风日下，得了天下又能如何，得天下当以仁心为重。且刘璋尚且优待，其军士又岂能怠慢了。"

众人闻言莫不感动，叛军更是伏地而泣。张飞见状也叹一声，收了剑。马超叹道："主公仁义情怀，令人感佩，此次祸乱皆因马岱引起，死罪虽免，活罪定难饶，杖罚一百。"众人闻言皆相劝，马超执意如此，众人也无话说。

刘备喜道："众将如此忠仁，汉室焉有不兴之理。众将既不愿受赏赐，美酒断不能少，吾要与众将一醉方休。"众人欢喜，俱入酒宴中，直至一醉方休。

第二日，赵云派军士往城中张贴军告，凡有军士扰民、抢夺财物及侮辱女子者，一律当斩。成都城中百姓争相观看，奔走相告。

话说马岱被杖罚一百后，卧榻难起哀号不止，心中暗暗忌恨赵云。又见马云禄整日拿些药材，往赵云军中为流民治疗，心中更是忌恨，乃藏了马云禄药材。

这日，马云禄寻药材不见，知是马岱所藏，于是向其索要，马岱恼道："胞妹甚是无情，吾也受伤，你不照料，却整日往赵云营中去照料，是何道理。"马云禄恨道："此次之祸皆因胞兄而起，何不学了赵云，做个扶危济困的君子，少做些扰民害民之事。"

马岱闻言气得大叫，一时又撕裂臀部伤口，痛得伏榻哀号。马超闻声过来，问明缘由后，对马岱冷冷道："你私藏药材，是要再受杖罚一百么？"马岱闻言大惊，立时跳起来至后室，拿出私藏的药材。马云禄一旁见状，心中暗自发笑。

赵云和马云禄照顾流民月余，皆高兴返回故园去。这日，刘备与法正营中探看流民，见流民皆有喜态，与前番惨状恍如隔世，心中皆喜。法正喜道："主公如此仁义之师，益州人心焉有不归顺之理。"刘备亦喜道："惟子龙知吾心。"

话说刘备夺了益州后严明军纪，又广施民心，益州民情渐趋稳定，刘备乃令赵云护送刘璋往荆州安住。这日，刘备与刘璋一番感叹后，挥泪而别。赵云则一路护送，又对刘璋及家眷细心照料，刘璋叹道："子龙真乃忠厚之人，日后吾定有回报。"

且说刘璋往荆州去，生活甚是惬意，忘了益州之事。世事难料，孙权后取了荆州，任刘璋为益州牧，刘璋知人心凶险，乃挂印而去，不知所踪，此为后话。

这正是——

　　刘璋捧印含泪降，送往荆州好安排。
　　马岱扰民遭杖罚，子龙安民再立功。

第三十一章　冷风拂面思三妹　遗言劝其再择房

话说刘备送刘璋往荆州安住，刘璋胞兄刘瑁遗孀吴氏仍住成都。马云禄初到成都，吴氏约其一同府中居住，两人意趣相投，遂成为好姐妹。这日，两人在府中花园浇灌苗圃，吴氏忽然长叹一声，闷闷不乐起来，马云禄惊道："姐姐何事烦心？"

吴氏行至花园内一角，望向园外。只见花园外人来人往，扶老携幼，踏春赏梅，莫不欢喜，不觉洒泪道："前日经玄德公官邸，见其带阿斗玩耍，想想阿斗年幼没了娘亲，着实是可怜。"马云禄叹道："听胞兄言，阿斗为赵云于曹操万千军中，斩杀五十余大将，方抢出命一条，真乃是天子之命。"

两人商议去街肆，替阿斗购些玩物。于是，略做些装扮，两人就欢喜往街肆而去。这日，街肆上人来人往，一派繁忙景象，早没有了昔日惊恐气氛。两人选了一些泥车、瓦狗、马骑等小儿玩物，就往刘备官邸而去。

途中，正遇法正、诸葛亮和赵云等人，得知两人替阿斗购了些玩物，皆高兴谢了两人。辞别吴氏和马云禄，法正道："听闻玄德公夫人去了东吴，尚不肯归来。"赵云叹道："皆为孙权所截，欲换了荆州。"言罢，又道明经过，众人自是一番感叹。

法正忽又道："若玄德公与吴氏结为百年之欢，可好？"诸葛亮一惊道："孝直何出此言？"法正言明，刘备虽取了益州，然刘璋旧部多有不服，暗涌不断。吴氏乃刘璋宿将吴懿胞妹，威信仅列刘璋之下。刘备若娶了吴氏，自然可安刘璋旧部之心。且吴氏为益州四大美妇，惟刘备娶之方匹配。

诸葛亮和赵云笑而抚撑，连称此为一桩喜事，几人遂欢喜往刘备官邸而去。当日刘备无事，驮了阿斗正玩骑马游戏，阿斗一声吆喝，刘备就载了满屋内爬行。玩了一会儿，阿斗又让刘备往榻下去，玩猫鼠游戏，一时沾得满面尘灰。

法正等几人进来，见刘备如此模样，不禁哈哈大笑。刘备也觉尴尬，将阿斗交与旁人，洗漱一番后与众人见面。几人闲叙了几句，法正与诸葛亮笑言，要替刘备寻门亲事，刘备意为众人玩笑乃推辞，法正却正色道："替玄德公寻的夫人乃刘瑁遗孀吴氏。"

刘备闻言大惊道："孝直勿要玩笑，吾与刘璋和刘瑁乃汉室宗亲，亦为兄弟，岂有娶兄弟遗孀之理，且汉室大局未定，又何以为家？"

法正劝道："吴氏美色益州男子皆向往，且吴氏有异相，国师曾言其可助君王立国。玄德公初定益州，需吴氏相助方就大业。"诸葛亮上前亦道："主公常年征战，阿斗尚需可亲之人照应，如娶了吴氏，可了后顾之忧。"

刘备缓缓行至门前，良久才叹道："吾与孙尚香尚有婚约，如若再娶恐遭人笑话。"赵云闻言恨道："主公尚且不知，前番托书孙权，请孙尚香夫人来益州相聚，可恨孙权竟称，已替夫人新寻了人家，如若还了荆州尚可商议。"

刘备忽然泪下道："此皆为命，吾几桩姻缘皆不得善终。"诸葛亮道："今三分天下，主公已据其一，且又正值壮年，岂能无妻？"

几人正言间，吴氏与马云禄捧了玩物进来，听见刚才一番话，不禁羞红脸，进退不得。这时，阿斗见两人带了好些玩物，高兴不已，化解了两人尴尬。

阿斗嚷着要与吴氏一起玩，众人心领神会皆笑。于是吴氏抱了阿斗去府外玩耍，赵云与马云禄随在后面。刘备与诸葛亮、法正则往议事堂去，商议曹操欲犯汉中之事。

吴氏领了阿斗沿街买些吃食，阿斗见街上热闹，又有许多从未见过新奇玩物，皆嚷着要去买，吴氏一一满足。赵云与马云禄并行一段，赵云道："前番姑娘替百姓疗病，吾感激不尽。此前对姑娘多有粗鲁，望见谅才是。"马云禄笑道："将军仁心，众人皆知。葭萌一战，将军对小女子秋毫不犯，小女子正寻机会感谢将军。"

两人行至一街肆，见此处店铺林立，商贾云集。马岱由一侧前来，见了两人，冲过来照赵云劈面打来，赵云急闪躲开。马岱又怒喝道："好个赵云，前番拦了吾的好事，今光天化日调戏良家女子，来来来，吃吾好几拳罢。"

赵云见状哭笑不得，立一旁不语。马云禄气恼不已，一把扯了马岱怒道："兄长休要在此胡闹，赵云将军何曾调戏于我？"马岱将马云禄置于身后道："兄长知你被赵云擒过，对其恐惧，胞妹不必担心，旧账新仇吾一起报了。"马云禄气道："你乃借机寻私仇，如当初赵云将军未阻你纵兵抢劫，焉有今日繁华，长兄罚你一百军杖，尚算少了。"马岱闻言脸色赤红，掉头恨恨而去。

待马岱走远，赵云拱手道："姑娘竟有如此仁义情怀，实属难得，吾深为佩服。"马云禄愧疚道："胞兄粗鲁了，将军勿要怪罪才是。"言罢，两人未寻到吴氏和阿斗，就一道返回刘备官邸，见吴氏带阿斗归来。

两人又见吴氏侧身坐于一旁，面有羞色，法正与诸葛亮则喜笑颜开。问明了缘由，原是刘备与吴氏愿结此亲，马云禄闻言拊掌乐道："刚进门就遇了桩好姻缘，甚好甚好。"

话说这日，冷月空悬，薄云随风而幻，时聚时合，恍如人生。赵云仰脸观月，忽忆起童三妹，不觉泪流满襟。离乡已十数载，尚不知童三妹坟上可曾长满蒿草，冷月清照，是否感受到了孤凉。

赵云本已将童三妹埋入心底，然白日里与马云禄相处，似又见了童三妹的模样。这时，夏侯兰来到营中，赵云一见喜不自禁。自夏侯兰投于刘备军中，为免同僚猜忌，赵云与其少有来往。此番夏侯兰回乡完婚归来，就径直来到赵云营中。

两人诉了一番村中之事，老一辈大都离去，年轻人大多投了军。村中破败依旧，师父童渊、师妹童三妹和赵云娘的坟，大半已经坍塌，夏侯兰此番回去进行一番修整。言罢，两人感慨万千。

接着，夏侯兰欲言又止道："吾爹托吾转告，三妹临终前嘱你找个好人家，不可忘了。"赵云泣道："吾心中怎能忘了三妹，梦中常见，醒来却无，真真令人痛心。"夏侯兰亦泣道："三妹情深，子龙自是难忘。然三妹望你寻个好人家，亦是真心所盼。吾听传闻，子龙与马超胞妹马云禄相好，可有此事？"

赵云起身走至营外，冷风拂面。赵云思了片刻道："前番救助流民，与马云禄姑娘相处较多，流言恐由此而起。"夏侯兰道："吾观马云禄姑娘言行，颇有几分似三妹，如子龙有意，吾愿去撮合一段姻缘。”

赵云闻言惊道：“吾不知马云禄姑娘之意，仓促提起恐为不妥。况且有传闻，孙权欲要去夺荆州，一场大战在即，如今怎可去论儿女情长。”夏侯兰见此，不好再言，又由大布袋中取出四个小布袋，打开见里面的四小堆土，正是赵云娘、师父童渊、师妹童三妹与兄长赵震的坟上之土。赵云见此，跪于四堆土前，热泪长流，长拜不起。

且说马岱街头遇了马云禄和赵云，于是一番添油加醋告于马超，马超闻之恼怒不已。这日，马超唤来马云禄怨道：“一大姑娘与男人牵手街头，成何体统？”

马云禄闻言，知此所言，乃脸红啐道：“定是马岱又在乱言。”于是俱明事情经过，马超听罢点头道：“又是马岱在使坏。”想想又道：“不过，胞妹也到出嫁年纪，不可常年随胞兄征战。吾观赵云亦为忠厚之人，不知是否有意嫁之。”

马云禄脸色羞红，半晌乃道：“只是不知赵云将军是何想法。”马超笑道：“此事放心，吾寻刘备做此月老，赵云焉敢不听。”

闲言少叙。在法正一番张罗下，刘备和吴氏结为秦晋之好。这日，众人簇拥两人进入洞房。待众人皆散去，刘备施礼道：“谢夫人不嫌吾之粗陋，日后自不敢懈怠夫人。”吴氏作揖道：“夫君勿要谦礼，臣妾幸得夫君宠爱，自是满足。”

刘备又忽然泣道：“吾征讨半生，几位夫人非死即走，皆无善终。吾本不该再思纳娶之事，然得众人及夫人厚爱，小子阿斗又得新母，自是感激涕零。”吴氏亦泣道：“阿斗尚幼即多遭流离，尝尽辛苦着实可怜，臣妾必视阿斗为己出，好生疼爱。”

两人又聊一阵，吴氏又道：“前番与云禄姑娘叙家常，对赵云将军颇为仰慕，有欲嫁之心，夫君可愿当月下之老。”刘备闻言大笑一阵，又低声叹道：“子龙为忠义之士，行举皆有法度。发妻本为青梅竹马，然染疫而去，子龙誓言不再续弦。现云禄姑娘有此意，吾愿为此媒，与子龙一番详谈罢。”

　　两人商议此事后，刘备又叹道："吾自取得益州，孙权即索取荆州南郡，吾将士皆不肯，欲要与东吴交恶。吾恐要重披甲上阵，不能日夜陪伴夫人。"吴氏正色道："既为一家，夫君莫要多礼。大丈夫当以天下为重，岂可沉溺儿女情长，况且夫君有恢复汉室之责。"

　　刘备大喜拱手道："备当不负夫人所望。"于是，两人相拥移进闺帏之中。

　　这正是——

　　刘备再娶新嫁娘，却是旧主兄遗孀。

　　三妹遗愿随风至，子龙再续思断肠。

第三十二章　孙权发兵索荆州　子龙夫妇率军往

且说刘备夺了益州，孙权又索取荆州南郡未成，心有不甘，再派鲁肃来益州讨要。刘备与诸葛亮借故避开，让赵云与鲁肃相见，鲁肃知刘备等人为有意躲避，心中只能苦笑罢了。

这日，赵云将鲁肃请至府邸，两人品茗一番后，赵云道："子敬先生此番为荆州而来，又可曾去过荆州。"鲁肃恨道："关羽把守了荆州，去有何用。玄德不守诺言，算不得君子，必为后人所笑。"

赵云笑道："吾有一事不明，尚请子敬先生点拨。荆州乃刘表旧地，刘表乃刘备汉室宗亲，同一血脉，论理荆州也应为刘备所有，与孙权又有何干。"鲁肃恨恨道："荆州南郡为公瑾由曹操手中所取，理应归于东吴。"

赵云听罢拊掌大笑道："以强弱而分天下，此乃强盗之理。刘公为汉室之后，得荆州乃为恢复汉室疆土，何错之有？"鲁肃道："素闻子龙武功了得，口齿竟也伶俐。"

两人又闲聊一阵家事，鲁肃托赵云引见刘备新夫人吴氏，赵云面有难色道："主公与吴氏新婚，且对孙夫人尚有怨意，此时引子敬先生与吴氏相见，恐引主公不快。"鲁肃道："不见也可，只远远观之，若尚香郡主相问时，吾也好有个说词。"赵云细想此话有理，遂点头同意。

几日后，赵云带鲁肃往一街肆茶楼上去。站于茶楼上，只见街上人来人往，各地商贾云集，一派繁盛景象，鲁肃心中暗暗赞叹。距此茶不远处，有一高檐大宅，门前立了两只雄武石狮，偶有人进出。赵云道："主公与吴氏住于此宅中，每日吴氏皆由此门进出。"

约摸一个时辰，见吴氏与马云禄由大宅内出来，两人说笑着往街上去。鲁肃细看，只见吴氏年纪虽长，却也是柳腰花态，举止婀娜翩跹，真乃风情万种，鲁肃看罢长叹道："玄德得此尤物，焉能记得孙尚香郡主？"

见鲁肃在一旁长吁短叹，赵云道："孙尚香郡主今可安好？"鲁肃摇头不已道："皆是公瑾荒唐计谋，却赔了郡主一生前程，如今讨荆州恐要成镜中花，徒为后世史家，添了段笑料罢了。"

后几日，赵云又带鲁肃逛了成都各街肆，吃喝玩乐皆一一品尝，鲁肃表面虽乐，心中暗忧。又是几日，仍未见刘备来，鲁肃于是告辞归东吴。这日，赵云送鲁肃至江边，但见岸边数艘大船，江心浊浪翻滚，两岸猿啼声相闻，沿江翠林茂竹，一派神仙境界。

看罢此景，鲁肃大声笑道："果然为天府之国，此景可一扫胸中之郁气，子龙可托话玄德，吾就此离去，日后再来相扰。"赵云施礼道："定当转告。"

鲁肃忽又低声道："吾非愚钝无能之徒，荆州乃孙刘联合根基，如根基无存，孙刘必将为曹操所害。仲谋讨不回荆州，公谨郁闷而亡，皆是天意。"言罢，鲁肃抚泪长叹而去。

刘备见鲁肃空手离去，自然喜不自胜，于是邀赵云去大宅小酌。两人酒过三巡，刘备喜道："子龙此功，不逊一场攻城战。"赵云摇头叹道："子敬先生诸事皆明，为联合抗曹大计，故作糊涂罢了。"刘备惊问详由，赵云叙诉鲁肃临行之言，刘备听罢不语，良久才道："子敬先生实为明白之人，吾不该误会他了。"

这时，吴氏端茶上前，细观赵云一番叹道："将军果然英武，马姑娘眼光确是不错。"赵云愣住，不知吴氏何出此言。吴氏随即轻拍掌，马云禄由帘后转了出来，一脸娇羞模样，赵云一时变得手足无措。

刘备见状拊掌大笑道："子龙千万军中，尚面色不改，今见一小女子竟如此模样，实为罕见。今两人既相见，也不相瞒，吾欲为两人月下之老。"赵云方知刘备和吴氏苦心，大为感动，起身施礼道："婚姻大事当由爹娘做主，今吾爹娘不在，任由主公做主就是。"刘备大喜道："如此甚好。"

刘备见两人目光暗接，知其有戏，乃唤了吴氏一起借故离去，独留了赵云与马云禄在房中。赵云上前施礼道："吾本粗鄙武夫，今得马姑娘赏识，心中甚为惶恐。"马云禄回礼道："将军勿要过谦，吾前番为将军所擒，将军以礼相待，又以仁心救民，吾即心有所属。"两人言谈甚欢，皆有相见恨晚之感。

第二日，刘备向马超与马岱替赵云提亲。马超闻言大喜道："吾正欲为胞妹之事求于主公，不想今日主公前来，此皆为天数也。"马岱虽对赵云心有纠葛，见马超同意，自然不敢反对。刘备大喜，当即置了酒宴请来众将见证，定下了此门亲事。

张飞甚喜，端了酒碗狂饮，又拉来马超道："前番赵云擒了你妹子，吾直言招了赵云为妹夫，你尚生吾气，如今可信吾所言。"众人皆笑其乱言。

马超也端了酒道："前番与你大战三百回合，未分输赢，今日以酒论英雄，谁先趴下谁输。"张飞闻言圆睁了眼嚷道："此法甚好。"于是，两人拿碗轮番一阵猛灌，直至皆不能动弹为止。

此后，刘备又择了个良辰吉日，将赵云和马云禄送入了洞房。新婚之夜，马云禄灯下千针万线替赵云做了件内裰，令赵云惊叹不已，马云禄能舞刀弄棒，亦会女红。童三妹虽也舞刀弄棒，却未做过女红之类。

赵云思之，忽然泪下。马云禄惊问缘由，于是赵云将童三妹之事告与马云禄，马云禄听罢涕泪俱下，两人又朝童三妹所葬方向拜了几拜。马云禄泣道："三妹姑娘尚可放心了，吾当替你照顾子龙。"赵云闻言悲喜交加，感慨万千。

却说孙权见鲁肃空手而归，又闻刘备娶了刘璋胞兄刘瑁遗孀，真是又怒又惊。怒的是刘备避而不见，一副欲赖荆州之态，惊的是刘备竟娶了刘瑁遗孀，分明为稳定益州局面，再图坐大江山。

思此，孙权忧道："刘备稳定益州，羽翼必将丰满，再取荆州更难了。"鲁肃点头道："刘备颇有野心，每步棋皆是片苦心，可提前下手乱了其部署。"

孙权乃命大将吕蒙与军师诸葛瑾袭取长沙、零陵和桂阳三郡，又令鲁肃领兵马于益阳牵制关羽，为关羽日后被杀埋下祸根，此为后话。

一时间荆州各地告急，战火频传。荆州再次陷入大动乱时，百姓流离失所。消息传至益州来，众将皆怒请战，赵云道："荆州乃华夏之要地，攻取各方之要冲，又有天下粮仓之称，主公恢复汉室，断不可失了荆州，末将愿率军前往抵御。"

诸葛亮点头道："子龙言之有理，荆州若失，曹军可沿水路直取益州，荆州万万不可失。此番胞兄诸葛瑾率军前来，吾请命前往击之。"刘备闻之甚喜，乃领诸葛亮与赵云前往荆州应战。

赵云欲往荆州，马云禄亦要同往，赵云道："古来征战，可见阵前有女人。"马云禄不服道："臣妾虽为女儿之身，但自小与胞兄习武练棒，自认不输男儿。"

赵云笑道："夫人如果能胜吾十招，自无话说，如何。"马云禄喜道："好，这样甚好。"于是两人来到院中，赵云挑了杆银枪，马云禄也拣了柄红缨，两人礼让一番，就枪来枪往打斗起来。

赵云持枪疾如闪电，马云禄接招则好如绵里藏针，各有千秋。赵云心中暗暗赞叹，前番与马云禄过招，未细心体会，此番才知马云禄的过人之处。赵云又连续出招，马云禄渐显破绽，赵云趁其虚空一招击倒于地。

赵云哈哈大笑，马云禄一则垂泪道："虽然你胜出，臣妾也要随你出征，童三妹能随你征战，臣妾又为何不能。"赵云闻言忽觉心内一阵疼痛，未语泪先下。马云禄见状慌道："臣妾实为放心不下夫君，况臣妾随父兄征战多年，尚有武艺，略懂军中谋略，可助夫君一臂之力。"赵云叹道："夫人之恩，子龙难以回报，随军之事报与主公再论。"

刘备听闻马云禄要随军前往，亦是一阵感叹道："巾帼不让须眉，由了她去吧。"马云禄闻言大喜，自去准备了些胭脂与称手兵器，又去与吴氏道别。

吴氏叹道："吾真羡慕妹妹，有一身好武艺，可随了夫君上阵杀敌，吾却只能闲于家中，绣些鸳鸯罢了。"马云禄笑道："姐姐勿要羡慕，可在家多为主公绣些鸳鸯，主公心情愉悦打了胜仗，自然也是姐姐的功劳。"言罢，两人大笑不已。

这正是——

云禄暗喜赵子龙，刘备马超做红娘。
孙权发兵索荆州，夫唱妇随同出征。

第三十三章　吕蒙借道取零陵　城头满是赵军旗

话说刘备率军由益州往荆州零陵郡去，方进入荆州地界，只见一派萧杀景象，村舍中少有生气，市集亦是冷清。临近东吴地界，有东吴军士调动，战事气氛渐浓，亦有大量流民移徙，其状甚惨。

赵云几欲泪下道："战事之祸甚于虎，兴亡皆为百姓苦。"刘备挥鞭指向流民道："子龙所言差矣，自古虽有一将功成万骨枯，惨烈亦有所得。吾有幸匡复汉室，当会与民生息，四海之内再无征讨。"

这时，有军士来报，流民不愿往东吴去。赵云闻言叹道："昔日荆州十数万百姓追随主公，可知主公仁厚。吾随了主公，方知救民之道。"刘备大笑道："子龙心如明镜也。"诸葛亮一旁笑而不语，刘备于是问其主意。

诸葛亮笑道："主公所言极是，自古征战多生死，且征战分两种，一种破坏甚烈，如胡骑扰境，所过之处百姓屡遭杀戮，城堡尽毁府库遭掠。另一种则为以战制战，主公四海征战，皆以保民安邦为重，正谓以战制战之目的。"刘备拊掌大笑道："孔明先生真乃吾之心也。"

几人正言间，数十衣衫褴褛流民前来，一老者哀道："各位官爷行行善事，吾村民由幽州避胡人流落至此，又遇了流匪掳掠多有死伤，伤者嗷嗷待毙，老孺坐等饿毙，恳请官爷发心相救。"

刘备闻言下马，拊掌于老者背道："汉室子民遭此劫难，吾之过也。"赵云道："吾且先随老人前往相救，主公大军可随后而来。"马云禄上前道："吾略懂些医道，可同前往替伤者疗伤。"刘备道："你夫妻可先率人马前行，妥为安置百姓，吾随后即到。"

于是，赵云二人领军随流民而去。众人行至数里，来到一破败村落，但见村头槐树下，数群黑乌鸦绕树哀鸣，村旁山岩时有饿狼出没，其嚎声令人毛骨悚然。在老者引导下，赵云在村中宗祠里，寻到百余老弱流民，宗祠里内一角，十多死者相堆，其味难闻。伤者蜷于一旁，多数流民且饿且惧，已难出声。

赵云见状，急令军士煮些米粥给他们，马云禄则清理出许药物，烧了热水替伤者疗伤，又为伤者喂了汤药。因伤者众多，赵云又亲往背送，伤者血迹染红赵云战袍，众人见了心中无不赞叹。一番相救，流民大多清醒过来，小儿们又恢复天性，在宗祠间嬉戏追逐，现场生出些活力来。

这时，老者领了众流民，给赵云等人跪下道："感谢大人救命之恩，敢问大人尊名，以便村中世代供奉。"赵云扶起众人道："老先生莫要拘礼，吾乃冀州常山赵子龙，救民安邦乃是本分，岂有供奉之理。"老者闻言喜道："果是赵子龙将军，吾在幽州屡有所闻，将军外抵胡骑，内济百姓，军中取敌首级如探囊。方才仁者可是刘备将军。"赵云道："正是刘公。"老者更是喜不自胜。

这时，刘备与诸葛亮率大军前来，见赵云身染血迹，不禁大惊。赵云道明经过，刘备又到村中各处查看一番，长叹不已，乃命众将道："各营皆去清理些粮食与草药，送于这些百姓罢。"众将领命，皆去各营收集粮食药材等物。

众流民又是一番伏地感激，老者上前道："吾村乞讨村民来告，距此数里，亦有众多村民遭流匪所劫，东吴吕蒙将军与军师诸葛瑾正在救治伤者。"

众人闻言吃了一惊，刘备急道："可知前方有多少东吴人马。"老者摇头。诸葛亮道："此次东吴大军前来，定是为夺零陵郡。"刘备点头，令探马前去探查了一番，果然是吕蒙与诸葛瑾的兵马。

赵云惊道："吾军恐早为东吴发现，要早做防备，以免遭了袭击。"正言间，又有军士急急来报，诸葛瑾独自前来求见。众人闻言一惊，诸葛亮亦感不安道："胞兄前来必为东吴之事，吾尚且回避才是。"

刘备哈哈大笑道："孔明先生胞兄前来，自是家事，又何须防备，快快请来相见罢。"于是，刘备领了众人营外迎接，诸葛瑾与众人一一相见，皆是欢喜，诸葛亮与诸葛瑾更是欣喜不已。诸葛瑾施礼道："吾听玄德在此救助百姓，于是特来相见。"刘备大笑道："子瑜不也在此救助百姓，正可谓得人心者得天下，子瑜自是深谙此理。"诸葛瑾闻言哈哈大笑。

诸葛瑾来至营中，众人皆论家常，避不谈征战之事。刘备又略备了些薄酒，众人尽叙情怀，及至天将日落，诸葛瑾终难忍道："此番玄德由益州千里来荆州，恐不为救助眼前些百姓，尚有其他要事乎？"

刘备未言，诸葛亮则暗中示意赵云，赵云明白起身道："主公此番回荆州，皆为家中琐事。吾此前已进零陵，此番专为迎接主公而来。"诸葛瑾闻言大惊道："赵云将军何时进到零陵。"

赵云假意道："半月之前。"诸葛瑾沉默一番道："此番两军相遇实属偶然，为免生误会，吾将回东吴罢。"刘备闻言大喜道："此法甚好，众将可为子瑜敬酒。"众人轮番敬酒，诸葛瑾喝了几杯后，执意要归去。

刘备叹道："也罢，没有不散的宴席，子瑜先生执意要走，就烦请孔明先生送胞兄一程。"诸葛亮行前与赵云暗施眼色，赵云明白，点头带了马云禄离去。

诸葛亮与诸葛瑾行至村前，但见此处小桥流水，日暮斜西，倦鸟归巢，如世外桃源。诸葛瑾叹道："家乡也有此美景，胞弟尚记得否，吾兄弟常于此景中游乐，忘了归家去。"

诸葛亮亦长叹道："正如胞兄所言，此处景与家乡景色无二，却赏不得。如今战事之烈，天下之乱，百姓之苦，皆为历世罕有。"诸葛瑾道："各方皆以平天下为己任，反搅得天下更为混乱，孰对孰错，留与后人论罢。"

诸葛亮与诸葛瑾又走了一段，已临近深山，此地秋景甚浓，一片肃杀景象，全然没了小桥流水的雅致。诸葛亮忧道："此皆为天数，自不可挡。胞兄来军中，言及退军之事，必有耳目传谗言至仲谋，小心为好。"诸葛瑾点头道："胞兄与弟虽各为其主，却为一奶同胞，骨血情浓。弟所言兄自知，与仲谋自有一番说法。"两人就此洒泪告别。

话说，诸葛亮暗命赵云连夜赶往零陵郡。赵云领命，即率了少数人马一夜疾奔，赶到了零陵郡，将城头大旗变换为赵字大旗，又令马云禄带军士扮了百姓，到零陵城周边传言，赵云大军已到城中之像。

且说诸葛瑾回至营中，与吕蒙道言及退兵之事，吕蒙大惊道："此番主公令偷取了零陵郡，然未到零陵郡即归去，如何向主公交代。"诸葛瑾摇头道：

"赵云早已率军进到零陵郡，恐早有了防备，战机已失，若是一味强攻，恐遭内外夹击。"吕蒙思忖道："此事尚需探明。吾军欲取零陵郡乃机密，赵云焉能得知且先行驻防。当日，赵云一直在刘备营中，又焉在零陵郡驻防，其中恐为刘备使的诈。"

诸葛瑾闻言大惊，又点头道："子明所言甚是，吾在刘备军中，众人皆不言零陵郡，却尽与吾叙些家常，此必有诈。可使探马星夜赶去零陵，如守城者不为赵云人马，吾军可速速取之。"

于是，两人遣了几路探马前往。待到了零陵郡，见城头皆是赵云军旗，四周百姓皆称赵云军已进到城中。探马回来具明情况，吕蒙思忖道："刘备果然早有准备，如何再战？"诸葛瑾道："此时再战必陷前后夹击，莫若就此退去，一则显示吾方大度，二则可免遭失利。吕蒙点点头，忽又忧道："此番子瑜与孔明相见，又言及退兵，恐有耳目谗言至主公。"诸葛瑾道："吾随主公多年，当知吾心。"吕蒙道："如有传言，吾愿与先生共担。"

刘备派了探马暗中探知吕蒙与诸葛瑾去向。这日，探马来报，吕蒙与诸葛瑾已率了大军往东吴退去，刘备闻言大喜，即令各营即刻起程，尽弃粮食于周边流民，急急往零陵郡奔去。

果不其然，吕蒙和诸葛瑾初回东吴，就有人参了诸葛瑾一本，告其与胞弟诸葛亮暗中勾结，抗命拒攻零陵郡。吕蒙闻言也急上奏，言明经过道："子瑜忠心主公，焉有异心。攻夺零陵郡胜在奇袭，然赵云在零陵郡亦防备，战机皆失，攻则必遭惨败，望主公明察。"

孙权将参诸葛瑾奏折扔于地道："子瑜断不会背弃吾，谗言自不必理会，夺荆州之事再议罢。"

这正是——

战事再起百姓苦，疗伤施粥救流民。
吕蒙欲取零陵郡，城头却是赵家军。

第三十四章 郡主荆州寻旧主 子龙枉叹送远行

话说自孙权设计骗回孙尚香后，就与刘备断了联系，若不是赵云执意夺回了阿斗，恐还要落了诱拐小主骂名。吴国太怨孙权误了妹妹的前程，硬生生坏了一段好姻缘，后郁郁而终。孙权自知此事理亏，好生善待孙尚香，由其任性而活。

古有云，一日夫妻百日恩。刘备将孙尚香由少女变成少妇，过程自是惊心动魄。孙尚香虽身在东吴，却心系益州刘备。有传闻，刘备新得了益州，乃娶刘璋胞兄遗孀吴氏，一时东吴人人皆知，孙尚香闻言亦大哭几场。

前番，孙权鲁肃往益州去，孙尚香有心得知刘备消息。这日，孙尚香带了婢女就往鲁肃府邸而去。鲁肃见孙尚香忽然前来，心中自是明白，恭礼相迎道："郡主前来，可是问刘备消息。"

孙尚香也不拘礼节，急急道："先生可曾见到刘备，是否娶有新妇。"鲁肃面有难色道："不瞒郡主，刘备知吾前去，有意避而不见，不过刘备新夫人吴氏，倒是见过。"于是，鲁肃将与赵云相见，又暗中观察吴氏之事细诉一番。孙尚香听罢面带妒色道："那大耳贼果是好色之徒。"于是，又是一番泪下。

鲁肃见状也不理郡主，屋内走动一番，忽止住道："郡主可真想见刘备。"孙尚香闻言愣住，又止泣道："先生是何意。如何才能见得刘备。"鲁肃道："前日听诸葛瑾言，赵云已到荆州零陵郡，乃替刘备打前站，郡主如欲问个明白，可去荆州。"孙尚香大喜道："这样甚好，吾这就去见兄长，先生可愿随往。"鲁肃拱手应诺。

孙权见孙尚香执意前往荆州，颇感意外道："刘备夺了益州，即娶新妇，可见其为不忠不厚之人，胞妹缘何见此负心之人。"孙尚香怒道："大耳刘备如此负心，吾定要当面问个清楚，心里方安。"

鲁肃与孙权暗道："东吴诸将多番讨要荆州皆无所获，郡主如以夫妻之情劝说，刘备还了荆州也不无可能。"孙权闻言大喜，当即安排孙尚香往荆州，鲁肃随同前往。

且说孙权与刘备为荆州欲动干戈，曹操自感时机已到，遂发兵去夺汉中。刘备急与众将商议对策，诸葛亮道："汉中素有巴蜀咽喉，益州门户之称，一旦有失，大门将洞开，益州恐将不保，万万不可由曹操得了去。"

刘备望向窗外，江南又是初春时节，万物萌生，沿江翠绿花红，百姓赏景踏春，一派融融之景。刘备心中暗道："如此好时节，又要来一番腥风血雨。"

刘备心中自叹一番后，又对诸葛亮道："如今，曹操欲动，孙权也已箭在弦上，如何是好。"诸葛亮道："唯有求和一条路。"这时，赵云匆匆前来道："孙权差人送来书信，孙尚香郡主与鲁肃即日到荆州求见。"

刘备闻言震惊，诸葛亮却拊掌大笑道："真乃天助吾也。"刘备一时恼道："孔明先生勿要玩笑，吾刚新婚，孙尚香郡主就来寻事，如何才好。"

诸葛亮笑道："主公勿虑，此番正寻求和之路，郡主前来岂遂了心愿。"又在刘备耳旁低语一阵，刘备听闻拊掌大笑道："此计甚好，就交与子龙去办罢。"

话说孙尚香与鲁肃一路往荆州赶。这日，两人来到荆州屏陵城，此为刘备为孙尚香营造的新城池，建了一半即遭废弃。城池沿江处石桥、廊亭及柳岸已经损毁，其余建筑淹没于荒草之中。

孙尚香在荒草中寻得几处石雕板，其上可清晰辨认龙凤相缠图案。孙尚香恨道："此皆为吾的设计图案，本欲与刘备伉俪偕老，却为赵云与张飞两贼人所扰。"孙尚香骂一阵，又一路去寻了些旧日熟景，自是触景洒泪。

两人出了屏陵新城，竟见赵云已率军在路旁等候。赵云上前施礼道："吾奉主公之命，前来迎候郡主。"鲁肃惊道："子龙怎知郡主在此。"

赵云哈哈大笑道："屏陵城为吾家主公替郡主所建，郡主为此颇费了精力。吾想郡主前来荆州，必先来此城怀旧一番。"孙尚香闻言冷冷道："将军果然精明，触旧景确是伤怀，却更不忘昔日的百般刁难。"

赵云抚了抚石雕残碑道："郡主为了这些石雕违了家规，吾受命施用家法。此事已历多载，如郡主尚还记恨，吾在此赔不是了。"孙尚香冷笑道："受不起大将军的赔罪，上次回东吴逼得吾投河自尽。"赵云未辩解，只是笑笑。鲁肃见两人言语不搭，忙将话题引开。

赵云领了两人进入零陵城，又安置在官驿里。孙尚香见状怒道："吾为刘备明媒正娶之妻，缘何不能与刘备共住官邸。"赵云拱手道："主公尚未归来，嘱郡主暂住官驿罢，其他事待主公回后再定。"

孙尚香大哭，赵云不理欲离去，鲁肃将赵云拉至一旁暗道："子龙勿要再戏东吴，刘备此戏唱得是哪一出。"赵云摇头道："非吾故意，确是不知。"

一连几日，刘备皆避而不见，赵云只得每日前来问候。起先，孙尚香尚闹脾气，后几日渐渐磨去了脾气。赵云又带了去游玩零陵景点。

这日，几人来到香零山，此山皆由天然石矶组成，高约十五米，东西宽约二十米，春流荡荡烟绕山脚，使人如置身烟波浩渺之境。鲁肃见此景叹道："大自然鬼斧神工，造就如此多美景，可谓人间天堂。"孙尚香亦喜道："见了此景，忧愁皆忘。"

又过一日，刘备让赵云将孙尚香请来寝卧，赵云闻言一惊，暗中告与诸葛亮。诸葛亮心中暗惊，找来赵云与马云禄道："切不可让主公与孙尚香郡主之情死灰复燃。此事如为吴氏所知，恐令益州不稳，也不可冷了孙尚香郡主，惹恼了孙权。"诸葛亮与两人耳语一番，两人点头而去。

这一日，赵云将孙尚香引至刘备寝卧，两人相见，竟然半晌无语，稍后刘备才恭敬施礼道："郡主，一向可好。"孙尚香忽然怒道："果然皆称大耳贼，转头忘尽恩情，当初吾也是明媒正娶，何又成了郡主乎。"刘备道："吾与郡主之婚，乃郡主胞兄孙权欲夺荆州之计，郡主休要太当真。"

孙尚香闻言泣道："臣妾委身于你，也是演戏么。"刘备脸赤一阵白一阵。孙尚香又道："臣妾念夫君，日夜茶饭不思，未料竟是如此结果。"刘备闻之垂泪，又欲上前拥了孙尚香，马云禄忽闯入道："益州急件，望主公速速前去处理。"

刘备一怔，心中虽有不快，仍随了马云禄去帘后，见赵云亦在此。益州急件为吴氏所写，其中尽是思念之语。

刘备看罢笑道："此定为孔明先生主意。"赵云道："今曹操大军压境汉中，望主公以大局为重，勿沉溺儿女情怀。孔明先生托言，望主公依先前商议之计行事。"

刘备点头道："这是自然。"又从帘后转出，与孙尚香道："吾欲归还了荆州，免世人诟议与郡主姻缘为一场交易。吾欲还了荆州，再迎娶了郡主。"孙尚香闻言大喜，又欲上前，赵云出来送客，孙尚香只得闷闷而去。鲁肃闻刘备欲还了荆州，拊掌大笑。

这日，赵云送孙尚香乘舟归去，孙尚香怨道："赵云将军好生没理，缘何一再阻扰吾与夫君亲近。"赵云施礼道："郡主勿要怪罪，世人皆知郡主婚事为虚设。主公既与郡主言明，还了荆州再来相迎，定是有道理的。"

孙尚香只得洒泪先行上船去。鲁肃道："吾敬子龙为君子，今日观之，也徒有虚名罢了。"赵云惊道："先生何出此言。"鲁肃长叹道："郡主着实可怜，当了玄德与仲谋之间的棋子，且尚蒙在鼓里，其所盼的良缘，恐又为镜中之月，子龙又于心何忍。"

赵云闻言也只能嗟叹。回了东吴，鲁肃言明经过，孙权仰天大笑道："刘备果然算得明白人，此次归还了荆州，一则可保益州并西取汉中，二则又给了东吴脸面，日后各自安好。此定为诸葛亮之计，就令诸葛瑾商谈归还荆州之事。"

孙权令诸葛瑾商谈归还荆州，诸葛亮忧道："仲谋果然聪明，家事与国事皆系吾兄弟一身，稍有闪失，如何说得清。"于是向刘备请求回避，刘备道："孔明先生忠义日月可鉴，何虑他人多言，荆州之事全凭先生作主，吾定不生疑。"

几日后，诸葛瑾领了鲁肃前来商谈，诸葛瑾道："吾闻胞弟有所顾忌，大可不必，仲谋与玄德嘱吾兄弟商谈荆州之事，自是一番信任，秉公办理便是了。"诸葛亮笑道："胞兄所言极是，虽是兄弟然各为其主，秉公办理乃心中无愧。"鲁肃听两人言心中暗赞。

　　经几日商谈，确定了孙权与刘备以湘水为界，长沙、江夏、桂阳以东归于孙权，南郡、零陵、武陵以西归于刘备，至此两家战事方息，各自欢喜。

　　话说孙尚香回了东吴，便日日盼了刘备来娶，直至孙权与刘备分割荆州商定，仍无消息。刘备再未迎回孙尚香，孙权也装了糊涂，此时孙尚香方悟，又当了一回两人博弈的棋子，于是又是一番大哭。

　　这正是——

　　欲还荆州息战事，尚香再成棋中子。
　　怒斥刘备结新欢，子龙强拆送东吴。

第三十五章　定军山上显神威　力斩大将夏侯渊

　　公元 216 年，汉献帝册封曹操为魏王。第二年，曹操大将夏侯渊与张郃降服汉中太守张鲁，益州门户洞开，形势骤然紧张。刘备与孙权再次结盟后，急率众将回益州固守。

　　曹操见刘备与孙权重新结好，乃停止进犯益州，此举反令刘备心生疑惑。法正献计刘备发兵夺了汉中，此时曹操既夺汉中又未犯境，必为内部生乱。此时取汉中的夏侯渊与张郃二将，皆为勇夫无有谋略，可趁此举伐国贼崇汉室之名兴兵，北可蚕食雍、凉二州，既可开拓疆土，又能御敌于门外。

　　刘备对法正之计大为赞赏，遂令赵云与黄忠率大军往汉中去。赵云与黄忠率众南渡了沔水，扎营于定军山之上。这日一早，两人查看周边景象，只见定军山脉隆起秀峰十二座，皆沉于浓雾之中，若隐若现。其东面为当口寺孤峰，一柱擎天，由此往西绵延十多里，远观如游龙戏珠，又如万仙来拜，美不胜收。

　　赵云站于山巅，见此美景赞叹道："此处景色绝佳，长于此地堪称神仙。只是可惜此战一开，不知有多少人要葬身于此。"黄忠大笑道："将军勿要多情。有探马来报，夏侯渊率军守于南线走马谷，张郃守于东线广石，两军相距如此之长，实为兵家之大忌，此处也定为二人葬身之地。"

　　赵云大喜，细观一番周边地形，果见夏侯渊与张郃两军间，山势险恶，如袭扰则必造成两军首尾不接之态。于是，定于当夜赵云去袭击张郃所部，黄忠则于南线上设伏，阻止夏侯渊前来增援，乱其全线部署。黄忠领令而去。

　　当夜，赵云将万余精兵分为十队，分散伏于张郃营周边，自己则率军到营前叫阵。忽听阵前一声锣响，张郃营内火把通明，张郃持了柄长枪冲出，见是赵云哈哈大笑道："久听传闻，赵云将军来了汉中，果然如此。自从赤壁一别，赵云将军可好。"

赵云一人驱马上前，拱手道："尚好。张郃将军此番取了汉中，下一步可是要取益州。"张郃哈哈大笑道："吾不管下一步取何地。魏王命吾攻取何处，吾自去便是了。"

赵云道："张郃将军倒是洒脱，吾岂能令曹操计谋得逞。将军今取了汉中，可谓扰了汉室命门。吾观将军为忠直之人，何不投了刘公，匡扶汉室衣锦还乡。"张郃大怒道："吾不知甚么叫汉室命门，魏王让打就是了。吾也不懂时局，尚知忠义二字，魏王数番暗中护你，知恩就降了丞相罢。"

言罢，两人上前便打，一时营前尘地飞扬。张郃持枪一番连环刺，赵云连连侧头躲开，又将银枪头拖地疾行，张郃拍马紧追，赵云将银枪挑至半空，张郃大惊不明就里，赵云枪头忽变幻成万千，急急朝张郃打来。张郃惊出身冷汗，正欲转身回营，忽见赵云拖了枪往后退去，心中大喜，率军就掩杀过来。

赵云且战且退，张郃一路穷追，追出数里地，就听得身后一片喊杀声，回头一看大惊失色，周边丛林与山谷间冲出了十多支人马，将自己的人马隔成数段，首尾不能呼应。

此时，赵云掉头往张郃杀来。张郃大惊道："这使得甚么诡计，如此扰乱人心。"言罢，他拨马就要回营去，赵云枪头刺来，张郃不及躲闪被打掉头盔，不禁魂魄飞散，伏马往营地狂奔，赵云正欲上前，一队的张郃人马赶到，乱箭齐发，赵云只得掉头而去。

此战张郃人马死伤大半，于是紧闭营门不出。赵云就命军士整日到营前叫骂，还往营内投射火器，张郃也不知赵云虚实，整日闭门拒战，暗中则向夏侯渊求援，欲从首尾两端攻击赵云。

且说张郃营内大火冲天，喊杀声不断，夏侯渊在山头看得分明，心中暗暗着急。夏侯渊与张郃形成攻守连线，一方有失则全线皆危，正所谓唇亡齿寒。夏侯渊正急时，接到张郃求救，立即派出人马沿了崎岖小路，往赵云后营攻来。

这支人马走至半山间，忽听一声锣响，黄忠率军斜刺里冲出，杀得夏侯渊军人仰马翻，只得退了回去。夏侯渊闻言大惊，知赵云已断了与张郃联络，欲进行各个击破，不禁又忧道："好个狡猾的赵云，分明欲将吾一网打尽。"

话说一连数日，赵云都对张郃围而不攻，张郃派出探马得知，赵云人马不足，遂放下心来。这日战事稍息，张郃与赵云道："赵云将军千里而来，甚为辛苦，可否到营寨吃杯家乡茶。"

赵云笑道："吃茶自不必，张郃将军为曹操阵前大将，如何这般怯阵，不敢出来迎战，传出恐遭人笑话。"张郃怒道："赵云小儿休要猖狂，吾知你使诡计诱使，待夏侯渊将军来了，再慢慢与你理会。"

张郃拒不出战，赵云与黄忠一时愁眉莫展。这日，法正遣人送来锦囊及汉中城池图，拆开锦囊，见其内有八个字：天网恢恢，网开一面。赵云与黄忠又打开汉中城池图，见夏侯渊所驻南线走马谷附近，有一处鹿角战道，其旁则有一狭隘小道，为灌木所掩，由此可达张郃驻地广石。

黄忠见之，惊出一身冷汗道："万幸夏侯渊未发现此小道，否则必遭夏侯渊与张郃两头夹击。"赵云也惊出身冷汗，即领了人去查看。只见此小道两侧山势高深，古木繁盛，谷底小道仅一人宽，道两侧沿泉流不断。

赵云喜道："此道两侧设下伏兵，夏侯渊纵是天将亦难脱身。然将夏侯渊引至此地，尚需计谋。"于是，赵云和黄忠设兵堵住其他道路，独留了此道，黄忠则率一支兵藏于山涧。

果然，夏侯渊人马在多路突击遭袭后，探寻到此条暗道，且无人把守，不觉大喜过望道："此乃天助吾也，赵云做梦也未料吾有此招。"随即令告与张郃，当夜三更合营偷袭赵云营地。

三更时分，夏侯渊领军进入鹿角小道，行至三里地，忽听得周边响起一阵锣鼓声，又燃起了堆堆大火，夏侯渊大惊道："其中有诈，大家速速退去。"话音刚落，只听身后一阵巨响，由山头滚落数千计巨木，堵塞了谷底所有通道。

夏侯渊在谷底一番冲突，见两端皆被赵云人马拦住。夏侯渊手起刀落砍翻冲在前面的军士，众人皆惧不敢上前。夏侯渊领了人马就往一处冲去，尚将冲出谷底时，夏侯渊哈哈大笑道："赵云小儿，吾虽中计，然又能奈吾何，要来便来要去便去罢。"

这时，又巨木拦路，夏侯渊令人速速移开，正在此时一彪人马冲来，领头者正是黄忠。黄忠见是夏侯渊，哈哈大笑道："夏侯渊将军，老将黄忠在此等候多时了。"夏侯渊怒骂道："你这老儿，如何拦得住吾，虽中你的诡计，又能如何？"

黄忠敛起笑容道："将军降否？"夏侯渊道："不降。"黄忠不再多言，拍马来战。夏侯渊手起刀落，黄忠挥刀挡住，两人斗至五十多回合，分不出胜负。这时，赵云率军赶到，拱手道："夏侯渊将军英名九州皆知，今陷于此地再战无益，何不降了吾主刘备，共兴汉室。"

夏侯渊恼道："吾征战半生尚不知降为何事。今中你诡计，多言无益，要取吾首级来拿便是。"

赵云也不再言，持枪上前便刺，夏侯渊挥刀挡开，两人战至三十回合，赵云又使出百鸟朝凤枪，夏侯渊渐感不支心中惊慌，掉头就要走。

这时，两侧山岩间射出千万支利箭，夏侯渊坐骑中箭，将其掀翻在地。夏侯渊弃了马欲往林间跑，黄忠追上去手起刀落，要了夏侯渊的性命。其他军士见主帅夏侯渊已死，于是纷纷降了。

此战罢，整个谷底为鲜血浸染，四处遍布着曹军的尸首。赵云来此感叹一番，令人清理了曹军尸首集中安葬，又令人清洗了夏侯渊尸首。

话说赵云与夏侯渊战至峡谷，几里地外听得喊杀声与火光。张郃派了几支人马前去，皆被赵云所设伏兵击退。

张郃见状忽生一计，直接去取赵云大营，赵云见大营被袭必回师增援，则可解夏侯渊之围。于是，张郃领了人马攻入赵云营中，忽见先前冲入军士皆跌入大坑中，方知又中赵云之计，急忙后撤方逃出陷坑。

张郃几番攻击皆失败，无奈只得眼看峡谷内夏侯渊全军覆没。第二日，赵云来到张郃营前，张郃见赵云带来了夏侯渊尸体，不禁痛哭流涕。

赵云拱手道："古来征战自是残忍，吾将夏侯渊将军还与你，且好生去安葬罢。"张郃亦拱手施礼道："赵云将军仁义，还了夏侯渊将军完整身体，吾感激不尽，还望将军留出一路，以便吾率军撤去罢。"赵云点头应允。

随后，张郃将夏侯渊尸体接入营中，抚尸大哭一番，乃率军退至汉中阳平关去了。赵云与黄忠则率军占据周边地区。

赵云定军山斩杀曹操大将夏侯渊将军，天下震惊。益州城内百姓莫不欢喜，刘备亦大喜过望，领了法正等人前来慰劳，又去了夏侯渊殒命处。见赵云在此处立了一碑，上书"夏侯渊将军升仙处"几个字。

刘备赞道："夏侯渊将军虽为曹操大将，亦是天下英雄，子龙如此处理有理有节，可得天下人心。"赵云道："此战能胜皆仗法正军师良策。"刘备喜道："此番大胜稳了益州人心，吾皆要重重赏赐。"众人闻言皆喜。

这正是——

定军山脉十二峰，曹营首尾连其中。

掐头断尾惊天计，力斩大将夏侯渊。

第三十六章 空营伏计惊曹操 夫唱妇弹羡世人

大将夏侯渊命丧汉中，曹操闻言不禁肝胆俱裂，大叫几声晕厥过去，众人救醒后长叹不已，誓要报此仇，乃亲率了三十万大军往汉中杀奔而来。一路上，人车绵延数十里，浓尘滚滚，杀气腾腾。

益州震动，百姓恐慌。这夜，刘备见案前又堆了汉中急件，不禁长吁短叹起来。吴氏掌灯上前，替刘备添件单衣道："天气渐凉，夫君可早些歇了。"

刘备长叹一声道："曹操大军来取汉中，气势凶猛，吾怎能安歇。"正言间，诸葛亮与法正匆匆而来，吴氏和婢女端上茶来，又转入后帘去。诸葛亮道："赵云称兵力尚可应对，然粮草仅能用半月，如今抽调兵马尚且吃力，何有人力去搬运粮草。"

法正额前渗出冷汗道："此事非同小可，汉中溃败犹如江河溃堤，势必危及成都，则益州危矣。"诸葛亮思忖一会道："如今情形危急，可否寻些女子运送粮草，以解燃眉之急。"刘备听罢摇头道："古来未闻女子上战场，传出恐让天下人笑话。"

吴氏帘后听罢此言，走出来道："孔明先生所言有理，巾帼不让须眉，家国危难之时，女子焉能安坐于屋。寻找女子运送粮草之事，交由臣妾与马云禄就是。"众人皆称好。第二日，吴氏去寻马云禄，尚未进府即听古筝之乐，此曲似瀑布飞虹，又似落雁惊月，内有闲愁万缕，外有荡气回肠。吴氏听罢赞道："好一曲高山流水，听得肠断心飞了去。"

马云禄见吴氏到来，停筝上前施礼请安。吴氏笑道："此曲可是为赵云将军所弹。"马云禄亦笑道："姐姐可为主公弹上一曲。"两人相视拊掌大笑。闲聊一阵，吴氏道明来由，马云禄恭礼泣道："子龙身在汉中，吾日夜难安。今姐姐实替子龙所思也。"

两人商量一番，即去寻运粮草的女子。去乡间寻了半月，两人竟招来数百粗壮女子，皆膀大腰圆，虽性格略有粗陋，但尚算周全。吴氏与马云禄又寻了处山地，整日训练这些女子，不久即在山地推送粮车如履平地。刘备见之大喜，立即布置运粮草之事。

且说曹操率大军到了汉中，令张郃带其去夏侯渊命丧处凭吊。张郃恐赵云与黄忠来袭，令大军围了赵云营寨，又封堵了鹿角小道。

曹操来至小道，睹物思人，抚树恸哭一番，又叹道："将军纵横天下，声震九州，不想竟在此遭了不测，真乃天妒英才。"张郃跪地泣道："末将无能，为赵云所困，夏侯渊将军前来相救，竟中了赵云与黄忠诡计，末将失职，请魏王处罚。"

曹操摇头叹道："此为夏侯渊将军之过，将军应令部属前往相救，军中主帅岂可任意恃勇，行匹夫之为。赵云亦为英雄，夏侯渊死于其手，算不得委屈。"

只见此处山势雄峻，仙雾袅袅，云中偶有松鹤掠过，又有一览众山小之感。曹操见此赞叹不已道："若再无战事了，吾就此寻仙问道，远离了杀戮，做些清静之事罢了。"

众人闻之皆赞，曹操见对面山头有连片营寨，问道："此营寨中为何人？"张郃道："正是赵云。"曹操叹息道："赵云算得当今英雄，可惜不能为吾所用。"张郃道："赵云不过徒有虚名，若非魏王惜才，长坂坡既已为乱箭射死，又当何英雄。"曹操摇头道："赵云之勇无人能挡，杀掉岂不可惜？"

这时，有探马来报，赵云营寨附近发现数支运送粮队，似乎都为女子。曹操闻言大吃一惊，抵近查看一番，果然发现运粮百姓虽着男子装束，行动与姿态皆为女子。曹操拍掌大笑道："益州无兵可用了。"

张郃不解道："魏王如何得知。"曹操道："战地运粮使用女子，说明益州兵力极度空虚，机不可失取了益州。"张郃点头道："末将就去杀了运粮女子。"曹操摆手道："不可，杀女子算不得英雄，吓跑即可。烧毁所有运粮通道，且可不战而胜。"

且说马云禄随女子运粮队到了赵云营中，两人见面甚是欢喜。然尚未及互诉衷肠，就传女子运粮队为曹军所袭。赵云闻言大惊，即与马云禄赶去看望。运粮队女子似受了惊吓，抱在一起哭哭涕涕，又见这些女子虽受了惊吓，却无一人受伤。细问方知，曹军攻击时射来的箭，皆是往头顶而过。

这时，黄忠率了军匆匆而来道："运粮通道皆为曹军烧毁，军中粮草维持不了多少时日，如何是好？"赵云闻言火急攻心，一口鲜血吐出来，卧床不起。马云禄惊吓不已，熬了汤药日夜服侍，赵云身体才渐渐有了些好转。

这日，黄忠见赵云病情好转，心尚安道："将军勿忧，营地周围尚有些村落，吾去寻些粮食回来。"黄忠率军往周边村落寻粮，只见村中皆空无一人，粮食也被村民藏了起来。村中找来几个老者方知，村民见此处要打大仗了，纷纷藏了物什逃到别村去了。

黄忠闻言叹息一番回来。又有探马来报，近期曹操将大量粮草运入北山，可供一年使用。黄忠忧道："曹操有备而来，意图困吾于定军山上。"赵云道："曹操此番用计，显然欲熬垮吾军，唯有破其粮草，方能转危为安。"

后室传出马云禄弹奏古筝声，此曲似急似缓，似泣似诉，又如大珠落盘，又如急雨切切，令人心肠百曲回环。赵云听了一阵忽然大笑道："老将军，曹操粮草之事可有了计谋，各写于手心如何？"黄忠似有所悟，大笑着点头。于是，两个各写一字摊来看，赵云写了个"取"字，黄忠写了个"借"字，两人相视拊掌大笑。

赵云与黄忠约定，由黄忠当夜即去北山劫了粮草，女子运粮队随了前往，赵云三更在半路接应。众女子见要随军去劫曹军粮草，皆惊恐不已，哭哭啼啼不肯随往，黄忠见状安慰道："此番前去，各位女英雄可远远观望，如吾劫营成功，再前去搬运粮草，如未成攻则可速速离去，可好？"众女子见黄忠如此谦辞，又见安排如此周全，方放心而去。

及至三更时辰，赵云见黄忠未按约前来，心中火急，当即率了十数骑军士就往北山去探看。行至半路，忽闻有大队人马急急而来，众人忙藏于一簇岩石间。赵云细看，竟为张部领了人马急急往北山去，心中大惊，暗道张部发现了黄忠行踪。

话说这夜，曹操忽然从卧榻跌落下来，后背吓出一层冷汗，心中暗惊道："赵云运粮通道被堵，必打北山粮草主意。"于是，急唤来张郃，令其连夜往北山去设防，无论发生何事皆不能离开。张郃领命急急而去，曹操则亲率一队人马出营巡查。

真乃无巧不成书。曹操行至半路，竟与赵云狭路相逢。曹操见状心中甚惊，面上却平静道："多年未见，子龙可好？"赵云拱手道："魏王远道而来，焉为问候乎？"曹操哈哈大笑道："此夜明月高悬，子龙与吾同样心情，前来赏月乎？"赵云也笑道："正是。"曹操与旁人暗道："赵云此番出来必为劫粮草，令张郃不可大意了。"旁人点头离去。曹操又与赵云道："子龙归顺本王，你做汉中王可好？"赵云哈哈笑道："魏王抬爱了，吾本为汉室子民，岂能做汉中王。魏王也为汉室子民，又焉能挟了汉室令天下？"

曹操脸色一变，挥军上前擒拿赵云。赵云挺枪往前就刺，曹军一阵乱箭射来，赵云身旁十数骑军士中箭落马。赵云大喝一声，上前一番挑杀，曹军数十人尽落马下，其他曹军远远围了，不敢近前去。赵云领了剩余军士冲出重围，杀回至营中，曹操则一路紧追而来，又围了赵云大营。

马云禄见营外曹军喊杀声震天，又见赵云杀回营中，尚放下心来。赵云急令关了营门，又忧道："现曹操大军压营，恐难抵挡住，吾将大开营门迎之，如曹军退则幸甚，如曹军攻则营破，吾将战死于此，夫人可趁此由后营突出去。"

马云禄闻言泣道："将军如死，臣妾岂愿活，将军尽可打开营门，臣妾于营前献奏一曲，吓退曹军也未可言。"赵云闻言泪下，乃命安排。

曹操正欲攻打赵云大营，忽见营门大开，赵云着一身白盔甲，骑了照夜玉狮子持枪立于营前，一旁则有一女子端坐弹筝，曹军大惊皆停止进攻。

只见马云禄坐于营寨前，一曲《广陵散》荡气回肠，其音高低忽转，似幽怨之声，又似愤慨之情，听之几欲催人泪下。曹操听罢一会，心中赞叹，又问旁人弹筝者为谁，旁人道："弹筝者乃马超胞妹马云禄。"

曹操大惊道："果然都是一门子的虎将。"旁人道："此定赵云耍诈，魏王莫要为假象所惑。"曹操赞叹道："不管是否有埋伏，皆为奇闻。"

正在此时，张郃也率军赶到，曹操一见大惊道："令你设伏于北山，如何来了这里。"张郃道："魏王勿虑，北山粮草已做安排。末将见此处火光冲天，恐魏王有失，乃率军前来。"曹操正欲再言，忽听赵云营内传出一阵锣声响，又燃起数堆大火，接着营内万箭齐发，曹军人马大乱，众人正不知所措间。又有军士飞快来报道："北山粮草被黄忠劫了去。"

曹操闻言，气得差点跌至马下。霎时，又听得身后传来一片喊杀声，领头者正是黄忠。原来，黄忠往北山劫粮草，忽见张郃前来设防，于是伏兵于暗处，一直静待时机。

话说曹操率军攻打赵云营寨，张郃听闻喊杀声早按捺不住，于是留下少数人马设伏，又率大队人马匆匆前来增援。黄忠于是趁此劫了粮草，由女子将粮草运回去，又率军前来增援赵云。

赵云见黄忠来援，喜出望外挺了枪就冲出，张郃见状拍马上前拼杀。赵云抖枪一番连环刺，张郃挥刀拼命挡开，赵云已绕至身后又一枪刺来，张郃不防头盔被挑落，吓得抱头就逃。赵云也未追击，掉头又冲曹操而来，曹操身旁众将拼死护卫，曹操才得以逃脱。曹操刚逃出赵云追击，黄忠又堵了后路，曹军一时惊骇，自相踏践，死伤极重。曹操急令弓箭手阻挡进攻，方率剩余人马退出。

此战，曹军粮草尽失，军心大乱，一时全线动摇。曹操恼怒不已，又令张郃去取赵云与黄忠营地，赵云与黄忠却皆避战不出，进攻也皆为乱箭射回。此时又逢雨季，粮草难以运入，曹操只得长叹撤军而去。

赵云汉中大胜消息传至成都，举城沸腾，益州危机暂解。赵云又将所获粮草大部运回成都，救济城中百姓。刘备闻讯大喜，率了众军将前来慰劳。刘备到赵云营寨中查看，只见营寨内坍塌大半，具有火焚痕迹，营寨外则是林木尽毁，周边山体亦被烧成红土。刘备见状赞叹道："子龙与夫人浑身是胆也。"

这正是——

汉中告急兵粮缺，女子上阵顶须眉。
暗使计谋劫粮草，一悲古曲退曹军。

第三十七章　嘉陵江畔战徐晃　诱降王平立奇功

汉中战罢，刘备欢喜异常，每日与诸葛亮和赵云等人宴乐。吴氏也到了汉中，与马云禄见面亲热不已，姐妹间无话不谈。这日，两人相约去慰劳运粮队众女子，只见这些壮硕女子，在崎岖山地推粮车，犹如平地一般自然，一旁军士都连连赞叹。

众女子见吴氏与马云禄到来，自然欢喜不已，围上去叽叽喳喳一番，皆言此地美景，颇乐不思蜀了。一女子喜道："汉中之地山势雄峻，气势非凡，定军山上可览云海汪洋，此地尚无汉中王，吾就在此山中做一汉中王，可谓足矣。"

旁边女子闻言大惊，皆推其示意，该女子方才醒悟，伏地求饶道："刚才贱妇不明事理，一派乱言，望两位夫人勿要怪罪。"吴氏扶起该女子道："妹妹此言自是无心，不必自责罢。"

众人又一道去看运粮栈道，只见栈道极狭窄，道内遍布火焚痕迹，仅容一人一车通过。再前行不远，就见道旁立有一石碑，上书有"夏侯渊将军升仙处"。吴氏叹道："江山美景，折了多少英雄，可怜了将军家眷，该如何伤心才是。"

众人各处景色闲逛了一番，吴氏与马云禄和众女子辞别。两人回至赵云营内，逢刘备、诸葛亮与赵云等人正商议汉中之事，于是叙说了慰劳运粮队女子之事。吴氏又笑道："一女子还称尚无汉中王，要在山中做王，可是好笑。"众人闻言一惊。

两位夫人离去，赵云道："刚才夫人所言甚是，主公何不在此做了汉中王，以汉室正统号令天下。"刘备心中暗喜，面上却推辞道："吾虽为汉室后裔，乃系旁支，焉敢自封为汉王，恐遭了天下人耻笑。"

诸葛亮见此景，心中有数，起身走动一番后道："昔日高祖刘邦据了汉中，自封为汉王。主公取了荆州和益州，今又夺得汉中，与高祖当年相仿。今曹操自封为魏王，主公何不能封为汉王？"

刘备起身走至营外，只见定军山一峰独秀，山势雄峻，群山尽览，皆沉于云海之中，而变幻万千。刘备视之良久道："今汉室半壁江山落曹操之手，吾此时称王尚早，可先做汉中王，匡复汉室后再称汉王如何。"众人皆称好。

公元 219 年，刘备自封为汉中王，天下莫不震惊。曹操闻讯大怒，挥剑斩断庭中松柏，喝道："刘备此举野心昭然，此人立了汉王，吾岂非篡国之贼？"谋士司马懿道："刘备此举在效仿高祖刘邦，先由汉中攻入关中，以为正统再取天下，魏王断不可令刘备计谋得逞。"

曹操怒道："刘备欲借汉中之名号令天下，自然是镜中之花，水中之月，汉中虽失，然水路仍在本王手中，岂能任刘备阴谋其得逞。"

言罢，曹操令大将徐晃与副将王平，先领军十万往汉中去，大将曹真随后率军前来。一路大军滚滚而来，风云突变，战事再起，沿途百姓闻讯纷纷逃避。

刘备急令赵云与黄忠，沿汉水与嘉陵江一线设防，且曹军来势正猛，不可轻易出战。且说徐晃与王平率军沿水路，来到了阳平关。此处依嘉陵江水而过，北接了秦岭山脉，南接大巴山与米仓山，进可攻退可守，堪称绝佳之地。

徐晃与王平率军行至嘉陵江边，只见对岸有山似雄鸡，头冠依南挺立，沿江翠绿山体丛中，若隐若现掩映众多村落。

徐晃见此景喜道："好一处美景，令各军即在此处扎营。"王平一惊道："背水结营乃兵家大忌，如遇赵云攻击如何可退。"徐晃大怒道："吾熟读兵书十多载，焉不知此道理，此处虽背水，然四周宽阔，留些伏兵周围即是了。"

王平仍要苦劝，徐晃喜不耐道："你如此惧怕赵云，可另寻别处扎营罢了。"王平见无法说服徐晃，于是寻了处背山临水处扎营。

徐晃动向早有探马报与赵云，听闻徐晃背水处扎营，赵云心中一惊，此乃死地，莫非徐晃有战船相助。赵云与黄忠悄然查看，发现沿江一带并无战船踪迹，又见王平扎营处距徐晃约五里地，心中大喜。乃令黄忠堵住王平，令其不能出营，赵云则攻击徐晃大营。

当夜，徐晃独坐于嘉陵江边，晚风习习，江面渔火点点，鸡冠山隐约于薄雾中。徐晃正自感叹，忽听身后传来一片喊杀声，接着有军士急急来报，赵云率军前来攻营。

徐晃大怒道："真是煞了如此美景，拿吾的大刀来。"徐晃拿过大刀跃马往赵云方向奔去。徐晃冲至营寨前，见了赵云喝道："赵云小儿，吾正四处寻你，你却送了上门来。可惜扰了赏景的雅致。"

赵云仰面大笑道："吾替夏侯渊寻了块赏景之地，今也替你择块地就是。"徐晃闻言大怒，挥刀上来就砍，赵云也不谦让，挺枪就迎了上去，一时间两人杀得尘土飞扬，树摧草折。两人战至六十多个回合，未分不出胜负，徐晃忽见后营中燃起大火，又有人大喊劫营了。

徐晃大惊，虚晃一刀往营中边跑边喊："王平何在？"赵云拍马欲追，却被一阵乱箭射回。于是，赵云令紧围住徐晃大营，进行轮番攻击。此时，王平见徐晃大营中火光冲天，知是赵云率军来袭，开了营门准备前往营救，忽见黄忠跃马立于营前，方知中了赵云之计。

黄忠喊道："徐晃已不能自保，你就速速降了罢。"王平自知难抵挡黄忠，只得硬着头皮上前道："降不降，且战了再论。"两人斗了十余回合，王平抵挡不住掉头往回跑。黄忠也不追赶，后面大声嚷嚷道："你且去休息罢，老将在此替你守门便是了。"

徐晃久等不见王平来援，藏于四周的伏兵也不见动静，急派人去查看，方知此处伏兵一半为赵云所杀，一半降了。徐晃心中暗自叫苦，又暗骂王平见死不救，急命死守营中待援。

又战至三更，赵云三路人马已攻入了营中，徐晃知待援无望，抢了些渔民船只，领了少数人马渡过嘉陵江逃去。赵云追至江边，令人射了一阵箭后离去。

徐晃渡江后正遇曹真所率援军，方才缓过气来。赵云见徐晃逃走，又率军去围攻王平，怎奈王平营寨背山而建，又在山上修了多处箭台，无法靠近。此时，曹真又率大军渡江来攻，于是赵云令全军退回了原处。

此战徐晃人马损失大半，粮草全失。徐晃将失利归罪于王平，怒其按兵不动，挥剑欲斩杀王平，经众将极力劝阻方才作罢，改为杖罚王平一百军棍。

此战虽让徐晃损失惨重，王平却未受损失，曹真又率大军前来，曹军气势又变得凶猛，多番寻赵云决战，并占据了多处要地，汉中形势岌岌可危。

这日，赵云与黄忠正为破敌发愁，诸葛亮派人送来一锦囊，拆开见书曰：上攻其心，内部自破。赵云大喜，于是派了探马扮作百姓，多方探听曹军消息，得知王平受到杖罚之事，于是心生一计。

赵云决定扮作郎中往王平军中去，黄忠闻言大惊道："万万不可，王平性情尚未探清，将军前去若有差池，如何了得？"赵云道："老将军勿虑，吾已探清，王平此人尚算忠厚，军中屡遭徐晃排挤，早生异心。此番遭受杖刑，吾扮郎中前去，自不会有怀疑。"

黄忠听罢只得同意，又道："吾且带一队人马伏于王平后营，将军一个时辰未出来，吾将拼死攻营。"赵云乃同意。

话说王平遭了徐晃的一百军棍，疼痛难忍，只能整日伏卧榻之上。这日，军士来报，营外有一老郎中要来替王平疗伤，王平一听心生疑惑，乃命请进帐内来。只见老郎中眉须皆白，行走如风，颇有仙风道骨之态。王平惊为仙人，起身请坐道："老先生怎知本将受伤之事。"

老郎中哈哈一笑道："王平将军之事，老朽皆知，此番前来不仅为疗将军皮肉之伤，也来疗心郁之伤。"王平大惊，不知老郎中此言何意。

老郎中摘掉白眉须，眼前之人竟是赵云，王平吓得魂飞魄散。赵云笑道："将军勿惊，吾来皆为将军所想，将军在曹军屡受小人排挤，恐难有所作为。今刘公受封为汉中王，日后定为汉室宗主，将军莫不如投了刘公，也图日后荣华。"

王平听罢半晌无语，又缓道："吾虽受小人排挤，然魏王待之恩重，又怎忍心背叛。"赵云摇头道："刘公为汉室宗亲，曹操为篡国之贼，将军所受曹操为小恩，替刘公匡复汉室方为大义，望将军明辨才是。"王平似有所悟，乃决意投了。

话说此时，正值梅雨季，秦岭山中连下多日大雨，道路本已难行，行军又逢滑坡及泥石流，军士又冷又饿请求撤军，曹真严令不许，一时军将们哀怨不已。

　　赵云感到时机已到，遂与王平商议明日三更，由王平率军往曹真大营中假意换防，赵云与黄忠则伏于营外，一旦营中火起则内外夹击，攻入营中去。

　　这日三更，王平领了军进到曹真大营中，一路无人生疑。王平乃令所属人马，依事先约定分散布置，听锣声响起再行事。正在此时，徐晃领了军在营中巡查，见了王平怒道："王平，你深夜领军意欲何为，还想受次杖刑么？"

　　王平闻言大怒，拔剑冲上前就砍道："你这贼人，不分贤愚，不辨良言，恣意妄为做何大将，吾今日就取了你的性命。"徐晃大惊，掉头边跑边喊道："王平反了，王平反了。"王平大喊道："吾反了，吾反了。"

　　就听此时，营内一声锣响，营内各处即刻燃起大火。赵云与黄忠见营内火起，呐喊着冲入营内。王平正率军追杀徐晃，曹真率军匆匆而来，持刀上前就杀王平，两人打至十个回合，曹真一刀砍中王平坐骑，王平被掀翻在地，曹真上前欲砍杀，赵云冲过来持枪救下。

　　曹真气得大叫道："来者何人，且报上名来。"赵云大笑道："吾乃常山赵子龙。"曹真闻言大惊，又哈哈大笑道："好一个赵子龙，长坂坡杀了吾家多员大将，本将一直在寻你，没想在此相遇，真乃天意，且来受死罢。"

　　赵云也不多言，抡了银枪就杀，曹真拍马来战。赵云抡枪劈头而下，曹真横刀挡过，又大刀一转，直朝赵云下部杀来，赵云心中暗暗吃惊，急策马躲过。曹真又虚晃一刀，往赵云面门而来，赵云直直挺枪上去，曹真大吃一惊，急忙收了刀躲过。随后，两人斗了五十多个回合，直打得马嘶人疲仍不罢休，旁人皆不敢上前。

　　这时，黄忠已率军拦住徐晃，徐晃一见大怒道："你这老儿，何不归家去享受天伦，偏要来此送死。"黄忠哈哈笑一声，挥刀就砍，两人杀了十多个回合，忽然徐晃大叫一声，掩面而逃。

　　曹真见徐晃已败去，也无心再战，掉头就往江边跑去，赵云追至嘉陵江边。只见此处停泊了十多艘大船，众多曹军拼命往船上涌，徐晃见赵云追曹真而来，急令放箭，赵云不能拢前，只得离去。

　　曹真与徐晃驾船沿江逃去，只见岸上曹营已是一片大火，喊杀声渐渐止息。

徐晃见状捶胸顿足道：“皆是王平贼人所致，吾悔当日未杀此贼，致今日惨败。”此战后，曹军所占汉中之地，也皆为赵云所得。

话说刘备在汉中赢得大捷，又自封为汉中王，令孙权忧虑不已，如果刘备势力一支独大，势必威胁到东吴。孙权找来鲁肃商议，鲁肃献计道：“此前曹操一家独大，孙刘联合方能支撑危局。如今刘备依赵云取了汉中，又自封为汉中王，其野心昭然，任其势力发展恐危及东吴。唯有与曹操暗中联系，并限制刘备南下发展，方为上策。”孙权闻言连声称好。

这正是——

据了汉中做汉王，曹操震怒兴兵忙。

扮了郎中诱王平，内外夹攻败徐晃。

第三十八章　刘备忆弟魂魄散　暗演双簧魂回还

话说关羽连克襄阳等郡，抓了曹军大将于禁，斩杀了庞德，逼得曹操几欲迁都。然物极必反。关羽领兵北征，又欲治南郡太守糜芳粮草供应不济之责，糜芳听闻惊恐不安。

孙权听闻后诱降糜芳，又命大将吕蒙偷袭荆州，关羽力战不敌，率数十骑逃至临沮被害，天下为之震惊。孙权将关羽首级送往曹操，看似邀功，实则欲将祸水北引。

刘备听闻噩耗后，大哭道："孙权、曹操二贼，欲誓取两人首级替二弟报仇。"言罢数度晕厥，众人皆心焦不已。

这日，吴氏请来诸葛亮和赵云等人，泣道："夫君已多日茶饭不思，且常于半夜忽然醒来，披了衣就要走，问去何处，却言二弟在唤他，这可如何是好。"

众人闻言大惊。赵云道："追思亡人乃人之常情，然悲愤过重，恐致神志难回。"诸葛亮忧道："不能任其过分思虑，须尽快唤他出梦才是。"然众人想了半天也无办法，只得各自散去。

赵云回到府邸，思绪颇乱，于是到院内操起银枪舞了起来。虽不似少年时纯直勇猛，却也多了沉稳与沧桑。马云禄见赵云练得寂寞，知其心有郁气，于是上前道："吾且陪夫君舞上一段，且当解解闷气罢。"

于是二人枪来剑往，马云禄枪法稳而不乱，赵云的招数皆被其化解，赵云心中暗暗赞叹，两人练了好一阵子，各自乏了，到一旁休息。

这时，婢女进来报，有一老者自称为赵云熟客，由荆州前来求见。赵云听闻荆州来人，心中一惊，细想一番仍不知此人为谁，乃请入相见。只见来者为一长须老者，老者见了赵云后揭去长须，竟是刘璋。赵云与马云禄皆惊，刘璋笑笑，一一道明来由。

原来赵云遵刘备之命，送刘璋去了荆州，关羽对其照顾有加，生活颇为安逸。孰料好景难长，孙权设计夺了荆州，关羽兵败麦城后又被杀，孙权乃令刘璋当益州牧，刘璋自知其中利害关系，不愿做了孙权的棋子，于是悄悄挂印逃出。

言罢，刘璋掩面而泣。赵云心里亦是难受，只能劝慰一番。刘璋又道："生逢乱世，吾也无有所求，此番乃去益州山中隐居，度此余生。当初，子龙一路细心相伴吾至荆州，自是感激不尽，故此番前来告知一声。"

赵云暗中让马云禄请诸葛亮，马云禄托词外出。赵云道："关将军遇难，主公日夜思念难以自拔，季玉公何不去解劝一番。"刘璋闻言摇头道："吾由荆州而来，主公见了恐思念关将军，不见也罢了。"两人叹息一阵，又低头饮茶。

这时，诸葛亮忽然进来，刘璋知是赵云请来，必定有事。诸葛亮与刘璋又是一番叙诉，各自感叹一番后，诸葛亮道："如今主公太沉湎于悲痛，恐神志难出，季玉公此来正可谓良药，只管与主公叙旧情，一切吾自有安排罢。"

于是众人一起往刘备官邸而去。刘备躺于卧榻上，正哀痛不已，忽见刘璋前来，不禁大吃一惊道："季玉是由荆州来的么。"

刘璋将孙权命其为益州牧，不从乃挂了官印，欲去隐居之事又叙一番。刘备牵刘璋手泣道："季玉真乃高洁之士。"刘璋欲言又止道："吾由荆州而来，听些关于玄德的传闻，不知可言否。"刘备惊道："是何传闻，季玉直言无妨。"

刘璋乃按诸葛亮安排道："吾听传言，孙权与东吴众将知玄德因思念成疾，皆大为欢喜，尚且还有人言，玄德如因疾而逝，且东吴安全了，尚要将益州纳入东吴之疆，真乃一派混账之言。"

诸葛亮假意怒道："这些东吴贼子，竟敢妄言主公病疾逝，主公尚要去东吴寻仇，焉能病于卧榻之间。"刘备闻言惊出一身冷汗，当即跳下卧榻道："孔明先生说得有理，吾尚要替二弟报仇，岂能病于卧榻之间，且速速去寻些吃食，数日未食，尚感了些饥饿。"

吴氏大喜，忙令人做了汤面来，刘备一连吃了两大碗，方缓了一口气。众人皆暗自窃笑。

第二日，浓雾蒙蒙，几不见人影。刘璋领了家眷欲离去，赵云前来送行，又道："季玉公隐居何处，以便日后前去请教。"刘璋哈哈大笑一番，忽又悲道："吾此去便是四海，子龙勿要寻了，此生有缘皆是命数，命数尽时当自散了。"言罢，刘璋拱手道别，领了家眷消失于莽莽群山中。赵云对其背影一阵洒泪。归后，赵云与刘备和诸葛亮言及此事经过，皆是一番长叹。

且说孙权将关羽首级送给曹操，曹操见之一阵伤心，忽又哈哈大笑道："孙权小儿送吾首级，绝非善意，欲令刘备向吾寻仇。"于是，乃令人以诸侯之礼，将关羽首级葬于洛阳。孙权闻之心中恐慌，也令人以诸侯礼，将关羽身躯葬于当阳。由此，民间有了关羽"头枕洛阳，身卧当阳，魂归故里"之称。

刘备在成都为关羽建衣冠冢，以招魂祭祀。这日，刘备捧了关羽日日战甲，长跪难起，无语泪流，百官皆跪拜以祭。赵云替刘备将关羽战甲放入冢中，忽见一阵大风刮起，冢中冒出一股青烟，众人皆大惊。刘备见状泣道："吾弟归来兮，且安心在此歇息，吾定替二弟报了此仇。"

关羽被杀皆因糜芳降于东吴所致，张飞欲治其罪，抓糜芳家眷十数余人欲斩于街市。赵云闻言，疾马至法场拦下，张飞见状怒道："吾二哥死于贼人糜芳之手，由家眷代其受过，有何不可？"

赵云道："冤有头，债有主，此冤头为糜芳，与其眷属有何干系。且糜夫人为救小主命丧长坂坡，与主公尚是有功的，此皆为事实，将军明察才是。"

刘备与诸葛亮闻讯匆匆赶来，刘备道："三弟切不可莽撞，方才子龙言之有理，昔日如无糜夫人相救，犬子焉能存活。此事皆为糜芳一人所为，不可殃及无辜眷属。"诸葛亮道："此时主公正以仁义得天下，切不可有滥杀无辜之事，关羽将军泉下有知，亦会不安。"张飞见众人皆如此言，一跺脚恨恨离去。刘备上前替糜芳家眷松了绑，其家眷皆感激涕零。

这日，赵云回到府邸自感胸闷，乃早早睡去。及至半夜，忽如又回到了家乡，一大早，赵云娘早早蒸好了馍馍，师父童渊领了童三妹和夏侯兰前来，众人商议百鸟朝凤枪的枪法，忽又见兄长赵震闯了进来，朝着娘嚷嚷喊饿。

赵云倏然醒来，众人皆不见了，满目漆黑。赵云一时难忍，不禁大泣。马云禄急忙掌了灯，惊问缘由，赵云将梦境泣诉一番，马云禄垂泪长叹。

赵云叹道："吾征战多年，亦杀敌无数，今观关羽将军遇害，方感生死无常，亦知亲情可贵。"于是，赵云拿出赵云娘、童渊、童三妹及赵震的坟上之土，两人遥祭了一番。

公元 220 年，曹操病逝于洛阳，终年六十六岁，谥武王。当年，曹丕继任魏王之位，又废汉献帝建立魏朝，东汉灭亡，天下皆惊。

刘备急召众将商议应对之策。诸葛亮道："当今汉室已无主，汉中王之名亦可休矣，此时当重整汉室大旗，承继汉室正统为重。"刘备闻言尚有犹豫，半晌才道："曹丕虽废汉献帝，然汉献帝尚在，如即汉帝位恐遭人非议。"

赵云摇头叹道："传闻曹丕已杀害汉献帝，主公当以替汉献帝发丧之名即了帝位，天下英雄自然无话。"众人皆称好，刘备乃接受。公元 221 年，刘备在成都称帝，国号汉，又称蜀汉，年号章武，立吴氏为皇后 , 刘禅为太子。

曹丕闻言秣马厉兵，挥兵抵汉中，一场大战将即。孙权则乐得坐山观虎斗。这日，赵云府内处理公文，忽见夏侯兰携了妻儿前来辞行，欲往家乡去隐居，马云禄领了大儿赵统、小儿赵广出来相见。

赵云惊问缘由，夏侯兰则言，其父去世，欲归乡奔丧，多年征战，世事皆看淡，此次欲领了家人复归田园。且曹操已逝，归家去自不会有人为难。

两人又言及蔡文姬，夏侯兰又叹道："蔡文姬先生归汉后，先生与呼厨泉所生大儿阿迪拐，小儿阿眉拐，皆曾来汉地寻见，先生皆避不愿见。曹操做主嫁于屯田都尉董祀，后再无蔡文姬先生消息，尚不知生死。"言罢，赵云与夏侯兰皆叹息泪下。

临别，赵云又赠送夏侯兰些银两，悲泣道："此番归家去，替吾在娘、师父、三妹与兄长坟上添些土罢，吾此生恐难去替他们坟上添土。"众人闻言皆泣不已，并就此道别，今生缘尽罢了。

这正是——

关羽遇害天下惊，刘备思痛魂难归。

孔明暗邀旧牧主，一番惊言湿衣襟。

第三十九章　唯恐曹军犯蜀境　定军山上设假营

且说刘备一心欲往东吴寻仇，一时间益州人心不稳。这日，皇后吴氏换了便装约马云禄出宫去购些花红，两人行至街上，不断有军士驱马而过，路人皆神色匆匆，商家也多关了店铺。

马云禄心忧道："皇上执意伐吴，一旦曹魏趁势来取益州，可如何是好。"吴氏亦忧道："皇上日夜思念二哥，又令三哥日夜操练，伐吴恐难阻止了。"两人皆叹一阵，无心再购花红就归去了。

马云禄回至府邸，见赵云在园内正教赵统与赵广，练习百鸟朝凤枪。只见赵云拎了银枪一番抖动，枪头就如白龙入海，惊涛骇浪，又似飞龙在天，波诡云谲，直看得赵统与赵广目瞪口呆。

随后，赵统和赵广依此练了一番，又一旁歇息。赵统道："爹爹，百鸟朝凤枪使得甚为称心，是何人所教？"赵云心中一愣，缓缓道："乃师爷童渊所教，童三妹姑姑也使得甚好。"

两儿一听，皆要赵云详诉一番。赵云叹息道："师爷童渊乃天下枪王，百鸟朝凤枪皆由师爷所创，可惜为呼厨泉所害。三妹姑姑枪法也是了得，枪挑胡骑与流匪，可惜又为流匪所害，爹爹虽有身武艺，却没能保护住亲人与村民，实为终身憾事。"

赵云言及几欲泪下，马云禄见状，恐勾起赵云伤心事，拦住道："百鸟朝凤枪法，尚须配了娘的西凉枪法，才堪称天下无双。"两儿见马云禄，欢喜不已，几人闹了一番后，两儿自去一旁玩耍。

马云禄将与吴氏街上见闻叙了一番，赵云叹道："皇上执意孤行，三国均衡之势恐将打破，渔利的定为曹魏。"马云禄闻言急道："此事当尽快让皇上知晓，以免误了国运。"赵云苦笑道："此前为主公，可如兄弟般畅言，如今贵为天子，君臣之间岂能不顾利害乱言。"

正言间，诸葛亮前来，赵云知其来意，乃引入正室。诸葛亮笑道："子龙可直言如今形势。"赵云又叙了一番三国间利弊，又拱手道："吾思尚浅，尚需听丞相所见。"

诸葛亮行至窗前，推开窗去。窗外为绵绵郫江，江空阴云密布，似一场骤雨将至，渔家匆匆往岸上行，欲收了网归家去。诸葛亮叹道："如今虽然曹丕称帝，然三国之势尚未有大变化，如皇上执意伐东吴，形势恐难逆转，曹魏恐将渔利。"赵云长叹道："吾与丞相所见略同，却难有回天之力罢了。"

诸葛亮忽然道："如要破局，恐仍需从东吴入手。"赵云心中一惊，不解其意。诸葛亮道："东吴众谋士中，胞兄诸葛瑾尚是忠厚之人，亦明白三国间利害关系，子龙可遣人与之联络，商讨破局之策。"赵云恍然，起身领命。

且说孙权夺了荆州，且喜且忧，喜的是荆州终归己有，了多年夙愿。忧的是斩杀了关羽，刘备焉能罢休，多年惺惺相惜之情，恐将彻底撕破。

这日，孙权领了吕蒙与诸葛瑾一道去荆州查看，所见之处，人皆惶恐，各处村落集市也少有人烟，一派破败之象。孙权惊道："素闻荆州为天下富庶之地，如何变得如此冷清。"吕蒙道："刘备盘据荆州多年，民情甚厚，一些百姓随其去了益州。"诸葛瑾上前叹道："虽取了荆州，百姓仍念其旧情，一些百姓家中祭拜关羽。"

孙权闻言心惊无语。诸葛瑾见状道："主公仁义，东吴百姓皆敬主公，荆州乃新收之地，过些时日百姓知主公仁义，自会感激。"

回了东吴，孙权闭门不出，百官皆不见，诸葛瑾见之心中焦虑。这日，诸葛瑾匆匆前去拜访孙尚香，孙尚香惊道："先生何事而来。"诸葛瑾拱手道："事关东吴存亡，尚需郡主相助。"

于是，诸葛瑾将原委细细道来。原来关羽遇害后，刘备誓讨东吴，孙刘交恶正中曹魏之计，已暗中压境襄阳及汉中等地，一旦孙刘两败俱伤，则由襄阳及汉中攻入荆州与益州，直取东吴而来。

孙尚香听罢冷笑道："吾乃一小女子，如何助得此乾坤之事？"诸葛瑾上前拱手道："前日，赵云暗遣使者而来，欲暗修孙刘之好，如今主公不听任何人言，对郡主尚不敢如此，故恳请郡主相助传话。"

孙尚香大怒道："别事皆可，此事断不可。想孙权与大耳贼刘备，屡次毁吾的前程，赵云亦屡次加害于吾，这些贼人怎可相助？"诸葛瑾闻言大泣，跪地而拜道："此乃国之安危，非儿女情长，尚望郡主大局为重，劝服主公，吾替东吴百姓恳求郡主。"孙尚香闻言大哭一番，乃答应了。

这日，赵云领军往城外操练场，忽听得场内传出阵惨叫之声，急忙策马前去，见场内两个军士裸了上身吊于横木上，几个军士持了长鞭轮番抽打，两人被打得皮开肉绽，血汗横流。赵云见状急令人放下，细问方知为张飞部将，几个军士悄悄去报于张飞。

一会，张飞喝得酩酊大醉由远处而来，大声嚷道："何人如此大胆，敢扰了吾练兵？"走近见是赵云，又嚷道："原来是子龙，此事勿管，这两个贼人不好生领军操练，吾如何去替二哥报仇？"言罢，拿过长鞭又欲打，赵云上前拦道："练军当有法度，将军切不可滥用私刑，要体恤军士才是。"

张飞怒目圆睁道："赵云，吾练军时你尚在娘肚子里，速速退去，不然吾的长鞭不认人。"赵云怒道："你且醉酒，吾不与你理会，然滥用私刑，吾断不能容。"

张飞大怒，扔掉长鞭抽刀就砍，赵云闪身躲过，拎了银枪就上前，两人斗了十余回合，不分胜负。这时，刘备与诸葛亮匆匆赶来，喝止住二人。张飞见是刘备，酒立时醒了一半，嚷嚷道："赵云小儿管吾练军，如何替二哥报仇。"

刘备见被打的军士，心中明白道："三弟练军，替二弟报仇自是没错，然尚需讲究章法才是，要体恤军士，此事不可再犯。"张飞气嚷嚷由人搀扶而去，诸葛亮与赵云无奈摇头。

话说孙权荆州归来，闭门不见客。这日，孙尚香忽然要来相见，孙权心中一惊，不知所为何事。孙尚香见了孙权，就提孙刘联合抗曹之事，并将诸葛瑾所教之话叙诉一番，孙权半晌方明白，大笑道："定是鲁肃教你所言。"

这时，旁人提醒鲁肃早已去世，孙权此时方悟，点头泪下道："子敬已去世四载，吾犹感先生尚在，历历之目恍如昨日。"孙尚香亦是思念，一旁洒泪。孙权又知为诸葛瑾之计，乃召来商议归还荆州，孙刘重修于好之事。

且说刘备执意要替关羽寻仇，于是召来众将商议伐吴之事，张飞嚷嚷要当伐吴先锋，刘备乃同意。此时，孙权派使者前来，欲以归还荆州请和。

张飞闻言大怒，上前拔剑欲杀孙权使者，被众人拦下，又道："且去告诉孙权小儿，杀吾二哥即是世仇，欲要言和，且送孙权小儿的首级来。"使者吓得不敢多言。

赵云上前道："今东吴虽与曹魏结为联盟，实乃表面，各怀心思。此时伐吴，曹魏必喜，坐等两败俱伤，以收渔利。"诸葛亮亦道："子龙所言甚是，曹丕篡位乃是公愤，皇上应先灭了曹魏，孙权自然臣服，天下纷争方休。"

张飞怒道："哪来些子道理，伐东吴，伐曹魏皆是要伐，分什么先后。二哥被东吴所害，自然要先伐东吴才是。"刘备面有愠色道："朕将亲征东吴，休要再争论。"众人见此，不好再言。刘备命张飞为车骑将军，任伐东吴先锋，赵云则都督江州筹集粮草，诸葛亮则留守都城。

孙权闻言刘备亲率军伐东吴，大怒道："大耳贼，要战便战，吾何曾惧你，定令你有来无归。"孙权命陆逊为大都督，迎击刘备，又暗与曹丕联系，由汉中攻进益州。曹丕乃命张郃率军前往，寻机而动。

赵云闷闷不乐回到府邸，赵统与赵广前来逗玩也无兴趣。马云禄知其心中有事，问明缘由大惊道："皇上率大军伐东吴，益州兵力空虚，此时曹魏由汉中来攻，可如何是好？"

赵云闻言也大惊，一时又没有对策。马云禄略思一会道："再演一出空城计如何？"见赵云一脸不解，马云禄又耳语几句，赵云哈哈大笑连声称好。

马云禄去与吴氏商量，吴氏喜道："此计甚好，皇上出征无后顾之忧了。"刘备听闻此事亦叹道："朕只思出兵寻仇，尚未细思此紧要之事，幸得子龙心细。"

于是乃命赵云与马云禄办理此事。马云禄招了数百粗壮女子，组成数支女子运粮队，与赵云一起往汉中奔去。这日，赵云来至营前，见对面山头遍扎张郃营地，于是暗遣了运粮队女子，由曹军可见之道上反复经过，又令马云禄暗中将粮袋换装成土。

随即，赵云领了军士举了令旗，分三队在林间及山地间，拖了树枝等物呐喊奔跑，一时声势震天，卷起了层层浓尘，又令营中军士频频调动。

探马早将情况报与张郃，张郃闻讯心中一惊，急忙到阵前查看，果然如此，不禁心中暗惊，赵云已在汉中布下重兵，如妄动将落入陷阱，急令各营不可轻易出战。这边孙权久等不见曹军进攻汉中，又见刘备率大军前来，气得大骂曹军，却又无可奈何。

这正是——

蜀吴交恶风雨起，张飞暴虐苦练兵。
定军山上设假营，唯恐曹操袭后军。

第四十章　刘备伐吴战秭归　智破锁江八卦链

且说，此番张郃领军至汉中，心中尚有惨败于赵云阴影，不敢轻易言战。这日，张郃领军至鹿角小道，此处正是夏侯渊被杀之处。只见立于小道旁的夏侯渊石碑，已被厚厚青苔所掩。张郃见景触情，不禁垂泪道："夏侯渊将军魂在此已睡多年，主公也已故去，一切都会被世人遗忘罢。"感叹一番后，令人将清洗了石碑，又将周边杂草去除。

这日，赵云至张郃营前叫阵，张郃闻言出营来，两人见面甚是高兴，互相施礼一番。赵云道："张郃将军此番前来，可是受了孙权所托？此次之祸皆由孙权斩杀关羽将军所致，将军何苦趟此浑水。"

张郃哈哈大笑一番，拱手道："吾受新主之命前来，皆为日常巡视，非受孙权小儿所托，此地无战事吾便撤去。"赵云心领神会，拱手相谢。

几日后，有军士来报，张郃营中空无一人。赵云心生疑惑，前来营中查看，果然偌大营中已无一兵一卒，再往前行见营中一大树，树皮尽刨，树身刻有几个大字："张郃已去，赵云勿送"。赵云哈哈大笑道："将军之情，吾心领了。"

公元 221 年，刘备率军发动夷陵之战，夺取峡口攻入吴境，又在巫地击破吴军李异与刘阿各部，占领了秭归，又令张飞率军从阆中至江州，一时间孙权惊恐。

这日，刘备正在营中查看秭归城池图，忽见张飞之子张苞哭诉来报，张飞被部下张达和范强所杀，投东吴孙权去了。刘备闻讯一口鲜血喷出，不省人事。

孙权见曹军撤离汉中，知曹魏不可信，又为避免战事扩大，于是令诸葛瑾将张达与范强绑了送与刘备。刘备见了张达与范强，不禁怒道："这两个贼人，为何要杀张飞将军，吾恨不能食你肉饮你血，方解心头之恨。"

张达与范强见状，伏地而泣道："张飞将军日日鞭打实难忍受，不杀张飞将军必被他杀，故杀之。吾知死罪难免，尚望念在多年随皇上征战情分，给一个痛快死法。"

刘备闻言愣了片刻，又挥手道："带下去斩首。"一会儿，张达与范强二人首级被拿进来，刘备见之道："将二人首级送与其家眷，好生掩埋了罢。"

随即刘备又与诸葛瑾相见。诸葛瑾道："陛下与关羽将军、张飞将军情同手足，堪称兄弟情谊典范，世人敬仰。两位将军之死与孙权无干，皆为曹魏其中设计，陛下应以兴复汉室为重，勿为此事而动干戈。"

刘备悲道："吾亦知兴汉室之重，然两个弟弟被杀，心中唯有寻仇一事。"诸葛瑾闻言，知再劝无益，只得慨叹而去。

诸葛亮闻讯张飞被杀，急将赵云由汉中召回，商量应对之策。诸葛亮长叹道："前番子龙尚劝张飞将军体恤军士，却执意不听，方有今日之祸。"赵云也只得摇头叹息。

诸葛亮忧道："此次攻吴非天时，恐有不测，子龙可往江州去，为秭归供应粮草，一旦战况不利，亦可率军前往相救。"赵云拱手应诺，领命而去。

赵云回到府邸闷闷不乐，马云禄见赵云似有心事，忙问缘由，赵云道："此番征战极为凶险，如吾有不测，夫人带两儿投吴皇后可保平安。待天下大统，夫人可带两儿归乡认祖归宗罢。"马云禄闻言泣难成声。

赵统与赵广闻声而来，听了刚才赵云所言皆哭道："爹爹征战多年，自会无事的。爹爹所言，吾兄弟记于心间，定会回常山郡认祖归宗去。"赵云闻言喜道："甚好，汉室定会大统，吾儿定可归家去的。"

这日，赵云率军来到江州，只见此地沃野千里、水路纵横，百姓齐集、商贾纷繁，一派繁荣景象。赵云惊叹道："中原连年遭遇战事，百姓凋苦不已，此地却是一片祥和之景，犹如天国。"

且说刘备虽占了秭归，四面却为陆逊大军所困，粮草供应一时告急。赵云与当地乡绅筹集了大量粮草，又在江河处建了多处渡口，征集百余船只，欲解秭归粮草之困。

这日，赵云在官邸与乡绅商量粮草之事，忽听府外一片嘈杂之声，急忙到府外一看究竟，只见几个百姓与军士绑了一人前来。百姓所诉，此人行踪可疑，每日到渡口探听粮草情况，还暗中在运粮船上设标记。

赵云心中暗惊，亲自提审，此人果然是陆逊派出的探子，探明粮草的情况后，三更时与刘璋旧部张肃里应外合，火烧运粮船。赵云大怒道："好个大胆张肃，前番煽动百姓造反，令你逃脱了，今又在此使坏，吾定不能轻饶了。"

赵云又与探子约定，三更时引了张肃前来，赵云则设伏于运粮船外。三更时辰，张肃果然引了数百人悄悄前来，待众人上了船去，忽听得一声锣响，运粮船周围燃起大片火把，将周遭照得通亮。

张肃心中大惊，暗叫道："中计了。"转身欲逃，被赵云拦住了去路，大喝道："张肃，可认得常山赵子龙么。"张肃见是赵云，也怒道："你这贼寇，夺吾家园驱杀旧主，吾且与你换命一条。"

言罢，张肃提刀拍马来战，赵云冷笑一声持枪上前，两人斗至十个回合，赵云虚晃一枪刺去，张肃急闪跌落马下，赵云令人上前绑了，其他人见状，纷纷跪地降了。

张肃被绑至赵云官邸，赵云上前替张肃松了绑，张肃一愕然道："又抓又放是何道理，要杀就来个痛快。"赵云道："刘璋旧部皆未杀之，先生乃忠义之人，又岂能杀之。刘备与刘璋乃汉室血脉宗亲，争斗尚是汉室自家事，焉是曹魏与东吴可比。"

张肃闻言似有所动。赵云又道："此番东吴背了信义，袭了荆州害了关羽将军，伐吴自在情理之中。望先生明大义，协助吾运粮草地往秭归。"张肃表示愿降，又道："陆逊在往秭归水路上，设有七道防线。"赵云一惊道："先生能否明言。"

张肃点头道："这些防线中有的铁链锁江底，来往船只皆在此无法动弹，又有江底八卦桩，由数百巨木桩所设，船只按约定路线行进，否则船将陷于江心进退不得，最后一线则为火攻，更难逃避罢。"

赵云闻言，惊出了一身冷汗，心中暗道："如未探清情况，仓促往秭归运粮草，恐有覆没之险。"于是两人商量了破阵之法后，张肃又修书一封与陆逊联系，谎称劫得一批粮草，欲送往围困刘备的秭归吴军。

且说陆逊见书甚喜，于是约定运送时间。到了约定时间，赵云就与张肃领了一百余艘船粮草，沿长江往秭归而去。此时，江面水天一色，成群白鹭随船而行，江上白帆点点，渔歌互答。见此江景，赵云长叹道："如再无了征战，吾愿做一渔家，漂泊江湖之上，再酌盅小酒岂不乐乎。"张肃闻言笑而不语。

船行进三峡，长江却又变了一番景象。只见两岸山峦似倾墙袭来，又闻两岸猿啼不断，令人泪沾襟。运粮船进秭归后，情形骤然紧张，有吴军船只上前盘查，赵云躲入船舱中，由张肃与吴军交涉。

张肃按事先约定哄过吴军，一路上又遇铁链锁江，江中八卦桩等暗处防线后，远远可见刘备与陆逊对峙军营。赵云忽令掉转船头，往刘备军营而去，吴军大惊，急急前来阻拦，陆逊领了船赶来大声道："张肃，为何不按约定行事。"

张肃哈哈大笑一番，又悲声道："两军交战各为其主，吾又替谁战乎。"陆逊情知上当，大喊放火箭，一时间万支火箭如雨般射来，赵云急令将事先准备湿布盖于船身，少数船起火。这时，张肃胸前中了一箭，大喊一声跌入急流江水中，转眼不见了踪影。

刘备在营中见有运粮船前来，又被吴军所拦，知是赵云前来，急令大将程畿、吴班前往营救。两军一番抢夺，大半运粮船被进到刘备营中。回到营中，刘备见了赵云，自是欢喜不已，赵云又将张肃之事告与刘备，刘备闻之长叹不已。

陆逊见赵云抢运了些粮草，自知一时难以取胜，乃围营休战。其间无战事，赵云也落得个清闲，前往秭归屈原祠。此处前有浩浩长江，后有秀山环绕，真乃一清静所在。赵云见状赞叹道："屈子先生仁义忠良，堪称后世楷模，只可惜未遇良主，难展英雄之志罢。"

屈原祠里一番吊唁，赵云回营途中又遇程畿，旧友相见甚是欢喜。赵云喜道："江阳一别，再未见程畿将军，此地再逢自是缘分。"程畿拱手哈哈大笑道："前番若非赵云将军大义，吾这坟头早爬满了荒草。"一番畅谈赵云方知，其所送药酒已降伏江阳瘴疫之病，瘴疫自此再未爆发。

两人正言间，刘备遣人请两人商议攻夷陵之事。两人来到营中，刘备道：

"子龙所运粮草虽解一时之危，然终非长远。须破陆逊之围困，由猇亭往东吴去。"于是，众人商议刘备与吴班率军由陆路，直击吴军陆上大营，赵云与程畿则破吴军水面封锁，堵住吴军退路。

话说第二日，刘备与吴班率军攻入吴军大营。陆逊见刘备来攻营，急命用火攻击退刘备，吴班则率军由后营杀入。两军杀至半晌，刘备领军攻入吴军大营，陆逊急令吴军围营攻击刘备，又令人断其后路，刘备见状大惊，急令撤出营去。

两军斗至数个时辰，尚不分胜负。这时有人献计陆逊，可以水军攻击刘备大营，刘备自会不攻而乱。陆逊闻言大喜，亲自领了水军就往刘备后营去。

未料，陆逊水军尚未离营，就被赵云水军截住。原来，赵云早已派人潜入江中，将锁江铁链及江中八卦桩破坏，扫通了往吴军营寨水路，径直朝吴军而来。陆逊见状气得大叫，领了水军围住程畿所领头船，又令火箭齐射，霎时程畿战船被大火所掩。

赵云急喊程畿撤出，却见程畿已是浑身大火，指了陆逊哈哈大笑道："陆逊小儿，大火又奈吾何，徒增些热罢了。"尚未言罢，即跌入江中，全船也俱焚毁。陆逊见之心惊肉跳。这时，赵云又挥战船由四面围上来，一阵万箭齐发，吴军不断有人跌落江中，战船队形大乱。陆逊掉头就跑，其他战船也掉头逃去。赵云趁势领军杀入吴军后营寨，刘备见状大喜，令全军再次攻击，一路连破吴军数个营，吴军大乱，陆逊只得下令全军往猇亭退去。

刘备见陆逊全线退军，心中大喜，令全军穷追不舍。于是，众人率军沿陆路及水路，一直追至夷道与猇亭一线，却在此遭到吴军遏制。陆逊令吴军停止后退，并沿山势构筑大量防事，在此转入防御。刘备见难以取胜，乃令停止攻击，两军由此进入了对峙状态。

这正是——

张飞又遭部属害，刘备挥鞭愤往东。

秭归初胜程畿死，败迹已显对峙中。

第四十一章　火烧连营七百里　单骑护驾至白帝

东吴得知陆逊秭归大败，一时朝野震惊，孙权急遣诸葛瑾前来。这日，诸葛瑾随陆逊查看刘备营地，只见刘备军营设于平原间，绵延了近百里。营内军旗严整，军士操练之声震天。

见此，诸葛瑾心忧道："大都督，此番刘备来势凶猛，秭归既败，如夷陵再失，则东吴危矣。"陆逊指了刘备营地道："子瑜先生勿虑，秭归虽败尚是小败，吾未伤筋骨。此处地势复杂，前有阔地后有峡谷，适于排兵布阵。吾就在此与刘备耗时，只待天气转热罢。"

诸葛瑾大惊，不知陆逊所言何意。于是，陆逊与诸葛瑾耳语几句，诸葛瑾听罢，面有喜色道："此计甚好。"

且说刘备秭归初胜，心中甚喜，又思关羽与张飞二人，不免更是悲痛，于是在营中设二人灵堂，每日祭奠。这日，刘备又领赵云、吴班、冯习与张南等人前来祭奠。刘备悲道："二弟三弟暂且放心，夷陵就在眼前，取了夷陵即可直捣东吴，取了孙权小儿的首级，献于二位弟弟。"

赵云闻言心中暗惊，夷陵虽小，却地势多变，不似平原可大量布兵，如陆逊以拖待时，则形势将不可预测。

这日，赵云往高处去，探查了陆逊营地一番，只见其营地皆依山而建，两端营地虽相距较远，却可形成呼应之势，此类营地适于长期据守，陆逊此举定有所谋。

暗思一番后，赵云心中甚忧，于是将忧虑告与刘备，刘备闻言摇头道："子龙多虑了，夷陵狭小，纵有所谋亦无大碍，待寻了时机取了陆逊，即可直达东吴。"赵云道："陆逊于此地扎营坚守，定有所图，切不可被其所累。吾军可先行退去，诱陆逊尾随来追，再择机而围之。"

刘备闻言面有愠色道："子龙谨慎自是好事，然轻易言退，易成溃败之势。"赵云欲言，刘备又摆手道："朕知子龙与孔明先生，皆对伐吴有所虑，然朕决心已定。前番子龙运粮草及时，才有秭归之胜。今军中粮草甚为紧张，尚需子龙再往江州运些才是。"赵云知其用意，又不好再辩，乃拱手领命闷闷而去。

且说赵云无奈回了江州，又整日与乡绅商议筹集粮草。此时天气渐热，长江夏时犹如蒸笼，不动尚有身汗。这日，赵云到渡口处查看，见搬运粮草百姓，皆躲于大树之下，任军士怒骂呵斥，也无所动。赵云虽然心焦，亦无办法，只能任由他们去了。

赵云回到官邸，见诸葛亮已在等候，心中大喜。赵云言明秭归之战经过，又道因陆逊拒战，刘备被其拖于夷陵。诸葛亮忧道："吾正为此事而来。"

诸葛亮领了赵云由官邸往东去，行约一里地即是长江。只见江上白雾腾腾，岸上丝柳不动，蝉鸣不止，令人烦躁。诸葛亮指了江面道："陆逊拒战必有所图，长江即将入酷暑季，如吾军各营贪图清凉，集聚于林间，陆逊趁机施以火攻，又如何了得。"

赵云闻言大惊道："这可如何是好。可尽快告知皇上才是。"诸葛亮摇头叹道："此事尚为假设罢了。且诸葛瑾尚在孙权军中，此次皇上不令吾随军伐吴，自是有道理，皆为天数罢了。"

赵云闻言摇头低叹。诸葛亮又道："子龙勿忧，可设伏一支人马于白帝城途中。"赵云惊问缘由，诸葛亮长叹道："到时候，子龙自然知道。"

且说刘备夷陵与吴军对峙半月，虽每日令人前来骂阵，吴军似未闻一般。这日，刘备按捺不住，亲自领了吴班和冯习等将叫阵。陆逊见刘备亲自叫阵，于是领了人马出来，策马上前笑道："玄德公，此处酷暑燥热，心情可好。"

吴班大喝道："陆逊小儿，吾皇名号岂容你直呼。"

陆逊哈哈大笑道："皇上自是你们皇上，与吾何干，叫声玄德公乃是尊重，叫声刘备老贼又奈吾何。"刘备闻言大怒，挥枪就直往陆逊而来，陆逊大叫一声道："来得好。"就拍马上前，两军人马混杀一处。

刘备与陆逊战至十余回合，自感不力，陆逊见状心中暗喜，驱马绕至刘备身后，挥刀就欲砍去，吴班冲上前接住此刀。陆逊忽感虎口酸麻，自知难敌吴班，掉头就往营中而去，吴班等人欲追上前去，被一阵乱箭射了回来。

此后，刘备虽然百般骂阵，陆逊皆闭营不出，刘备虽然烦躁，亦无办法。这夜三更，刘备被燥热惊醒，浑身大汗淋漓，如遭了水泡一样。刘备走出营帐，只见帐外已有众多军士，皆热不可奈，三五一堆出营来，坐叹天气无常。

第二日，众多军士前来请求，将营地设于阴凉处，刘备准允。于是各营自设营地，或设营于深山密林，或设营于溪涧旁，全军营地布置一片混乱。

且说赵云在江州又筹些粮草，沿水路往夷陵而来，陆逊急率水军来劫。此次赵云将船身皆盖层湿棉，以防火攻。果然，陆逊又施火攻皆不奏效，陆逊见状大怒，亲自率了数十战船前来，将赵云运粮船围了起来。赵云也不惧怕，挥船相迎。

两船将抵近时，赵云忽令掉转船头，以船头猛击吴船侧身，一时间数只吴船倾覆。陆逊见状大惊，急急令战船掉头，然船大难掉头，两军混在了一起。就在此时，江面上忽又传来一阵呐喊，吴班领了一队战船而来，陆逊急令一部战船阻拦，另一部战船仍与赵云纠缠，欲夺了运粮船。

刘备岸上见了，急令乱箭攻击吴军战船，陆逊险被乱箭射中，又恐遭到两面夹击，于是急令战船撤出。此次赵云运来粮草，令全军士气大振，刘备更是欢喜道："子龙真乃及时雨也。"

这日，天气更是燥热，两军亦再次休战。赵云不奈营中燥热，出营往长江边去，大吃一惊，只见各军营地皆设于密林之间，一旦遭遇火攻，将如诸葛亮所言不堪设想。

赵云急将诸葛亮所虑告与刘备，刘备闻言冷冷道："孔明先生劝朕退兵么？前番孔明先生胞兄子瑜，亦来劝朕退兵罢。"赵云惊道："皇上勿要生疑，各营藏于林间确易遭遇火攻，如形成连片则危矣。"刘备道："子龙随朕征战数十载，所驻营地皆是艰难。此番燥热，吾军惧怕火攻，吴军岂不惧怕火攻乎。"

又一日，赵云忽接令往江州去，再去筹些粮草前来，以备长期驻守。赵云知刘备用意，长叹一声率船而去。船行江中，赵云见陆逊营地皆一字排开，虽杂而不乱，知其用意，但又无奈罢了。

回了江州，赵云整日闷闷不乐。这日，诸葛亮派人送来一锦囊，赵云急急打开一看，见上有几个大字：酷暑惹天怨，白帝解君愁。赵云顿时明白，急急率了一支人马往白帝城而去。

话说陆逊见刘备军士热不可耐，又皆扎营于密林中，心中甚喜。这日，陆逊夜观天象，料知三更时辰将有东南风起，于是暗中令各军备足火具，悄然潜至刘备各营处。三更时分，就听得一声锣响，刘备各营同时燃起大火，紧接着喊杀声一片，吴军如排山倒海般攻入各营，刘备各军尚不及反应，就被烧死和杀死大半。

刘备在大将吴班拼死保护下，拼杀一夜尚冲出重围。及至天明，刘备一行人逃至夷陵马鞍山，见身边仅寥寥数十人，大将张南与冯习等人皆战死，不禁大泣道："今朝如此惨败，朕尚有何颜面活于世。"言罢，拔剑欲自刎，被众人死死拦下。吴班泣道："胜败乃兵家常事，皇上勿过虑，可回了成都休整，日后再雪今日之耻。"

刘备泣道："丞相与子龙等将屡次相劝，朕仍执意孤行，方有今日惨败，焉岂有颜面见各将与成都百姓。"吴班又略思道："此处前方即为白帝城，此处易守难攻，可挡吴军。皇上可先往此处去，日后再作安排。"

刘备思了一番乃同意，于是一行人往白帝城去。这日，众人刚到了石门山，前方即是白帝城。未料，陆逊率了大军斜刺里杀出。原来，陆逊料刘备欲逃往白帝城，早已率军在此守候。

刘备等人慌忙往回跑，陆逊率军围了上来，刘备见状大叫道："吾命休矣。"正在此时，忽见一大队人马呐喊而来，腾起尘雾十余丈高。为首者骑白马着白甲，大喊而来道："陆逊小儿，勿伤吾皇。"

刘备见状大叫道："子龙救我。"陆逊大惊，未料赵云竟在此处设伏。陆逊欲挥刀上前，身边冲出两员大将道："大都督且歇了，此人交与吾。"两将策马冲出，赵云也不多言，几人战至一团，只几个回合，就见赵云左手银枪一挑，一将胸口被捅个透亮，另一将大惊，转身欲逃，赵云右手又一挑，这将首级飞出几丈远，周围吴军皆惊骇不已。

陆逊大怒，拍马上前来战，赵云银枪直挑，陆逊也不避让，使出浑身蛮力去挡，赵云不抵其力，掉了马头绕至其后，陆逊已知赵云战术，亦与赵云贴身而随，两人战至三十个回合，赵云找个虚空，一枪挑掉陆逊头盔，陆逊大惊，抱头就逃，赵云也不追赶，急往刘备这边去了，众人见面感慨万千。

刘备拉了赵云泣道："没有子龙前来相救，朕将丧于此处。子龙怎知在此设伏？"赵云道："此乃孔明先生所料，令吾在此伏兵接应皇上。"刘备闻言长叹不已道："此番战败，不听孔明先生和子龙相劝，自是应该罢。"

言罢，赵云与众人护送刘备，一路往白帝城去。陆逊不知赵云尚还有设伏，不敢轻易再追，乃一路尾随围至了白帝城。

这正是——

陆逊设计待天时，天干酷热火烧营。
刘备羞愧欲自刎，子龙天降送白帝。

第四十二章　孙刘联合再罢兵　长江滩头彩云去

且说曹丕见吴军攻击白帝城，感其后方空虚，于是率军去攻东吴。孙权心惊，担忧刘备与曹丕进行两面夹击，急令陆逊围而不攻，陆逊乃命休战。此战，刘备几乎全军覆没，张南、冯习与傅彤等大将均被东吴所杀。

刘备逃到白帝城后又羞又恼，一病不起，整日卧于永安宫中。赵云心忧不已，每日在旁服侍。这日，赵云前来探望，忽见刘备面若白纸，呼吸短促，气若游丝，不禁大惊，又见刘备嘴唇在微动，似有所语，急附耳听刘备言道："二弟、三弟，吾就来了。"赵云闻言，垂泪不止。

约半个时辰，刘备醒来见赵云一旁哭泣，惊道："子龙何事哭泣。"赵云于是言明经过，刘备沉默半晌又道："子龙随朕多少载。"赵云道："三十载。"

刘备点点头，示意赵云扶其至窗前，又推开窗，只见远处即为白帝山与白帝庙。此时朝霞如锦、彩云缭绕，远观如仙山琼阁，白帝庙则是红墙显影，林木葱郁，楼台亭阁皆点缀其间，真乃一幅人间仙境。

刘备远观此景，忽又泪下道："近日朕常思故去之人，似其就在身旁，执手可牵。此地甚美，可为归宿。朕若去了，犬子阿斗尚托子龙与孔明先生照应。"赵云大惊道："胜败乃兵家常事，皇上何必多虑。"刘备闻言笑笑，不再言语。

刘备又让赵云扶其到陆逊营外，只见陆逊在操练水战，各营军士随旗而动，时而弃了船冲上岛，时而驱船呐喊而出。刘备见状泣道："未料被吴军追至如此地步，朕若听孔明先生与子龙之言，何至如此。"赵云道："皇上勿忧，臣就去取了陆逊小儿前来。"言罢，赵云领了人马到陆逊阵前叫骂。

陆逊听得骂声出来迎战，见是赵云又惊又怕，强装怒气道："赵云小儿，何事来吵闹，惊扰了吾的好梦。"赵云挥枪指道："你这贼人，堵了家门尚敢在此大睡，速速退回东吴去，否则吾的银枪定不饶你。"

陆逊气得拍马大叫道："你这小儿甚是吵闹，胜了吾自会回去。"两人战至一团，赵云连抖了银枪而来，陆逊挥刀横扫破解，赵云掉转马头欲攻其后时，陆逊忽直直撞来，赵云大惊，急忙闪至一旁。两军未分出胜负，于是各自鸣锣助威，一时喧闹声震天。

赵云与陆逊又斗了三十多个回合，尚分不出胜负。这时，赵云的军士分两头奔向陆逊后营，陆逊见状心中暗惊，恐赵云袭其后营，又见打不过赵云，于是掉头往营中退去。赵云一路追来，吴军见状急忙放箭，赵云挡了一阵箭雨，掉头回去。

第二日，赵云又欲出战，刘备却不令出战。赵云不解，问其缘由，刘备叹道："吴军虽猛，已是箭末，尚不足为虑，曹魏方是大敌。暂不与吴军交战，静观其变为主。"

言罢，刘备气息难平，众人急上前抚其胸，久方缓。刘备又道："朕恐时日不多，犬子阿斗望子龙扶持罢。"赵云泣拜道："臣怎敢不效犬马之劳。"刘备又拉了赵云手悲道："子龙为救犬子，七进曹营，朕心如明镜。"赵云心中不安，暗中遣人往成都，告知诸葛亮与吴皇后去。

话说孙权虽获夷陵大胜，却险遭曹魏袭击后路，方知处前狼后虎之态，大悔，欲与刘备言和。这日，孙权与诸葛瑾言及此事，诸葛瑾知其意道："孙刘联合乃是长远国策，一损俱损，不可再战。"

孙权心中暗喜，面上又假意道："大耳贼刘备遭此大败，岂会罢休言和。"诸葛瑾道："此事分此一时彼一时罢。前番刘备挟了余勇来攻，自然不肯言和。此番遭了大败，自然不愿再战。今刘备遭此大败，听闻又染重症，恐正盼止战言和。"孙权喜道："此事有劳子瑜先生，前往调和罢。"

话说孙尚香听闻刘备败退至白帝城，又染症难起，心忧不已。这日，又闻诸葛瑾要往白帝城去，遂要一同前往，诸葛瑾闻之面有难色，孙尚香乃道："吾乃胞兄明媒嫁于刘备，今刘备染有重症，吾焉有不往之理。"诸葛瑾无奈，只得同意。

这日，赵云又往陆逊营前查看，营前布阵依然严密，却无了往日杀气，军士也少有练兵呐喊。赵云正疑惑间，陆逊营中来了一队人马，抵近一见，领头者竟是诸葛瑾与孙尚香。

赵云上前拱手与两人见过，诸葛瑾笑道："吾与将军甚是有缘，处处相见皆是欢喜。"赵云亦笑道："此番先生前来，恐不是为继缘吧。"诸葛瑾大笑道："吾此番前来确为继缘而来，不过是继吴蜀之缘罢。"赵云闻言大喜，知其来意，于是领了二人去见刘备。

刘备正卧于永安宫，忽闻诸葛瑾与孙尚香前来相见，不禁大惊，不愿相见。赵云只得前来回复，孙尚香泣道："众人皆为利而争，又有何所得，反误了吾与玄德一桩好姻缘。"泣罢，孙尚香执意要见刘备，赵云悲道："郡主不见为好，皇上病重甚久，形体渐变，恐郡主见了心酸罢。"孙尚香闻言更是大泣道："一日夫妻百日恩，不能同生，但求同死罢了，此番玄德染病，吾更当照应才是。"赵云无奈，只得带其去见刘备。

话说刘备闻孙尚香前来，心中甚喜，又恐病体消瘦，见了反生尴尬罢。正思此事时，忽见孙尚香径直而来，大惊，急用帐帘掩面道："郡主且退去罢。吾形象甚为难堪，待康复再见不迟。"孙尚香扑上前，握其手道："吾生死皆为夫君之人，与形象有甚干系。"

刘备闻言大泣不已，也握住孙尚香之手。两人执手相见，无语凝噎。赵云与诸葛瑾一旁见之，心中亦感悲凉，于是退至外面去。

赵云叹道："郡主乃情义之人，吾以前错怪她了。"诸葛瑾叹道："郡主在东吴夜夜哭泣，真乃痴情女子也。"

赵云与诸葛瑾在帐帘外守候一夜，两人不忍扰了刘备与孙尚香。第二日一早，赵云见帐内没有了动静，进到里间查看，见刘备卧于榻中昏睡，孙尚香侧伏于卧榻旁，亦昏昏睡去。

且说诸葛亮与吴皇后知刘备病重，急急往白帝城赶来。这日，吴皇后见了孙尚香，又听闻赵云言明经过，心中甚为感动道："姐姐与皇上之事吾有所闻，此皆为天意。今皇上病重，姐姐千里来服侍，自是一番真情。"孙尚香见吴皇后言语温柔，甚有好感，于是两人一起服侍刘备。刘备虽不能多言，心中尚是明白，只能洒泪以谢二人。

刘备嘱诸葛亮与赵云商谈言和之事，二人拱手领令。这日，几人言及此事，诸葛瑾叹道："此番孙刘两军相争，实属不该，令曹魏寻了空子，险些误了两国大事。"诸葛亮闻言不语，赵云则道："孙刘再次结盟，曹魏必将来攻，北伐之事恐难避免。"

诸葛亮忽悲道："皇上病情日渐加重，又言及传位小主之事，心忧难耐。孙刘结盟之事万不能延缓，如此皇上方无后顾之忧。"众人闻言感叹不已。

孙刘结盟方定，陆逊即拔营欲归。行前，陆逊与赵云行拱手礼，两军军士亦握手言欢，或相拥而乐。前几日两军尚在拼死相杀，今又握手言欢，众人皆感新奇与欢喜。

陆逊见状大叹道："两军相杀皆是无趣之事，此番言和善莫大焉。"赵云亦叹道："征战数十载，多见血流惨景，心自不安，今见此景甚感温暖，愿两军再无杀戮。"

陆逊点头，又道："吾尚有一事不明，赵云将军如何知设伏于白帝城，难道知吾军要前往。"赵云笑道："此乃孔明先生早有所料，故令伏兵于此。"陆逊听罢赞道："有孔明先生神算，谁又敢来攻。"

孙刘结盟商定，陆逊即撤军而去，孙尚香不舍离去，众人一番相劝，乃与刘备洒泪而别。孙权听闻两军结盟，大喜，乃命各军往曹魏边界驻扎去了。

这日，刘备病情似有好转，心情一时大好，脸色又红润，乃令赵云抬了去看江景。赵云见状甚喜，抬了刘备至江边。刘备见了浩浩长江，大呼道："如此好景，吾且来了。"又令人扶了江边沙地行走，走了十余步忽一头栽倒于地，众人急扶起时，已是面如白纸。诸葛亮闻言赶至江边，只见一片云团悠悠而去，不禁顿足道："欲留不住了。"

几日后，刘备病情日重，自知时日不多，乃唤诸葛亮与赵云于卧榻前道："朕将去见二弟、三弟，犬子托于二位，如能扶持则扶持，不能扶持则废了另立。"诸葛亮与赵云闻言肝胆俱裂，伏地泣呼鞠躬尽瘁。

公元 223 年，刘备病逝白帝城永安宫，刘禅继位。赵云则被封为镇东将军、永昌亭侯。且说孙尚香回了东吴后，整日茶饭不思，不久即一病不起。

孙权闻之急来探望，见孙尚香病恹恹之态，愧道："此事皆是吾之过错，误了胞妹的前程。"孙尚香悲道："此皆为命，吾幸识得玄德，当不负此生了。"

这日，孙尚香听闻刘备病逝，摔了屋中物什，又赶至长江边，遥望白帝城方向而泣祭，归后不久即抑郁而死。孙权闻讯大哭一番，后将孙尚香葬于吴国太墓旁。

且说刘备病逝白帝城永安宫，刘禅继位。一时九州皆惊，蜀国西南益州郡雍闿、牂柯郡太守朱褒、越嶲郡太守王高定先后叛乱，诸葛亮急令赵云前往西南平叛。

这正是——

刘备病逝白帝城，尚香遥祭郁而终。
一段旷世离奇情，皆随江水尽往东。

第四十三章　西南平叛斩雍闿　首降土著野猴兵

西南益州郡率先叛乱，东吴与曹魏皆惊，欲趁机夺得此地。诸葛亮令赵云领了人马急急赶去。赵云来到益州郡，只见此处山高林密，虫蛇横行，各族百姓于此地混居。

这日，赵云率军走入原始森林间，走了一阵后，林中再无路可走，众军士只能砍了荆棘寻路前行，这时忽听一声长啸，由密林中飞出百余支竹矛，将前面军士射杀。

赵云与众人大惊，四处寻找却不见人影。此时，又听得一声长啸，一群土著人跳出来，持了长矛嘶叫冲来。赵云急令乱箭射出，前面土著纷纷倒地，后面土著见状皆又躲入林中。

赵云又令人四处寻土著，却似忽然蒸发一样，不见了踪影。赵云令人将死去土著就地掩埋，受伤土著一番治疗后，任其离去。

又走了两日，赵云等人方走出原始森林，抵近益州郡城墙下。只见城下竟然吊了百余具尸体，皆身着蜀国官员服饰。益州郡太守雍闿听闻赵云前来，急到城头观望，又高声叫道："来者可是赵云将军，可见识了吾竹矛的厉害。"

赵云挥鞭怒道："楼上可是叛将雍闿，为何要斩杀蜀国官员。"雍闿哈哈大笑道："刘备造反当了皇帝，吾为何不能。今刘备既死，吾自然为此地皇帝，这些官员不服，自然该杀了。"

赵云大怒，挥军攻城。雍闿见状，率了军冲出城来迎战。雍闿挥斧劈来，赵云挥枪去挡，竟觉手臂发麻，银枪也险些被震掉。赵云暗惊，不敢大意，避其正面来攻，又绕至雍闿身后连番刺杀。雍闿避之不及，于是围着场地转圈，赵云沿着圈一路追杀，两人战至十多回合，直打得尘土飞扬，雍闿渐感不敌，大叫道："赵云果然不虚传，吾且回去歇歇再战。"

　　言罢，掉头就往城中逃去。赵云岂能令其逃脱了，率军加鞭追来，雍闿见状大喊道："吾的猴儿军何在。"语音刚落，就听得一声呼哨，从两侧林间忽然蹿出百余野猴，往赵云人马冲来，就是一顿猛挠，惊得赵云军士人仰马翻。雍闿见状，哈哈大笑回到城中。

　　接着，又听得一声呼哨，众野猴又蹿回林间，不见了踪影。赵云下马急看，只见众多军士与战马被挠得皮开肉绽，一些军马由于惊惧，跑入林间不见了踪影。赵云未见此类征战，只得下令撤军，在周边扎下营来。

　　及至半夜，被野猴挠伤的军士皆痛苦不已，哀号声不断。赵云一番查看方知，野猴爪间皆被人涂有毒药，此毒药见血则溃烂。赵云大惊，正不知所措，忽闻营外有一白须老者求见。

　　赵云见面方知，老者为益州郡太守张裔。此前，雍闿设计杀了益州郡太守正昂，张裔继任后，雍闿杀了众多官员，又欲要杀他，张裔趁机逃了出来。张裔知蜀国必派官军平叛，于是藏于当地百姓家，今见赵云率军前来，于是赶来相见。

　　言罢，张裔悲泣难忍，赵云亦是感叹不已。张裔见了军士伤口，大惊道："此为本地野果所产毒汁，其性甚烈，须以此地名为草河车的植物，捣烂敷之方解其毒。"

　　赵云大喜，于是令人去采摘了些草河车植物，捣烂敷于受伤军士及马匹伤口，果见奇效，当即止住了疼痛。赵云见状道："野猴身上怎有此种毒药。"张裔闻言，直摇头叹气道："雍闿贼人甚为毒辣，知官军必来攻，强令苗夷部落伏于林间阻拦，如有不从者则任意砍杀，或烧毁整个部落。"

　　赵云怒道："原来如此。"张裔指了树林道："野猴本为苗夷部落捉来采摘果实，却被雍闿训练攻击官军。"就在这时，有探马来报，益州郡内有人马异动，恐雍闿欲来偷营。

　　赵云心中暗喜，急令些体壮军士藏了武器，扮为伤兵营内继续哀号，另设一部人马侧伏于林间。果然，雍闿率了些人马悄悄摸来，冲入营中，见在哀号军士忽然皆操起了兵器，大呼上当了，领了人马就往外冲，被赵云堵住了归路。

赵云怒道："你这贼人，屠吾蜀国官兵，残害各族百姓，今日岂能饶了你。"雍闿拍了马上前道："蜀国亦是刘备夺了刘璋的益州，又论何英雄，此番战能赢便战，战不赢便走。"

赵云也不再多言，抖了抖银枪冲上前，使出百鸟朝凤枪。一时间，就见银枪似有万千，左右相突乱了雍闿的眼。雍闿周围军士欲上前保护，皆被赵云挑翻在地，残臂断腿滚落满地。雍闿直看得心惊胆战，不敢再战，拼命杀出重围，往城中奔去。

赵云呐喊追来，尚未到城下，又听得一声呼哨，树林间立时蹿出百余只野猴，龇牙咧嘴朝赵云人马冲来，一时队伍大乱，众人争相躲避。雍闿趁势逃回了城中。连番遭到野猴攻击，赵云一时不敢再攻城。

这日，张裔领了赵云等人查看益州郡地形，只见环城皆为丛林，城内大半亦为林木所掩。赵云心中暗喜，如用火攻，当如天助。此时，周边出现些野猴踪影，细看正是前番攻击的野猴。

赵云等人悄悄跟了野猴，来到一处密林中。此处周围一圈为低矮茅舍，数百男女苗夷土著少有衣物裹身，所食皆为林中野果。这些苗夷土著见赵云等人忽然前来，皆大惊，纷纷去抢拿竹矛。

张裔急用土著语言喝止，男女土著见是张裔，皆面露喜色，于是纷纷放下竹矛。这时，一高大土著前来与张裔相见，两人甚为高兴，张裔与其交流一番后告知赵云，此人为苗夷土著首领白起，雍闿残杀暴虐，土著皆不愿再助雍闿，愿意助赵云夺取益州郡。

赵云大喜，当即令各营送些粮食与衣物，土著见状皆感激伏泣。赵云又与白起约定，待苗夷土著协助夺得益州郡，可尽得城中粮食，且划定自由活动区域，蜀国官军永不侵犯。

话说雍闿与赵云几番交战后，自感不敌，于是遣人去与牂柯郡太守朱褒和越嶲郡王高定联络，欲从三面围攻赵云。随即，雍闿令各军不许出战，等援军到来。

这日，雍闿正在府邸查看城池图，忽闻城外一片喊杀声，急忙到城头看，只见赵云领了人马立于城前。赵云见了雍闿，高声喝道："你这贼人，已死到临头了，还不前来受降。"雍闿怒道："大胆赵云，此处为吾地盘，岂容你在此猖狂。"

言罢，雍闿令人放猴攻击。只听得一声呼哨，林中蹿出百余野猴，在苗夷土著白起指挥下，跃上城头径直往雍闿冲来。一时间，雍闿的军士被挠得头破血流，落荒而逃。雍闿气得大骂道："这些奴才，竟敢背叛本太守，待驱走了赵云，定杀你们个片甲不留。"

正言间，忽然刮起东南风，赵云见状挥动令旗，益州郡周边皆燃起大火，风借火势烧进城内。接着又听一声锣响，数百苗夷土著将长绳抛于城头，又顺了长绳攻进城里去。

城内雍闿军士见苗夷土著杀入，纷纷上前一番拼杀，然怎是土著的对手，一时被杀死大半，其他见状只得伏地而降。

接着赵云的军士也冲入城内，雍闿一阵胆寒，欲往后城门逃出城去，却发现此处也被堵了个严实。只得掉转马，朝赵云杀奔而来。

赵云冷笑一声道："来得好。"拍马上前，雍闿挥刀劈面砍来，赵云闪身躲过，回手一枪刺去，雍闿用刀一挡却被震得两耳轰鸣。赵云已冲到眼前，雍闿大惊不及躲闪，被赵云一枪刺于马下，一命呜呼。其他人见雍闿已死，皆跪地而降。

此战罢，赵云仍令张裔为益州郡太守，又将城中粮食分与苗夷土著部落，又张贴布告禁止扰民，众人皆各自欢喜。这日，赵云用雍闿首级祭奠被杀的百余蜀国官员，又重新进行厚葬，张裔感叹洒泪一番。

此时，有军士急急来报，城外有人叫阵。赵云和张裔大吃一惊，急到城头查看。只见城下有两队不同服饰人马，一队人马领头者为高个黑脸汉子，另一队人马领头者为红脸胖子，两队人马将益州郡围了个铁桶一般。

张裔与赵云道："此二人为牂柯郡太守朱褒，越巂郡太守高定，与雍闿一道叛乱，尽杀蜀国官员。此番前来，定是欲与雍闿一道前后夹击将军。"

朱褒与高定见了城头上的张裔，大惊道："城上的可是张裔老儿，早闻雍闇已斩了你首级，如何又跑出来。"张裔大笑道："此乃天意，吾的首级尚在，雍闇贼人的首级却被吾借来了。"言罢，张裔将雍闇首级扔于城下。

朱褒与高定大惊，上前细看，果然是雍闇首级，不禁大怒道："张裔老儿，你杀了雍闇大人，焉能饶你，待破城后定将你碎尸万段。"

赵云高声道："城下可是牂柯郡太守朱褒，越巂郡太守高定。吾乃蜀国镇东将军赵云，此番前来征伐背叛贼人。雍闇被叛蜀国已被斩杀，你二人速速回头，不可执意妄行。"

朱褒挥戟指向赵云道："赵云，吾知你凶猛，却是外来之徒，能奈吾何。此处素为益州所辖，原归刘璋主公，又为刘备窃夺。今刘备已死，此地焉能再归蜀国。"高定一旁嚷道："风水轮流转，吾也要当回皇上。"

赵云不再言，持了银枪就欲出城去，就见张裔与土著首领，匆匆而来道："将军勿要出战，且让朱褒与高定尝尝野猴毒爪。"赵云摇头道："雍闇驱野兽前来助战，令人所不齿，且洗净野猴毒爪，放归山林罢。"张裔叹道："赵云将军真乃忠良之君子也。"

赵云拎枪出了城，正欲拍马来战，忽然一阵狂风刮起，霎时天地昏暗，飞沙滚石，风摧树折，人马皆难站立，数米内难见人影。朱褒大惊道："此事定不祥，恐惹了天怒，且速速退去，日后再做打算。" 于是，两人率军匆匆掉头而去。赵云也未追赶，率了人马回城中去。

这正是——

西南平叛遭猴袭，血溅溃烂正无计。
昔日太守施奇药，终斩叛首祭冤屈。

第四十四章　离间使计叛军乱　高定杀眷投火中

　　且说诸葛亮拥立刘禅继位后，又与东吴修好，以抵曹魏的侵袭。待蜀国周边形势稍稳，诸葛亮即率了大将马忠与李恢往西南来平叛。

　　诸葛亮等人在益州郡与赵云和张裔相见，自是一番亲热。赵云又道明经过，诸葛亮听罢略思后道："朱褒与高定皆欲在此做小皇帝，不可令其联合，以化解为主，再各自击破。"

　　这日，朱褒与高定又率军来战，诸葛亮闻言喜道："二人来的时机甚好。"乃令赵云与朱褒与高定在城前纠缠，李恢则率人马往牂柯郡与越嶲郡去惊扰，马忠则率人马伏于朱褒与高定回去路上。

　　交代完毕，诸葛亮笑道："此战，各位将军不可取了二人的性命，任其回郡里去罢。"众人皆惊，不解缘由，诸葛亮笑道："到时候自会知晓。"众人于是领命各去。

　　赵云领军出城来，朱褒与高定拍马就杀来，赵云也不多言，与二人杀起来，两人前后轮番攻击，赵云左挡右扫。三人战至四十多回合，分不出胜负，赵云忽掉头往城中退去，朱褒见状高声笑道："世人皆言赵云凶猛，吾观徒有虚名罢。"

　　朱褒与高定大笑一阵，赵云忽又策马出来，与两人战了一阵后，又掉头往城中去。如此几次，朱褒与高定皆怒了，高定大声喝道："赵云小儿，进进出出是何道理。"赵云笑道："天气燥热，口渴得很，两位太守可否进城里，吃了几杯茶再战罢。"

　　朱褒大怒，挥戟欲上前再战道："取了城，再去吃茶也不迟。"赵云也不再多言，抡了枪就与两人对阵，只见赵云枪突四处，只见银光闪闪，却不见枪头，两人尚未看清楚，就险些被点中要害。两人大吃一惊，此时的赵云与前番之赵云竟恍如二人。

就在此时，军中后营忽然一阵骚乱，有军士急急来报，蜀军已围了牂柯郡与越巂郡。二人大惊，方知中了赵云调虎离山之计，慌忙就往回赶。

赵云率军掩杀而来，朱褒与高定刚跑出益州郡地界，又见一队人马呐喊而来，卷起漫天尘雾。正是马忠率军而来，众人立时杀成一团。只见赵云挺枪杀入，枪挑所处残肢横飞，无人敢上前，看得朱褒与高定心惊胆战。

朱褒与高定合兵一处欲往外冲，又见杀来两支人马，正是牂柯郡和越巂郡的援兵赶来，朱褒与高定大喜，在援兵保护下杀出重围。赵云见状令各军停止追击，返回益州郡而去。

且说朱褒与高定经过此战，方知蜀军厉害，坚闭城门拒战，又建立起军事结盟，一方有事则另一方必来相助。赵云见朱褒与高定不再出战，也暂时休兵寻找战机。

这日，赵云正与诸葛亮商量对策，张裔领了白起及一些土著前来。张裔献计道："朱褒军中多半为苗夷土著，可由白起领些苗夷，混入牂柯郡中以为内应。且散布高定欲与蜀军联合，杀了朱褒当皇帝的言论，必能令朱褒高定反目，再各个击破之。"

诸葛亮闻言大叹道："知吾者太守也，此计甚好。"赵云闻之甚喜，乃与张裔商议混入牂柯郡之事。这日，白起领了数十苗夷土著混入牂柯郡内，苗夷土著间互相认识，遂皆结成好友。

白起带人在土著间传言，高定欲与蜀军联合杀朱褒当皇帝，传言在牂柯郡内悄悄传开。不久，消息传入朱褒耳中，其又惊又怒又怕，于是派军士往越巂郡中去探听虚实。

赵云早在往越巂郡途中设下计谋，派十数人推几辆装有珠宝锦缎车辆，内置给高定的书信。推车之人见朱褒军士前来，假意害怕扔车辆而逃。

军士见是蜀军给高定书信，不敢大意，急忙送给朱褒。朱褒见信中内容与传闻一致，不禁大怒道："好一个阴险小人，欲当皇帝合谋算计与吾，此恶气不出，气自难平。"

朱褒即令集结了人马往越巂郡而去。话说高定见朱褒领了大军来攻，急忙到城头查看，朱褒见了高定一番痛骂，令高定摸不着头脑，也怒道："朱褒老儿，何来胡言乱语，要战便战。"于是，抡刀杀向城外，两人见面也不多言，杀在一起，一时间两军喊杀声震天，卷起了漫天尘雾。

话说朱褒领军来战高定，赵云、张裔和马忠已率了人马至牂柯郡城下，白起领了苗夷土著杀了守城，接了赵云等人冲入城中，城中守将见此景，皆纷纷降了。

正与高定厮杀的朱褒闻此急报，大惊失色，急急撤军就往牂柯郡去。高定见朱褒忽然撤军，恐其中有诈，未敢追赶。朱褒赶至城下，见城头已换成了蜀国大旗，不禁捶胸顿足，痛哭流涕，令人攻城。

此时，忽听得一声锣响，只见马忠率了一队人马由斜刺里杀出，朱褒掉转头就来战。两军战至一起，喊杀声惊得林中野兽四处逃散。这时城门打开，赵云也率了一支人马杀来，朱褒心中暗自叫苦，硬着头皮又冲赵云而来。

两人战至十个回合，朱褒难敌赵云的银枪，趁着虚晃掉头就跑，赵云一路紧追。朱褒逃至越巂郡城下，哀求高定放了进去。高定见状，大声喝道："你这老儿，前番率军来此拼杀，现又前来求降，究竟是何道理。"朱褒急道："大人千万勿怪，吾中了赵云离间诡计，大人暂且开了城门，容吾进城去详谈。"

正言间，高定忽见赵云率军而来，怒骂道："你这贼人，欲骗吾开了城门，却令蜀军来攻。"言罢，令人乱箭射退朱褒。朱褒见前有箭雨，后有追兵，绝望地大叫一声欲逃。

赵云已冲至眼前，晃枪刺来，朱褒侧身躲开，赵云又绕至身后伸手抓了，扔于地上道："绑了。"众军人上前将朱褒绑了个结实。高定在城上远远观望，见赵云生擒了朱褒，方知朱褒所言为真，然为时皆晚了。

赵云将朱褒绑至城中，见了诸葛亮等人。朱褒跪地求饶，赵云怒道："牂柯郡中蜀国官员皆为你杀，如何能饶你性命。"朱褒听罢，知求生无望，乃流泪道："吾罪该死，亦无悔了，望怜恤吾家老小，饶其一条生路罢。"

诸葛亮点头道："这是自然，你所犯之罪与家眷无干，且放心去。"朱褒流泪再拜，几个军士上前将其拖至城外斩首。张裔欲拿朱褒首级劝降高定，赵云摇头道："此事不可，此人言行反复，且其三人结盟，已被吾杀二人，太守此去恐有不测。"

张裔惨笑道："三郡中蜀国官员多数被杀，吾亦死去数次。今尚能苟活，实乃王者之师相救。如吾命尚能换得西南休战，各族百姓休养生息，亦是值了。"

众人闻言皆感叹不已。且说张裔拿了朱褒首级见高定，高定大惊，对着朱褒首级大哭一番。高定令人厚葬了朱褒，又令人将张裔绑了，怒道："皆是你这贼人耍计，引了赵云来害了朱褒大人，吾岂能饶了你？"

张裔大笑道："吾即敢来见大人，自然不惧生死了。吾此番前来，是为大人寻条生路罢。"高定心中一惊道："何出此言？"张裔道："昔日大人与雍闿、朱褒结盟，今雍闿与朱褒已死，大人是独木难支。且蜀军已三面围了越巂郡，赵云将军又乃天下猛将，大人焉能胜出？"

高定闻言一惊，到城头上观望，果然见远处林中皆有蜀军旗。高定令人给张裔松了绑，又上前施礼道："刚才言语粗鲁，太守勿要见怪。昔日刘备尚在，吾与太守甚是亲密，未料刘备一死，竟然惹出如此大祸，此皆是雍闿所致也。"

张裔道："大人此时醒悟尚不晚，大人降了赵云将军，吾可保大人及家眷安全。"高定思忖一番道："吾随雍闿杀了众多蜀国官员，赵云岂能饶吾。吾决意投了东吴，只能将太守献于孙权了。"张裔又欲言，高定摇头道："太守勿再言，此皆天命。"

诸葛亮听闻高定将张裔绑了送东吴去，不禁叹道："高定如此顽固不化，自是死路一条。"乃命赵云去取了越巂郡。

话说高定将张裔绑了送往东吴，欲求援军来救。孰料东吴无意与蜀国为敌，也未应高定援军之求。此时，高定方悔投了东吴，反惹下了祸根，只好令人加固城防，坐等蜀军来攻罢了。

这日，高定在城中见赵云率部来攻，急令人乱箭射去。赵云见高定不愿出战，于是令人火箭射往城内，一时间城内火光四起。高定心惧，也令往赵云军中射火箭，两军各有胜负。赵云见一时难以取胜，乃命在四围扎营。高定见状整日惶惶不安，有幕僚道："大人何不去寻苗夷大首领孟获相助，也许可解危局。"

高定闻言，先喜又忧道："吾曾数番逼捐税苗夷部族，此番又去求助，孟获焉能答应。"幕僚道："雍闿与朱褒两位大人已为赵云所杀，唯有孟获可助大人，且先许些好处，孟获自然答应。"

高定想无他法，于是驱马赶往孟获部落。孟获见高定忽然前来，先是一惊，又冷冷道："大人可为催捐税之事而来。"

高定摆手道："大王勿要误会，今来告知大王，以后不再有捐税之事，每年尚会给大王进些贡品。"孟获闻言一惊，一旁夫人祝融冷冷道："大人勿要耍花招，黄鼠狼给鸡拜年，焉有好心？"

孟获未发一言，半晌忽道："大人何事尽管道来。"于是，高定将联合抗蜀军之事叙了一番，又道："如赶走蜀军，吾将与大王各分西南天下，绝不犯界。"

孟获略思一番，乃同意，双方约定以信鸽传信，联络攻退之事。这时白起获知孟获将助高定，急赶来与赵云道："孟获乃苗夷各部族首领，威望极高，如其助战高定，将军恐难有胜算。"

赵云暗惊，又问破解之法，白起愿前往孟获部落进行说服。赵云大喜，乃命前往。白起来到孟获部落，劝其道："大王与高定相邻多年，何曾见其言而有信，此番乃借吾族之手，攻打蜀军，待两败俱伤，其定然对吾部族下手。"孟获大惊道："差点中了高定小人的诡计。"

祝融冷冷道："大王勿要信高定之言，此小人屡害吾族，大王勿要忘了。"孟获点头道："夫人所言甚是，由了他们自相残杀罢。"

这日，赵云领了军来攻高定，高定见赵云人马众多，乃命人不得出战。赵云又发起几次攻击，皆被乱箭射回。高定见状命人放了信鸽，请孟获从后侧攻击。谁知信鸽发出后，却再没有回来，又放信鸽仍不见回来，方知情况有变，大骂孟获一番，又无可奈何。

几番强攻不下，赵云只得率军退回益州郡。赵云正在营中烦闷，忽见诸葛亮与白起前来。原来，两人商议由白起领了部落人扮作孟获所部，骗开城门，赵云趁势率军攻入。赵云大喜，连称好计。

这日，白起领了部落人来叫门，高定见城下果然是苗夷部族，心中大喜，正欲开了城门，忽又生疑道："前番多次放信鸽，孟获为何不要相助，此番又令你们前来。"

白起道："大人勿要误会，前番大王见赵云人马众多，仓促攻击恐遭伏击。今大王已在周边设下伏兵，一旦赵云来攻，则可四面合而击之。"高定见言之有理，乃命人开了城门，白起率部落人冲入城内，杀了守城官员，伏于丛林中的赵云也率军冲入城内。

高定大惊失色，知道中了赵云的计，急领了人马困守内城中。一会儿，内城被围了个结实。赵云内城前叫道："高定，速速降了，以免伤及城中百姓。"

高定仰天大笑一番道："赵云将军果然厉害，败势已定，皆是天意所为，可恨孟获贼人，背后使计罢。"言罢，高定持刀杀了家眷，又令人四处燃起大火，哈哈大笑着投入火中去了。

话说平定西南叛乱后，孙权不愿与蜀国交恶，放张裔回到了蜀国，其后又任益州治中从事、辅汉将军，至公元 230 年去世，此为后话。

这正是——

　　调虎离山引叛军，连环使计间隙生。
　　网开一面龙虎斗，收拾残局方惊心。

第四十五章　屡擒孟获赠离酒　祝融战前保夫君

话说诸葛亮平定了益州郡雍闿、牂柯郡太守朱褒和越嶲郡太守高定叛乱。西南大势虽然初定，然苗夷部族大首领孟获，却不服蜀国管理。马忠等将皆请战欲往征杀，赵云拦道："孟获乃西南苗夷部族大首领，颇得人心，对此人不可与雍闿一样斩杀，攻心为上策。"

诸葛亮闻言赞道："子龙所言甚是，斩杀孟获容易，换取西南各部族民心则难了，对孟获只可擒不可杀。"众将拱手领命。

这日，赵云率了人马欲往越嶲郡去，白起闻讯急急赶来道："孟获得知将军要往越嶲郡去，已率军在途中等候。"赵云笑道："吾正四处寻他，来得正好，少误了些工夫。"

白起见状，思虑一番道："既然将军执意前往，吾也带部落人随往，以报将军救部族之恩。"赵云摇头道："万万不可，吾与孟获非为征杀，且同族厮杀恐引误会。"白起闻言感激而去。

赵云将此事告之诸葛亮，诸葛亮喜道："此乃天意，可大开越嶲郡城门，就等孟获进入了。"赵云不解，诸葛亮耳语几句，赵云拊掌喜道："此计甚好。"

于是，赵云领了人马往越嶲郡去，距郡城约一里处，就见道旁有一队人马坐地闲聊，领头者正是孟获。孟获见了赵云，拍马上前道："来者可是赵云将军，如何现在才到？吾在此候了多时。"

赵云笑着拱手道："是孟获大王么，有劳久候，可否到城中吃杯茶去。"孟获嚷道："吃甚么茶。高定曾与吾商定，各分西南天下。今高定已死，商定之事不可废。"

赵云哈哈大笑道："只要孟获大王归顺蜀国，此处皆由大王管理。"孟获嚷道："吾当大王，又岂能归顺了蜀国。"赵云敛起笑容道："既是如此，吾只有用刀枪与大王论理。”

言罢，两人战至一起，孟获抡刀一阵猛砍，赵云也不接招，屡屡躲过，孟获见赵云不接招，气得嗷嗷大叫道：“为何躲闪，令吾一人使力，你且出招方显公平。”赵云心中暗笑，面上却正色道：“吾先让大王三百回合罢。”孟获闻言脸色涨红，不再言语，只顾拎刀砍罢了，两人斗了十余回合，赵云掉头就往越嶲郡城奔去，孟获岂肯罢休，拍马就追。

此时越嶲郡城门大开，赵云冲进城内，孟获也冲了进来，行至数百米，就听得一声响，孟获连人带马跌入天坑中。随即，赵云令人关闭了城门，将苗夷部族阻在城外。

赵云于是将孟获绑了，前来见诸葛亮。进到营中，孟获见眼前人是诸葛亮，嚷道：“早闻诸葛亮先生神机妙算，原是使如此阴险之计，算不得英雄。”

诸葛亮闻言哈哈大笑，上前为孟获松绑道：“依大王所见，如何才算是英雄。”孟获见状有些吃惊道：“先生替吾松绑，可是方便吾喝断头酒，也罢，死就死去，有何可惧。”众人皆笑，诸葛亮笑道：“大王果然为豪杰，吾就请大王喝碗毒酒，也好早早上路。”言罢，挥手示意赵云。赵云心领神会，去端来一碗酒，孟获接过一口饮尽，就坐于一旁闭目等死去。

等了半晌，未见反应，睁眼又见众人围了笑，恼道：“吾乃欲死之人，有何可笑。”诸葛亮上前道：“刚才大王所喝非毒酒，实乃饯行之酒，送大王回去罢。”孟获大惊，半晌才相信真要放他。诸葛亮与赵云送孟获往城外去，孟获见军中尽是些老弱残兵，哈哈大笑道：“先生的军士如此不堪，如再战，吾定擒了先生，再请喝酒放了罢。”诸葛亮哈哈大笑，连声道：“甚好。”

且说孟获城内被擒时，夫人祝融心急如焚，领了军守于城门外。忽见孟获城内走出，喜不自禁，又细问缘由，孟获嚷嚷道：“喝了杯甚么酒，然后就出城来了，三更时再去罢。”众人听了摸不着头脑，孟获也不多言。

孟获出城后，诸葛亮唤来赵云道：“将陷孟获的天坑恢复了，半夜孟获还会去一趟。”赵云听闻甚为新奇，知诸葛亮不会乱言，乃高兴重设天坑去了。

三更时分，孟获领了一支人马悄悄摸到城前，见几个老弱军士换岗，也未关实城门，心中大喜，领了人就冲进来。孟获尚未冲出数百米，就听得身后轰得一声响，连人带马又陷入天坑里。

这时，孟获听得天坑上一阵笑，抬头见是赵云。赵云笑道："大王不是离去了么，如何又回到这里。"于是赵云又绑了孟获，来见诸葛亮。

话说此次孟获冲入城中，与前番一样忽然没有了音信。祝融心惊，乃拍马在城下叫阵，赵云出城见来者竟是一女子，大惊道："来者何人。"

祝融指着赵云道："吾乃孟获大王夫人祝融，速速送还大王，此事便罢，不然吾踏平此城。"赵云闻言掉头欲走，祝融却拍马来战，赵云只得与其打斗。祝融刀法颇乱，赵云也不接招，任由胡乱砍杀，一会祝融即气喘吁吁，赵云也无心再与之纠缠，掉头就往城中而去，祝融追上来举枪便刺，赵云猝不及防，险被刺落马下。

诸葛亮领了马忠等人出城来，见状大惊道："子龙浑身是胆，对女子却没有了胆，速速换了回来。"马忠闻言，拎枪上前对战祝融，赵云退回城中。

马忠冲上前战祝融，两人一番打斗，祝融使刀迎面杀来，马忠也不接招，侧身躲过，又虚晃一枪杀来，祝融一惊欲躲过，马忠又冲至其后，一把抓过扔在地上，众军士上前绑了。

祝融被绑至营中，见孟获也被绑于一旁。孟获见祝融也被擒，气得直跺脚道："你这妇人，如何仓促来攻。"祝融闻言泪下，却又无可奈何。诸葛亮与赵云、马忠进来，替二人松了绑，赵云又端碗酒送给孟获，孟获却不肯喝。

诸葛亮笑道："大王饮了此酒，好与夫人一同归家去。"孟获闻言，脸色羞红，一口饮尽碗中酒道："先生真乃神人也，下次定不为先生所擒了。"言罢，拱手与祝融出城去。

马忠见又放了孟获出城去，不禁怨道："将士拼死擒来孟获，丞相屡次放了，恐众将不服。"诸葛亮道："杀一个孟获尚且容易，然要平定南方苗夷部族人心，岂能容易。孟获威望极高，降服其可抵十万军，日后不必再辛苦征战。"众人闻言，皆心服口服。

孟获接连被擒，心有所惧，领了部族人马退至沪水南岸，只守不攻。诸葛亮与赵云、马忠交代一番，两人领会拱手而去。这日，孟获见蜀军用木竹在沪水上建船，不禁哈哈大笑道："诸葛亮乃聪明人，竟做如此糊涂之事，吾一阵箭即可击沉。"

蜀军建好了船只即渡河来攻，船尚未到河心，即被一阵箭雨给挡退。孟获正得意时，忽听身后一声锣响，只见马忠领了一支人马而来，大惊道："果然又是诸葛亮之计，速速退了，不然又要请去喝酒罢。"

孟获见马忠堵住了大道，于是由侧路往丛林间去，行约半里地，又听一声锣响，赵云率了一支人马冲出来。见了孟获，赵云笑道："大王近来可安好。"

孟获一阵苦笑，拎了刀就来战，两人战至二十多个回合，孟获渐感不支，掉头往林中跑去，忽听得天空一声响，一张大网从天而降，将孟获连人带马罩了个严实。部族人马欲上前来抢，赵云横枪马前，厉声喝道："敢上前者，格杀勿论。此番为丞相请大王前去饮酒做客，不久即可归来。"众人见如此，只好眼睁睁见孟获被绑了去。

此番孟获被擒，祝融知诸葛亮不会加害，于是送了些鸡鸭到城中，众人见了皆笑不已。诸葛亮见了孟获道："多日不见，大王可安好。"孟获又见祝融送来的鸡鸭，不禁苦笑道："这妇人，吾被擒反成了件喜事。"

赵云又端了碗酒来，孟获也不多言，上前拿过一饮而尽，众人皆暗笑。诸葛亮笑道："此番被擒，大王服否降否。"孟获低头不语，诸葛亮又笑道："不服可再战。"孟获闻言拱手离去。

几日后，孟获又趁夜来营中抢粮，刚到大堆粮食旁，即被绊马索绊倒擒了。孟获见了诸葛亮道："族人断了粮，吾此番为族人而来，算不得被擒。"诸葛亮替其松绑，又道："大王受族人爱戴，自是有原因的，此次不算被擒。"孟获喝过赵云端来的酒，出营时见赵云已备好了大量粮食，心中明白，感涕而去。

屡次被擒，孟获自感惊异，心中暗道："诸葛亮恐有神明相助，恐难战胜罢。"这一日，孟获招来各部族首领商议降服之事，一部族首领道："吾观诸葛亮也乃常人一个，其屡次能胜，实乃时运好罢了。"又一首领道："前番大王与高定大人约定，各据了西南。高定大人不被诸葛亮斩杀，大王焉能数番被擒。"

　　孟获听得心中烦躁，营寨内走了几圈道："各位首领如若不信，可随了本大王去征讨诸葛亮。"众人闻言皆称好。

　　这日，孟获领了各部族首领到城下叫阵。诸葛亮见孟获领了众首领前来，心中明白，于是与赵云和马忠耳语几句，两人点头，马忠转身离去。

　　赵云城上喊道："丞相感谢大王与各位首领前来，只是尚未布好军阵，望静候片刻，即可来战。"孟获道："也可，吾等且在此等候罢。"

　　众人等候一个时辰，城内尚无动静，且天干燥热。正当众人无奈时，忽见城门大开，赵云在城上喊道："大王与各位首领久候了，有道是有朋远方来，不亦乐乎。丞相略备了些薄酒，望进到城里言欢。"

　　众人闻言大惊，不知这唱的那一出戏。孟获大惊道："此定为诸葛亮耍计，速速退了。"话音刚落，就听得身后一片呐喊声，马忠率了人马杀来，接着赵云率军由城里杀出，孟获等人大乱。

　　马忠领人截断各首领与其部落人马联系，赵云则驱了孟获与众首领往林中而去。孟获与众首领林中跑了一阵，见无部落人马跟来，方知又中计了。此时，忽从天降下众多天网，将孟获与众首领罩了个严严实实。

　　赵云将众人绑来见诸葛亮，诸葛亮又为众人松绑道："绑了各首领亦是无奈，各首领可回去再来战。"孟获嚷道："此番归去为何没酒？"众人闻言皆笑不可支。赵云令人端来些酒，孟获拿过碗酒一口饮尽，又将碗摔掉泣道："吾被丞相与赵云将军擒了七次，皆以礼相送，仁义之至，吾有何颜面再战，吾降了。"众首领见孟获降了，亦纷纷跪地请降。

　　诸葛亮叹道："此番征战非为降服各族首领，实乃止息南部战事，让各族百姓再无战乱之苦。"孟获和众首领闻言，方明白诸葛亮苦心，皆伏地而泣。话说南中平定,孟获随诸葛亮回了成都,担任御史中丞,蜀国西南亦再无人叛乱。

　　这正是——

　　平定西南归人心，屡擒屡放显真情。

　　孟获终知良苦意，西南从此无叛军。

第四十六章　张郃磨刀逼汉中　校场试子命随行

西南平定，赵云回到成都。这日天色尚微明，赵云悄然回到府邸，未进园中就听得打斗之声。赵云走至一旁望去，只见园内操练场上，赵统拎了一杆长枪，纵身跃起，随之枪身一抖，犹如万蛇出笼，又如猛虎下山，其势不可当。赵广侧身躲去，转身回枪一刺，其枪似展未展，又如绵中藏针，一下化解赵统的来枪。

马云禄一旁道："统儿的枪抖，当如爹爹的银枪，令敌胆寒又可生万花，方是百鸟朝凤枪本源。"赵云哈哈一笑，走了出来。赵统和赵广扔了枪，就扑入赵云怀中，马云禄也高兴上前去。

众人坐于园内，马云禄又去沏些茶来。赵统道："爹爹可否说些平定西南叛乱之事，也让孩儿长长见识。"赵广也道："听闻西南叛军使用野猴，可有此事。"赵云笑道："叛军确有使用野猴，这些猴儿被爹爹擒了，又放归山林去了。"

赵统闻言惊道："可惜了，用这些野猴去攻打曹魏，岂不有趣？"赵云摇头道："野猴本属山林，放归山林尚属自然，焉能为人私心所驱，亦不仁义。"赵广不解道："爹爹，征战杀敌首级，算否仁义。"赵云正色道："爹爹征战一生，皆为救民于水火，遍斩世间恶人，还一个澄清世界罢。"赵统和赵广闻言，皆高兴点头。

赵统和赵广去一旁玩耍，马云禄告之赵云，新主刘禅念赵云长坂坡相救之恩，已将赵统纳入身边领禁卫军。赵云闻言喜道："新主尚念此恩，甚好。待两儿再长大些，可随吾去征战了。"

两人又至后院，进到一屋里，只见屋内案上摆了四个香炉及牌位，正是童渊、童三妹、赵云娘和赵震之位。赵云和马云禄祭奠一番，马云禄伏地拜道：

"感谢各位亲人的护佑，子龙多年征战，亦是毫发未伤。"

赵云亦伏地拜道："吾一生征战南北，阅历刀霜无数，终难忘几位亲人音容。吾今已老，恐来日不多，过些时日又要北伐曹魏，今特来祭拜。"马云禄一旁闻言，神情复杂，欲言又止，禁不住悲泣起来。赵云叹道："夫人勿要忧伤，生老病死皆自然之律，无须太过悲伤罢。"

夜间，马云禄一旁侍候赵云洗浴。只见赵云肤色竟如白脂，水珠淋上润滑如珠，浑身也无一处瑕疵，马云禄见状叹道："子龙历千万杀阵，缘何未见丝毫伤痕，古稀之人缘何肌肤未见衰老。"

赵云淡然道："吾心清淡，岁月自然难留吾身。娘亦曾言，吾乃神兽下界，肌肤如有丝毫之损伤，则吾命将休矣。"马云禄闻言大惊失色，痛哭流涕。赵云笑道："此皆为戏言，夫人勿要当真才是。"

这日，赵云与马云禄进宫拜见刘禅。见了刘禅，赵云跪拜道："臣叩见皇上。"刘禅忙上前扶起赵云，又令人赐座道："叔父莫要拘礼，昔日若非叔父长坂坡拼死相救，吾焉有今日之福。"

吴太后出来，见了赵云与马云禄，自是满心欢喜，又与马云禄一起往后宫而去。赵云道："听闻皇上命赵统领禁卫军，臣甚为惶恐，忧犬子难当此大任。"

刘禅笑道："叔父勿要自谦，可随吾前去一见自知。"两人来到皇宫校练场，只见近千禁卫军立于校练场，行止操练动作划一，气势震天，赵云见此惊叹不已。又见赵统立于队列前，拎了杆银枪一番挥舞，动作似天上流云，又似腾龙入海，其所练招式正是百鸟朝凤枪枪法。

见此，赵云颇多感叹。正在此间，马岱亦拎了杆枪走向赵统。刘禅笑道："马超将军病逝后，吾将马岱将军纳入禁卫军中，舅侄二人常在此论战，甚为有趣。"赵云喜道："甚好，且去一旁观战罢了。"于是，两人走至一旁处。

马岱与赵统道："贤侄所教百鸟朝凤枪法已属过时，西凉枪法甚是凶狠，贤侄可随舅父学了几招去。"赵统笑道："吾娘亦是练习西凉枪法，且常输于吾罢了，焉能再练此技。"马岱假意怒道："你娘所学皆为吾教，不求上进罢，反毁了西凉枪法名声，吾且与你过招，长长记性罢。"

言罢，两人各持了兵器一番操练。马岱挺枪来刺，赵统闪身躲过，回手一枪，枪头未至忽又转头，马岱一惊急忙后退，赵统也不罢休，又是一番连环刺，枪头忽高忽低，变幻万千。两人斗至二十多个回合，马岱被打翻在地，枪被挑落一旁，赵统见状急忙上前扶起赔罪。

马岱假怒道："你这小儿，与你爹爹赵云一样，浑不论理，尽耍阴招而已。"刘禅和赵云一旁哈哈大笑走出。马岱和赵统见了，上前施礼。赵云道："天下武功皆各具特色，无甚神奇之处，更无一枪走天下之言，武功不仅重在出手之快，亦在心神合一。武功亦是修身之道，心正则枪正，心不乱则枪法不乱，如此才可言天下无敌罢。"赵云一番言，众人听得目瞪口呆，又佩服不已。

话说吴太后与马云禄见面，自是无话不谈。此日天气晴朗，两人往街肆去闲逛。只见街上人来人往，商家云集，甚是热闹。两人走到东城街角，见昔日替刘禅购玩物店家仍在，所摆之物与昔日无甚差别，不禁感叹不已。

店家见吴太后与马云禄衣饰华丽，知两人身份显贵，乃上前请安。马云禄笑道："店家可知，吾二人曾在此购得玩物，送与当今皇上玩耍。"店家一脸茫然，马云禄略诉了经过，店家闻言大喜道："真乃吾店三生之幸，吾可否沾些喜气，更了店名。"两人大笑不语而去。

行至半道，吴太后忽又泣道："皇上长大了，玄德又离去了，吾与玄德缘分尚浅，每思此事皆心痛。"马云禄闻言亦悲道："往昔历历在目，忆起心碎。吾今甚忧子龙，整夜忆诉皇上、关羽将军与张飞将军，又彻夜难眠。"

两人悲了一阵就往宫里去，行至道旁一粮摊时，一个长相粗壮、白发女子上前请礼道："小女子给吴太后、赵夫人请安。"

吴太后与马云禄看了半晌，忆不起此人。白发女子又道："吾乃汉中运粮队女子，昔日在定军山上，狂言欲当汉中王的傻女子。"吴太后与马云禄忆起此事，皆大笑。

此女子道，昔日由汉中定军山回了成都，嫁于一军汉。其夫后随刘备去伐东吴，又战死于秭归，现以贩粮为生。吴太后与马云禄听罢，叹了一番又掏些银两，女子泣而不受，再赠乃跪拜接受。白发女子道："听闻曹魏欲由汉中伐蜀，如欲汉中运粮，吾尚可前去。"两人点头离去。

且说刘禅与赵云看罢赵统操练禁卫军，正欲离去，就见诸葛亮急急而来，两人忙上前施礼。诸葛亮道："汉中急报，曹丕命张郃率十万军抵达汉中。"刘禅大惊道："这可如何是好。"赵云道："皇上勿忧，自有阻击之法。"于是，三人移至议事堂。

议事堂内大幅蜀国城池图，诸葛亮望汉中地形，良久方道："须阻了曹魏来攻，且趁此良机北伐曹魏去。"刘禅急道："相父，吾不愿再见杀戮，赶走张郃便是了，如此各自安好，岂不乐乎？"

诸葛亮摇头叹道："张郃磨刀霍霍逼近汉中，实图蜀国。先主为一统汉室呕心沥血，大志未成悲戚而去。皇上当承先主遗志，担此大任才是。"

刘禅闻言起身拜道："相父所言极是。"赵云道："当今三分天下，稍不慎恐为他人所吞，只能以战止战，方能平息战端，伐北魏为上策。"诸葛亮点头，又行至城池图前指了汉中与赵云道："子龙可先率军进到汉中，待吾筹足粮草，再由汉中伐曹魏去。"

众人议了一番，就此散去。刘禅回至宫中一阵叹息，吴太后见状，问明缘由后道："皇上不可有偏居一隅之心，大丈夫当有跨马四海之志。先皇由一介布衣，打下如此天下，皆因胸有雄心罢。"刘禅拜道："母后所言甚是，孩儿记下了。"

话说马云禄回了府邸，见马岱与赵统、赵广在后园内打斗嬉闹，乃笑道："老小皆无正形，如何上阵杀敌去。"赵云归来，众人见了亲热一番后，赵云道："吾将去汉中阻挡曹军，不久即可北伐曹魏。"

赵统闻言喜道："北伐复兴汉室乃先主遗志，吾要随爹爹去汉中杀敌，建些大业罢。"马云禄急忙拦道："你且尚小，如何上阵杀敌。"赵统道："爹爹亦是少年投军，吾为何不可。"马云禄见难说服赵统，独自一旁垂泪去。

赵云见马云禄垂泪，心头阵热。昔日赵云从军，娘亦是如此不舍。思至此，赵云道："统儿随军亦可，但须与爹爹战至二十回合。"马云禄闻言破涕为笑，少有人能与赵云战至二十回合。

赵统闻言大喜，跳至园中挑了一杆长枪，笑道："爹爹不许反悔。"赵云笑笑，拎了银枪上前。赵统喊声跃起，枪头一抖变出万千而来，赵云心中暗赞，也抖了枪头往回走，赵统一惊急收枪头，跃至赵云身后就刺，赵云侧身躲过，又横抖了枪头。一时间，两人打得尘雾滚滚，草石尽飞。

战至二十个回合，赵统跃出场处大声喊停道："已有二十回合，爹爹刚才所言是否作数？"赵云只得收枪而笑道："自然作数了。"

这夜，马云禄辗转难眠，赵云知其所思，乃道："男儿当跃马走四方，除暴安良，又岂能深藏闺中，成了待赏花瓶。"马云禄忽地坐起道："吾岂不知你使了破绽，统儿如何能挡二十回合。"赵云笑道："夫人眼明，吾也不能冷了统儿的心。夫人且放心，吾自有照应。"马云禄见此乃放心睡去。

这日，赵云欲领赵统往汉中去，却不见马云禄与赵统身影。寻到后屋，见马云禄在案上摆了童渊、童三妹、赵云娘和赵震坟上土，又领了赵统一番祭拜。马云禄念道："吾儿赵统初次出征，各位亲人保佑孩儿与他爹一样，征战一生毫发不伤。"赵云见状，心头阵热，悄然抹泪而去。

待赵云领了赵统欲走时，又见马岱全身盔甲而来。马岱见了赵云道："贤侄去了汉中，再无人吵闹，甚是无趣，且也随去汉中罢了。"赵云哈哈大笑，又假意道："家中尚有广儿，你且在家陪广儿玩就是，何苦去汉中？"马岱急道："吾此去为保统儿，以免胞妹心忧罢。"众人闻言皆笑。

行前，诸葛亮前来送别，见赵云带了赵统出征，甚惊。又听赵云道明缘由，叹道："子龙真是一门忠烈。"诸葛亮嘱赵云勿轻易攻击，又道："子龙在汉中屡败曹军，此次曹军听闻前往，自然不敢乱动，可待吾筹足粮草，再北伐不迟。"赵云拱手领命。

这正是——

子龙两子初长成，校场试子暗喜中。

忽闻张郃又犯境，携子披袍赴汉中。

第四十七章　营前布阵皆不动　惺惺相惜各怀心

话说张郃领了大军来汉中，正值深秋，周围村落破败景象依旧。张郃行至定军山上，观前方不远即是蜀军营落。

张郃叹道："吾在此与赵云征战多年，此地仍属蜀国，可怜夏侯渊将军在蜀地睡了多年。"张郃令人设下伏兵，于是往夏侯渊遇难处去。只见书有夏侯渊字样石碑，已覆盖了厚厚青苔，将字迹掩了大半，石碑旁的几株松树苗，今已长成碗口粗壮，张郃见状又是一番泪下，在石碑前祭奠了一番。

这时，有探马急急来报，前方蜀营发现新增大量人马，皆持赵字大旗。张郃大惊，上到一处岩石顶查看一番，哈哈大笑一阵，忽又悲道："吾缘何处处见了赵云，难道皆是天数。"

张郃率人急急回营，又传令赵云前来骂营，皆不许出战。且说张郃行踪，早有探马告知赵云。赵云见张郃祭奠夏侯渊，亦未相扰。待张郃走后，赵云领了赵统等人亦来祭奠。

赵统不解道："夏侯渊为曹魏贼人，爹爹缘何要来祭奠？"赵云长叹一声道："夏侯渊乃是天下英雄，只是各为其主罢了，统儿不可冒犯。"赵统闻言点点头。

赵云领了赵统行至山巅，只见此处视野豁然开朗，远处云海层层叠叠，数座山峰耸立其间，若隐若现，犹如仙海孤岛。赵统见此景，喜不自禁，弃了马就在山间奔跑。

赵云忽如重回到少年时，与童三妹与夏侯兰一起寻了仙境，喜不自禁一般。思至此，赵云忽又泪下，赵统见状惊道："爹爹何事而泣？"赵云缓缓道："爹爹如你这般年龄，也有一些至亲好友，也曾见此美景而乐。"赵统道："爹爹的好友，今又何在？"赵云摇头叹道："多死于乱世。"

话说张郃拒不出战，早有耳目传于曹丕。曹丕闻言震怒，令张郃取了汉中，直逼蜀地。张郃闻之甚恐，又不敢轻易出战，乃派探马，知赵云严令闭营避战。张郃猛然醒悟，赵云千里而来却不出战，乃是使拖延之策，其后必有大举动作。

为探赵云意图，张郃每日派小股人马营前叫骂，大股人马则伏于林间。这日，赵统被骂得火起，趁赵云不备领了人马就冲出营去。张郃见状大喜，立即令伏兵重重围了赵统，谁知赵统勇猛异常，一连斩杀了多人。

张郃大怒，挥刀上前欲战，又观赵统所使枪法竟是百鸟朝凤枪，惊道："小将可否报上名来。"赵统道："吾乃常山赵统是也。"张郃心中一惊，正欲问又见赵云率人杀来。

两人见面，张郃拱手道："此处又见赵云将军，一向可好。"赵云拱手道："此处又逢张郃将军，自是缘分，刚才犬子私自出了营，吾且领回处罚罢。"

张郃哈哈大笑道："果然是赵云将军之子，有大将之风，不过百鸟朝凤枪，使得尚欠火候罢。"言罢，挥手令围了赵统人马散去。赵云拱手以礼，领了赵统欲离去，张郃忽又道："吾与将军的缘分，自有天数，勿让孩儿来才是，以免各自伤心罢。"赵云拱手离去。

赵云回至营中，令人罚赵统五十鞭刑。赵统不服道："张郃营前如此辱骂爹爹，孩儿岂能忍受。"赵云怒道："吾令不许出战，自是有道理。不服军令，焉能取胜。"马岱见状，上前急急拦住道："子龙勿怒，皆是吾看管失责，由吾代统儿受过就是。"

赵云道："不服军令，后果不堪，今不进行管束，其后恐难管理。"赵统道："吾违了军令，当由吾受鞭刑罢，何要舅父代过之理。"赵云哈哈大笑道："果然有吾之气度，甚好，且去受刑罢。"赵统点头，大步往营外而去。

且说赵统随赵云去了汉中，马云禄彻夜难眠。这日，马云禄随了运粮草车队来到汉中，诸葛亮令其带了一锦囊。赵云拆开锦囊见上书有："粮草不足，兵马勿动"几个字，心中明白，于是严令各营不许出战。

马云禄来营中见赵统遭了鞭刑，伏卧榻中难以动弹，心痛不已。马岱言明经过，又怨道："子龙亦是心狠，非打统儿鞭刑，吾代其所过亦不准。"马云禄则惊道："真乃万幸，若非张郃将军碍于子龙之情，统儿恐是危险了。不令统儿受此鞭刑，恐难有记性罢。"

话说张郃见赵云闭门拒战，心中甚是焦急，于是命人强攻赵云营寨，皆被乱箭击退。这日，诸葛亮忽到赵云营中，赵云惊问其由，诸葛亮道："曹魏大军压境，子龙独撑大局，吾心甚忧。"

诸葛亮与赵云查看张郃营地，只见营地沿山势一线展开，绵延数十里，两者首尾难顾。诸葛亮见状喜道："曹军来势甚猛，敌强吾弱，应避其锋芒，可攻击一尾，其首必痛，此战稳住曹军即是大功。"

赵云又看了一番地形，亦喜道："丞相且放心，吾已在营尾设下埋伏，三更时攻击，张郃必将来救。"诸葛亮拊掌笑道："甚好，子龙切记，不可伤了张郃，亦不可生擒，吓一吓即可。"赵云惊道："这是何故。"诸葛亮道："战后便知。"

话说这夜三更，忽然军士来报，赵云率军攻击后营。张郃大惊，率了人马欲前去救援，行至营门前又心中生疑，此前多番寻赵云出战，其皆避开去，今忽然攻营，其中必然有诈。思至此，张郃哈哈大笑道："赵云，吾知你学了些诸葛亮皮毛，又焉能令吾上当。"于是，又令各军撤回营去。

赵云见张郃久未前来，知其使诈，乃令强攻后营，又施以火攻，一时间火光冲天，十里可闻。张郃坐于营中，紧急军报接连传来，其再按捺不住，跳上马就往后营杀去。

张郃行至一处山岩处，忽听一声响，由山岩两则树林间，两军士推一辆车出来，车上之人正是诸葛亮。诸葛亮笑道："张郃将军，一向可好，吾在此等候多时了。"

张郃见状心中暗暗叫苦，知道又中计了，又进退两难，乃硬着头皮道："孔明先生又施何计，且放马过来就是。"诸葛亮笑道："张郃将军勿急，且稍候就是。"言罢，就听树林间传出喊杀声，接着马岱由林中杀奔而来。

张郃拍马上前大叫道："来得好。"两人杀至一团，马岱挥刀劈面而来，张郃挥枪就挡，两人战至三十回合，张郃回身就跑，马岱大叫道："张郃老儿，才斗几招岂可退去。"张郃暗中取了弓箭，回身就是一箭，马岱大惊，紧贴了马首，就见利箭擦着耳旁飞啸而过。

马岱掉头就跑，张郃正欲追去，就见有军士急急来报道："赵云正劫大营。"张郃惊道："果然是计，速速回营去。"张郃跑到半路忽站住道："回去定又是计，赵云攻打大营，赵云营中则必定空虚，何不就此取了。"思至此，张郃不禁仰天大笑。

且说赵云佯攻张郃大营，却未见回援，正疑惑间有军士来报，张郃掉头攻蜀军大营而去。赵云大吃一惊，急忙往大营而去。

话说马云禄在营中照看赵统，忽闻营外一片喊杀声。马云禄大惊，赵云与马岱皆不在营中，赵统挣扎起身欲出营去，马云禄拦住道："统儿勿动，且让娘去收了这些曹军罢。"赵统惊道："娘如何能去杀敌。"马云禄笑道："生你之前，娘亦是沙场猛将，直至被你爹擒了。"言罢，马云禄忽觉此言不妥，脸上一红，忙到一旁也不披甲，拎了长枪就冲出营去。

张郃领了兵正攻蜀军大营，忽见一女子披散了头发，挺枪策马而出，不禁大感惊异。马云禄也不多言，上前就打，张郃慌忙接招，忽感手臂一麻，似西凉枪法，心中暗叫此人武艺不凡，遂不敢再大意，拼力来杀，两人斗至四十多回合，仍未见胜负。

张郃颇感吃力，跃至一旁道："且歇战罢，你为何方女子，竟然如此凶蛮。"马云禄也勒住马道："吾乃西凉马超之妹、赵云之妻马云禄是也。"

张郃大惊拱手道："西凉枪法甚是凶狠，原是马超将军之妹，赵云将军之妻，张郃有礼了。"马云禄听闻是张郃，亦施礼道："原是张郃将军，感谢将军放吾儿一马。"张郃听得一头雾水，半晌方才悟道："是前日小将么，真乃赵云将军风度。"

这时，远处有一队人马滚滚而来，张郃拱手苦笑道："赵云将军前番派了孩儿，今又来了夫人，吾如何战之。"言罢，驱马领军而去。

大队人马到眼前，正是诸葛亮与赵云。众人见了马云禄村妇装束，哈哈大笑起来。马云禄叙了一番经过，众人又是一番感叹，赵云闻言怨道："虽是如此，亦不该放走张郃才是。"

诸葛亮笑道："子龙勿要错怪夫人，此战非欲擒张郃，乃吓一吓即可。张郃尚为忠厚之人，不忍与子龙而战。如其被杀或被擒，曹丕必换凶悍之人，汉中则危矣，蜀国则危矣。"众人闻言方悟诸葛亮用意。

话说张郃回到营中，见赵云全线停止进攻，不知此战唱得那一出戏，乃命各营严加防守，不许轻易出战。赵云也令各营不许出战，一时间，定军山周围变得宁静。

这日，赵云领了马云禄与赵统到山中玩耍。三人行至一处山巅，只见此处云天一线，众白鹤云间穿梭，时有黄雀鸣叫而过，山涧瀑布飞溅，混成浑厚又婉转之乐。

马云禄叹道："自然之乐，胜于人间之乐。"赵云走至一山涧旁道："吾曾想，如战死则葬于此处，整日见此仙境，焉有不乐乎。"马云禄闻言一脸忧郁，赵统道："爹爹年老，可歇了征战，孩儿已长大，可替爹爹去征战罢。"赵云面露喜色，又忧道："统儿替爹爹出征自是好事，然爹爹不喜征战，只盼汉室早日一统，再无同族残杀罢了。"

几人回了营中，诸葛亮匆匆而来道："北伐曹魏粮草已备足，皇上令吾速归了统领人马。此番北伐异常凶险，夫人与统儿且随吾归去。"赵统闻言泣道："吾要随爹爹去讨伐曹魏，不愿归去罢。"

诸葛亮笑道："统儿尚幼，待过几年再随出征可好？"赵云亦道："此为蜀国初次北伐，事关重大，统儿且先随娘归去，爹爹去初定曹魏。如爹爹战死，统儿可接续完成复兴汉室大任。"诸葛亮闻言心中大惊。马云禄与赵统则泣难成言，心中有万般不舍，仍随了诸葛亮离去。

这正是——

旧地重逢各感怀，夏侯渊碑今犹在。

惺惺相惜皆不动，定军山上春意浓。

第四十八章　枪挑西凉五虎将　跌入陷阱九死中

公元 228 年，诸葛亮备足了粮草挥师北伐，曹丕迁怒于张郃汉中拖延，乃命大将曹真与夏侯楙率军前来。诸葛亮令赵云与邓芝为疑军，诱曹真至箕谷来战，马谡与王平则率十万大军至祁山主战场，迎战张郃所部。

这日，赵云与邓芝领了军往箕谷去。邓芝不解道："将军与张郃屡战于汉中，丞相缘何不令将军与之再战。"赵云望向汉中方向，良久叹道："丞相恐吾与张郃惺惺相惜，反误了大事罢。"邓芝闻言点头道："将军与张郃皆是忠厚之人，如无战事定是好友。"赵云又长叹一声道："吾与张郃将军少时相识，三十多载虽多有拼杀，却不相仇罢。"

这日，马谡领了关兴与张苞等将，前来与诸葛亮辞行。诸葛亮对马谡道："此次北伐曹魏关系重大，切不可轻敌，扎营不可处于死地，多寻水源处方是。"马谡拱手领命，又道："末将有一事不明，赵云老将军经百战不怠，缘何不委伐魏大任。"诸葛亮思虑一番道："赵云将军年近古稀之年，体力自是不济，近日又屡屡言及战死，吾闻之甚恐。"

马谡闻言长叹一声，不再言及。诸葛亮又向关兴与张苞道："你二人皆是名将之后，此次随马谡将军出征，不可辱先辈关羽将军、张飞将军之名。此番赵云老将军出征，吾甚为忧心，如老将军有难，二人宜速速前往营救。"关兴与张苞拱手领令。

且说赵云与邓芝率军至凤鸣山，忽见对面滚滚浓尘，知是曹魏军到，急占据山谷两侧高地。曹真听闻蜀军占了谷口，稍后探马来报，前方为赵云，甚惊。夏侯楙则喜道："如是赵云，则定为蜀军主力，正谓得来全不费功夫。"

曹真摇头道："赵云有万夫不挡之勇，须谨慎方是。"夏侯楙哈哈大笑道："赵云虽然凶猛，然吾西凉大将韩德更是无敌，曹将军稍后观战便知。"夏侯枞唤来韩德，只见此人大头阔面，身高七丈，行走虎虎生风。身后跟来四个同样大头阔面虎将，为其长子韩瑛、次子韩瑶、三子韩琼、四子韩琪。

夏侯枞与韩德道："前方即为赵云，有常胜将军之称，韩将军可敢战否。"韩德闻言嚷道："常胜将军之名，遇吾即不敢再称，四个虎儿与八万西羌兵，定可将其杀个片甲不留。"夏侯枞大喜，令其出战。

韩德领了军冲到赵云营前，邓芝见是西羌兵，大惊道："来者定为西凉大将韩德，其善使开山大斧，四子皆精通武艺，弓马过人，不可小觑。"赵云仰天大笑道："吾征战数十载，何曾遇有对手。"

韩德驱马前来道："前方老者可是赵云，吾乃西凉大将韩德，专为取你首级而来。"赵云大怒，挥枪欲战，邓芝喝道："将军且歇了，此等狂贼留吾去收了。"

韩德转头道："吾儿何在。"话音刚落，一将由身边冲出道："孩儿韩瑛收了此人。"两人见面也不言语，一番打斗，只见得浓尘漫舞，一时淹没二人身影。战至三十回合，邓芝渐感不支，韩瑛趁了虚空一刀兜头劈来，邓芝大惊侧身躲过，掉头就往回跑，韩瑛则紧追至身后，挥刀正欲砍去，赵云大喝一声冲上前，挡开韩瑛大刀。

韩瑛险些跌落马下，不由羞怒，拨马朝赵云杀来。赵云冷冷一笑，银枪一抖就冲韩瑛而去，韩瑛慌张横刀去挡，赵云枪头又绕至其后，韩瑛急掉头又挡。只见两人打了十余回合，忽见韩瑛大叫一声，被赵云挑落马下，一命呜呼。

韩德次子韩瑶见状，大喝一声道："赵云，还吾兄长命来。"言罢冲上前来，赵云也不退后，端了枪直直而去，韩瑶将枪挡开，挥戈就打，两人斗了五六个回合，赵云又一枪将韩瑶挑落马下。

韩德见二子被赵云枪挑而死，心肝欲摧，争相着就要出战，曹真与夏侯枞赶来拦住道："赵云异常凶猛，勿再轻易出战，此事回营再商议。"赵云见再无人出战，于是掉头慢慢离去，任由西凉兵抢回韩瑛与韩瑶尸首。

韩德与二子抚尸大哭一番，二子又嚷嚷着要出战，韩德感觉赵云果然不同寻常，如一味强攻恐遭不测。韩德喝止二子，又去与曹真与夏侯枞商议对策。

话说赵云回到营中，命人在营内高处设了弓箭手，又令人设些火具。邓芝不解其故，赵云道："韩德之子必来劫营，今夜防备些就是。"

果然三更时，蜀军营外一片喊杀声，韩德二子韩琼与韩琪，悄然领了军杀将而来。两人杀到营前，竟见营门大开，两人虽心生疑惑，然复仇心切，领军就往营中杀去，营寨门忽又关闭。

韩德听闻韩琼与韩琪偷袭蜀军大营，大吃一惊，急率西羌兵来攻，被乱箭阻于营前，西羌兵尸首营前堆积一丈多高，仍未攻入营内。韩琼与韩琪冲入营内，忽见四处无人，方知中计，正欲退去，忽又见四周燃起大火，暗处乱箭如雨泼来。约一个时辰，蜀军营内喊杀声渐息，韩德知二儿已战死，不禁捶胸顿足。

曹真与夏侯楙见状，心惊肉跳，令人围了蜀军，不许再战。此战罢，赵云将韩琼、韩琪及西羌兵尸首送至曹营，韩德又是一番痛哭，一夜发须皆白。

这日，韩德到蜀军营前喊叫赵云出阵，赵云闻声拎了银枪而来。韩德怒道："赵云老儿，吾四子皆命丧于你手，速速拿命来偿。"赵云冷冷道："古来征战皆是残忍，老将军若有不服，来战便是。"

言罢，两人战至一起，韩德挥了大刀一阵猛砍，赵云连连躲过，两人战至三十回合，赵云忽一抖枪头将韩德刺于马下。曹真与夏侯楙见状拍马上来，赵云迎了两人就冲来，邓芝也驱兵掩杀而来，曹真与夏侯楙见蜀军来势凶猛，乃退兵十余里。

赵云连杀西凉大将韩德父子五人，一时四海震惊，蜀国一片欢腾。诸葛亮听闻捷报，沉思良久，修书一封给赵云道："子龙古稀之年，尚有如此战力，世所罕有，然战事刚开，胜负难测，切不可大意。"赵云看罢信，哈哈大笑道："丞相多虑了，韩德父子五人尚且被杀，曹真与夏侯楙又岂在眼里。"

话说曹真与夏侯楙回到营中，一阵叹道，赵云斩杀韩德父子五人，令全军恐慌，西羌兵更是一片慌乱。这时，参军程武见两人对坐长叹，上前道："两位将军勿忧，卑职尚有一计，可灭灭赵云的威风。"

两人大喜，问其详由，程武道："赵云使计诱韩琼与韩琪两位将军，入营而杀之。吾亦可使计诱其来营，设下陷阱杀之。"

曹真摇头道："赵云素来精明，岂会轻易前来。"程武道："此一时彼一时，此时赵云连杀韩德父子五人，必定骄狂不已，再言语辱之，必激怒前来。"夏侯楙喜道："此计尚可一用，吾去叫阵引其来攻。"

这日，夏侯楙前来骂阵，邓芝拍马前来。夏侯楙怒道："赵云杀了吾五员大将，唤赵云前来，吾要与其大战三百回合，方解心头之恨。"邓芝怒道："休在此狂言，赢了本将再会赵云不迟。"

两人战至十个回合，邓芝渐感不支，掉头就走。夏侯楙也未追赶，又至营前叫骂，赵云闻言大怒，拍马而出道："你这小儿甚是吵闹，吾且来会会你罢。"夏侯楙拍马上前，两人战至十个回合，夏侯楙掉头往营中跑去，赵云和邓芝一路紧追。

夏侯楙跑进大营去，营门却大开，赵云正欲冲进营中，邓芝大惊拦住道："将军切勿冒进，曹军营门大开，其中必定有诈。"赵云哈哈大笑道："此乃空城计，皆为吾使过之计，有何可惧。"邓芝又苦苦相劝，赵云道："吾征战半生，何种诡计未见识，今且见识夏侯楙之计如何难住吾。"言罢，冲入曹营，邓芝只得率军跟了进去。

两人营中追一阵，忽不见了夏侯楙踪影，营中空无一人。正疑惑间，忽听一声巨响，四周出现重重荆棘围墙，高处布满了弓箭手。夏侯楙站于高处，哈哈大笑道："赵云，你果然陷入吾的圈套，今日即是你的死期。"言罢，令弓箭手放箭，一阵箭雨射来，蜀军死伤大半，随即又有一队铁骑兵杀来。邓芝用身体护了赵云，泣道："将军可一人退去，吾来挡抵。"赵云推开邓芝，怒道："吾岂可一人偷生，这些毛贼何惧。"

赵云挥枪挡落一片利箭，又接连挑翻十多人，围上来的西羌兵皆惧赵云，不敢上前。又听一声响，赵云与邓芝连人带马跌进大坑之中，夏侯楙见状大喜道："速速用箭射死赵云。"曹军乱箭直下，皆被赵云挥枪挡开，又见四周无处可攀，不由仰天大叹道："吾不服老，该有此果，吾当死于此地矣。"

正在此时，大坑外传来震天喊杀声，关兴与张苞领了大军杀来。曹真急急领军去拦，却被溃败的曹军冲退。赵云与邓芝见状大喜，领了军攀出坑来一阵追杀，夏侯楙抵挡不住，率了军慌忙退去。

此战罢，关兴和张苞前来拜见赵云，赵云喜道："幸有两位贤侄前来，否则吾恐葬身于此。"关兴拱手道："丞相听闻叔父斩杀韩德父子五人，心中甚忧，恐叔父骄傲而被曹军设计陷害，故令前来探看。"赵云闻言长叹道："知吾者丞相也，此番确为吾大意所致。"

且说曹真连番失利，心中甚为恐慌，乃将蜀军围而不战。暗中派人送信与张郃，欲前后夹击赵云。这日，马谡率军到了祁山，张郃率军避而不战，又不断后退。马谡见状甚喜，命各军一路紧追不舍。王平见曹军一路狂退，心感不安，劝马谡道："此定为曹军佯退，前方恐有诈，将军不可冒进。"马谡哈哈大笑道："曹军有何可惧，吾军有备而来，自然神勇罢了。"

张郃退至街亭即不再退，马谡屡次率军来攻皆被击退。马谡遂意在此扎营，意图困死曹军。马谡放弃水源，率军驻扎于南山之上，王平苦苦劝谏扎营于山下，马谡均不采纳。张郃见马谡扎营于山上，大呼道："此乃天助我也。"又断绝马谡取水之道，大败马谡。

曹真听闻马谡大败，心中大喜，暗中调兵在蜀军往蜀国之道设伏。这日，赵云忽接急报，马谡街亭大败，蜀军已全线动摇，丞相令赵云火速率军退去，以免受曹军两线夹击。赵云闻言大惊，叹息垂泪道："此战功败垂成，吾恐再难参与北伐曹魏了。"

这正是——

子龙年老不服老，仍斩西凉五虎将。

英雄亦有心酸时，大呼吾命此休矣。

第四十九章　马谡街亭失全局　此战遗恨至终生

且说马云禄听闻赵云受曹魏军两线夹击，心忧如焚。这日，吴太后来寻马云禄，言及赵云被困皆是心忧。吴太后叹道：“此番北伐失利，皆系马谡将军妄大所致，反累了赵云老将军。”

马云禄泣道：“吾日日难眠，或梦到子龙浑身血迹，可否是不祥之兆，这几日两儿也吵闹，要去救爹爹。”吴太后道：“妹妹勿太忧虑，赵云将军征战一生，皆化凶为吉，自是神明护佑。”马云禄闻言稍稍释怀。

两人正言间，听得后园内有吵闹声，遂前往查看。只见赵统与赵广皆着一身白盔甲，马岱拦在两人前道：“两位小爷，曹魏现在十万大军杀来，此番前去是自寻死路。”赵统道：“曹魏十万军又如何，爹爹曾在八十万军中，取上将首级如探囊取物，吾前去助爹爹一臂之力，自是无敌。”赵广也道：“吾随爹爹习武多年，此番正派了用场。”

马岱拦道：“两小爷所言皆有理，就是不能去，现去问你们娘，同意就去如何？”赵统道：“娘乃妇人，岂知英雄之志，定会阻拦，悄悄去为好。”马岱大叫道：“你们皆去当了英雄，你娘必怪罪于吾，岂能承受？”

吴太后与马云禄听闻啼笑皆非，走了过来。赵统与赵广见之大惊，马岱则大喜。马云禄佯怒道：“两小贼儿，娘虽是妇人，又怎知无英雄之志，昔日娘亦是策马沙场，大战四方。”吴太后笑道：“两位贤侄勿急，老将军一生逢凶化吉，何曾有失过？两位贤侄仓促前去，反令老将军忧心。”赵统与赵广见此景，自是无言了。

赵统和赵广见不能前往救爹爹，心中皆闷，于是到后园内操了长枪，一阵对练，直打得场内尘土飞扬，乱石纷飞。马云禄见了心忧，上前喝止两儿，又将两儿带至后屋，一起向四位亲人牌位拜祭道：“各位亲人，此时子龙处最凶险时刻，还望各位亲人护佑，以保平安。"

话说蜀军大败，曹魏攻势如潮，一时间人心惶恐，赵云心中丝毫不乱。这夜，赵云营中读蔡文姬所作《悲愤诗》，此时已历蔡文姬归汉多年。赵云读至"登高远眺望，魂神忽飞逝。奄若寿命尽，旁人相宽大……流离成鄙贱，常恐复捐废。人生几何时，怀忧终年岁"时，不禁大恸道："蔡文姬先生曾盼归十余载，归去又生凋零，其所言实乃人世一生罢。"

此时，忽然一阵风刮灭火烛，赵云欲重燃火烛，忽觉营外月亮皎洁，于是走出营外去。营对面山间点点烛火，乃曹真营地，见营内有人马来往调动。

且说张郃在街亭击败马谡，又闻赵云率军在箕谷，于是急急而来。见了曹真与夏侯楙，言及韩德父子五人被斩杀，不由长叹道："赵云乃遇硬更硬，遇软更软之人，韩德父子不明其理，故有此劫。"几人商议，由曹真与夏侯楙稳住赵云，张郃则往赵云退往蜀国道上设伏。

赵云见曹真营中有异动，正在生疑，邓芝领了几个军士匆匆而来道："刚有探马来报，张郃已率军而来，正在营中调动人马，现去向不明。"赵云闻言心中一惊，未料张郃来得如此之快。

赵云思虑一番道："张郃刚到，立足未稳，吾且去扰营，邓将军领了主力悄悄撤去。"邓芝闻言大惊道："怎能由老将军去扰营，吾去扰营，老将军且先领了人马退去。"赵云摇头道："吾在场，曹军自然不会生疑，不容再争，速速退去罢。"邓芝只得悲泣拱手而去。

话说张郃领了人马离去，曹真则急于调兵备战，忽闻营前蜀军叫阵，不禁大吃一惊，不知蜀军所施何计。曹真领了人马出营来，只见营前火光冲天，前来攻营者是赵云，曹真故意惊道："老将军缘何还未退去，马谡已经败去，再不退去恐难离开。"赵云哈哈大笑道："马谡战败与吾何干，吾尚要与曹将军大战三百回合，斩了首级回家邀功。"

曹真气得嗷嗷直叫，拍马来战，赵云也拍马上前，两人战至一团，两军各用火把围成圈呐喊助威。曹真提刀迎面就砍，赵云枪头一番搅动，只听得四周呼呼生风，曹真心中暗赞。两人战至五十回合，赵云军后忽然杀来一队人马，有军士大喊张郃劫了后营。

话音未落，张郃已冲至赵云眼前，大笑道："吾刚去问候了马谡将军，今又在此遇了老将军，自是缘分了。"赵云亦笑道："你这老儿，与吾斗了半生，可曾胜过。"张郃长叹道："老将军所言甚是，今吾且胜一回罢。"曹真一旁听得焦急，嚷道："张郃将军，如何变得如此啰唆，杀了赵云便是。"

言罢，三人战至一团，赵云与两人斗了三十回合，自是年老渐感不支，于是掉头就走。曹真与张郃岂肯饶了，一路就是紧追，直追至一道山梁口时，曹真与张郃已经追上，赵云见状摇头叹道："难道此地为吾葬身之处？"

正在此时，忽见山梁口涌出大量蜀军弓箭手，一阵箭雨射来，曹军死伤大片。曹真大惊道："中了赵云的计，速速退去。"张郃边跑边叹道："蜀军败至如此，赵云竟还有诡计可施，定有天佑罢。"

待曹军退去，赵云亦感纳闷，不知援军从何而来。这时，邓芝驱马而来，赵云喜道："邓将军缘何不退去？"邓芝拱手道："老将军尚在血战，吾岂敢逃生苟活。"原来邓芝知赵云难抵曹军攻击，于是假意率军退去，实则在赵云退去路上设伏，以救赵云罢。

赵云望向曹军方向，忽又道："此地不可久留，曹军知晓吾军人数，醒悟过来必定来追。"果然，曹真跑了半途忽醒悟，马谡所部已死伤大半，焉有援军来救赵云，此定为赵云小股人马。想至此，急令各军停止撤退，又往回杀奔而来，待到山梁口时，赵云人马早已不见了踪影。曹真欲再追，张郃摇头拦道："赵云布兵谨慎，前方恐又有设伏，不追也罢了。"

赵云率军由汉中进入蜀境，见诸葛亮在此等候。不久马谡亦领残军归来。诸葛亮见马谡人马队形俱乱，狼狈不堪。而赵云人马则队形整齐，惊道："马谡退兵，人马乱成一团，赵云退兵，人马整齐如一，这是何故。"邓芝道："退兵时老将军断后，曹军惧怕不敢来追，故人马队形未乱，军资没有遗失。"诸葛亮仰天长叹道："此番北伐曹魏，未使赵云老将军为主力，乃吾最大失误也。"

此番征战，赵云安全归来，令马云禄与赵统、赵广喜极而泣。赵云感慨道："吾已年迈体衰，恐今后再难去征战，且喜与妻儿们一起。"赵云又听闻赵统和赵广曾欲前往凤鸣山去相救，摇头道："凡事不可逞意而为，反误了性命。"

赵统道："爹爹教吾一身武艺，不去杀敌又有何益。"赵云摇头道："昔日吕布自恃武艺高强，一意逞强斗狠，早早误了身家性命。勇士须有忠勇，更须有谋略才是，切不可逞强行事，如不明此理，一身武艺自是灾祸罢。"

马云禄又领了赵统和赵广，随赵云去了后屋。屋内祭台上摆了四堆红布包裹的土。赵云伏地拜道："四位至亲，吾此番征战，虽毫发未损，却感胸闷异常。"尚未言罢，即一口鲜血喷出，吓坏了众人。

夜里，赵云卧榻上又辗转难眠，马云禄不解道："子龙历经百战，尚未见有如此心焦，此次又是为何？"赵云长叹道："吾虽征战一生，尚未有如此败过，吾年迈恐再难出征，此战亦为最后一战罢。"言罢，两人长叹不已。

且说众将回了蜀国后，诸葛亮将马谡处斩，时三十九岁。后诸葛亮又痛哭流涕，令人安抚了马谡子女。诸葛亮上表刘禅自贬三级，赵云也上表自贬为镇军将军。

这正是——

马谡妄大失街亭，子龙掩后险中胜。
此战虽得全身退，口吐鲜血已伤身。

第五十章　悠然而去别妻儿　世间再无赵子龙

且说此番蜀国北伐，曹魏虽然获胜，却也大伤元气，不愿再战，蜀魏边界一时没了战事。赵云四海征战一生，一时间闲下来，即想再游昔日征战之地。

这日，赵云和马云禄来了汉中定军山。两人爬至山巅，只见昔日景色依旧，眼前浓厚云海如波涛滚动，云海又变幻出万千景象，赵云忽然站立不动，泪流满面，马云禄见状，扶了赵云坐下。赵云泣道："吾观云海，忽然皆变成已故之人，忽来忽去，各自轮番出现，有与吾言者，也有不言者，有恨吾者亦有喜吾者，是何道理？"

马云禄知其出现幻觉，于是引其下山去。经过夏侯渊石碑处，赵云忽又站住。只见夏侯渊石碑已没于淹草间，石碑旁昔日小树，皆已长成了十余丈大树，树干随山风而动，发出哗哗之声。

赵云叹道："人生皆是无常，事世也如云海。夏侯渊将军沉睡于此多年，黄忠将军也已故去，吾也将故去，众人一日见了面，如何论及此生之事？"马云禄执赵云手道："子龙勿要多想，吾伴了子龙此生，自是最大乐事罢。"赵云大笑道："夫人相伴，自是此生最大乐事。"

夏侯渊石碑处前方山头为曹魏营地，远远可见营中少有人走动，冷冷清清，营寨大门处也长满蒿草。赵云忽指了前方一山岩道："张郃老儿曾站于此处，吾杀过去吓得他落荒而逃。"言罢，赵云哈哈大笑起来，接着又冲魏军营寨喊道："张郃老儿可在。"

赵云叫上一阵，又与马云禄往山下去，走至半道，忽泣道："真想与张郃老儿喝上几杯，吾与张郃相识亦三十余载，曾合力杀胡儿，如无战事，可成为好友。"言罢，赵云不舍而归。

这日，赵云领了马云禄又往桂阳城去。行了几日来到城内，只见街肆繁盛，商贾云集甚为热闹。赵云叹道："昔日城中商家，寥寥无几，吾进城后尚有流匪扰民，太守赵范老儿也未理会，任由了闹去，吾一顿枪杀，流匪皆逃得没了踪影。"

马云禄一旁窃笑道："子龙收桂阳自有故事，丞相还言，此间尚有一段美艳之事。"赵云哈哈大笑，又摆手道："皆赵范老儿自作安排，反误了别人性命。"马云禄不解，欲问详由，赵云摆手不愿再叙。

两人走至街头，忽迎面来一白发垂垂老者，见了赵云拉住大叫道："赵云将军么，天下岂有如此巧合之事，吾有生之年，尚可在桂阳城见赵云，此生足矣。"

赵云先是一惊，继而细看一番，又哈哈大笑道："刚言及赵范老儿，没想到就出现了，当初令你离开桂阳，如何又回了？"赵范苦笑道："吾生于桂阳，长于桂阳，离开桂阳如何生活。将军走后，就又悄悄回来了，托将军的福，至今身体尚很健康。"

赵云叹道："往事如烟云，皆已散去，如今再见竟生些喜悦之感。"赵范点头道："老将军所言甚是，吾昔日确有不是，然胞嫂悦心将军，却是真心，却被误解反误了性命。"

赵云闻言起身即走，赵范一时心中不安，赵云忽又止脚道："此事虽历多载，吾心甚是不安。今即遇见，可否带去胞嫂坟上祭奠一番？"赵范闻言泣泪，伏地而拜。

几人行了数里，就来到一处荒芜村前。只见此处残垣断枝，黑鸦绕飞，败叶随风卷入半空，景象凄凉又令人伤感。赵范在一大坟堆前止住，坟前立有樊妇石碑，坟旁长有数株大树。

赵范悲道："家嫂，吾与赵云将军来看你，本是一桩好姻缘，可惜没有此命罢。"赵云瞪眼道："你这老儿，至今尚未醒悟，岂可拿家嫂当计使用？"赵范闻言良久不语，又顿足捶胸一番。

祭奠完毕，几人就此而别，赵范泣道："能再见老将军实属奇缘，此生就此别过了。"赵云感叹道："世间之事各为其利，难言对错，惟回忆令人伤感罢，大家就此别过。"

回成都歇了几日，赵云又欲往冀州常山郡去，马云禄慌忙拦道："常山郡尚属曹魏，又如何回得去？"赵云闻言尚醒悟，不由垂泪道："吾征战多载，却回不得家乡，可如何是好？"马云禄知赵云已偶有糊涂，于是一番好言道："子龙勿急，丞相不久即可北伐，再归家不迟。"如此这般，赵云喜道："甚是，丞相北伐了即可归家去。"言罢，止泪为笑。

夜半，赵云忽然翻身下榻，摸索穿了衣物披了战甲，拎了长杆银枪就往外去。马云禄见状急上前拦道："子龙要去何处？"赵云亦急道："夫人勿急，皇上令吾速去白帝城护驾，不得延误，你且好生领了两儿，待吾归来罢。"

言罢，赵云行至屋外，见满天繁星，又见一身戎装，马云禄身后垂泪，方悟大惊道："难道吾刚才做了一场大梦，如何这般真切？"马云禄将赵云扶回屋内，赵云仍茫然无措。赵统与赵广闻讯前来，赵云见了两儿又惊道："两儿何时长得如此高大？"赵统与赵广大惊，又见马云禄暗使眼色，心知不好，也不言语。

马云禄又将赵云扶于卧榻上，赵云忽泣道："吾如何一时清醒，一时糊涂。"马云禄道："子龙勿忧，只是入梦深些罢了，明日自会无事了。"赵云道："好生奇怪，昔日之事一起进入梦中，吾感疲累不已。"

天明，马云禄赶至诸葛亮府邸泣诉一番，诸葛亮闻言半晌无语，良久方道："老将军如此恍惚，可非善兆。吾过些时日过去，与老将军叙叙情罢。"

这日，赵云忽感心情大好，于是来到后园内，拎了杆银枪一番练杀，只见枪头飞舞，人影幢幢，尘雾飞扬，众人皆拊掌称好。此时，忽听得一声裂响，如锦缎撕裂，又似空中闷雷，赵云手中之枪竟断为两截。赵云见状，气恼扔掉手中枪道："如此不堪，如何使得？"

话说这日，诸葛亮正在庭院中闲思，忽见院中一棵松树凭空折断，心中大惊，又观了一番天象，暗叫不好。第二日，诸葛亮来到赵云府邸，两人相见自是欢喜，于是马云禄替两人添了些酒食，小酌一番。

几杯酒下肚，赵云叹道："近些时日，吾常梦见先主及至亲，过往之事亦历历在目，是何道理？"诸葛亮哈哈大笑道："老将军征战一生，一旦清闲就感不适，自是常情，不可胡乱猜想，可选些怡情之事做罢。"

前处园内传来阵操练之声，两人循声而去，见是赵统与赵广正在操练。只见两人枪来刀往，腾起阵阵浓尘。诸葛亮见状赞道："两位贤侄果然似子龙，颇有神武之相。"赵云拱手道："如吾去了，两儿还望丞相照应。"

诸葛亮闻言不语，又指向赵统与赵广道："老将军如何忍心离了家人？"赵云哈哈大笑道："人终有一死，吾安知死期，只是如此言而已。"诸葛亮亦喜道："如此甚好。"

两人正言间，吴太后和刘禅忽然而来，众人急忙起身相迎。刘禅执了赵云手道："听闻叔父身体不适，吾心中甚忧，特来看望。"赵云哈哈大笑道："又是何人传言，吾病皆是憋的，如有征战当即便好。"众人皆笑。

吴太后道："老将军年迈不可大意，听妹妹言，前些日子将军吐了血，今领了太医来查看一番。"赵云欲推辞，被吴太后和马云禄拉住，只好从了。

几日后，赵云接了家乡来信，知夏侯兰病逝，不觉心中寂寞。这夜，赵云忽然醒来，四周万籁俱静，内心清澈无比，忽听万籁中似有竹节开花之声，又似有杨柳吐蕊之声，心中顿时明白。

赵云尚不能动弹，乃转头望向马云禄与两儿，心中念道："贤妻、孩儿，吾且走了。师父、师妹、娘、兄长、师弟，吾且来了。"赵云一时泪目，后又长吁了一口气，安然而逝，时为公元 229 年，享年七十岁。诸葛亮得此消息，大哭一番道："世间再无赵子龙了。"

刘禅闻言后号啕大哭一场，敕葬赵云于成都锦屏山之东，建立庙堂，四时享祭。话说马云禄不久郁郁而终，赵统官至虎贲中郎将，赵广随姜维征于临陈战死。赵云忠直大义一生，就此落幕，一千多年来，赵云精神却为后人所称颂。

这正是——

三国相争暂时休，英雄清闲故地游。

一口长气从此去，世间再无赵子龙。